# 表演

表演者，只言表演。



共同发起人——周迅

主编——电影频道《今日影评》栏目组

今日影评

中信出版集团 | 北京

图书在版编目（CIP）数据

表演者言 / 电影频道《今日影评》栏目组主编. --
北京 : 中信出版社, 2020.1
ISBN 978-7-5217-0883-7

Ⅰ. ①表… Ⅱ. ①电… Ⅲ. ①随笔–作品集–中国–
当代 Ⅳ. ①I267.1

中国版本图书馆CIP数据核字(2019)第167703号

表演者言

主　　编：电影频道《今日影评》栏目组
出版发行：中信出版集团股份有限公司
　　　　　（北京市朝阳区惠新东街甲4号富盛大厦2座　邮编　100029）
承 印 者：北京联兴盛业印刷股份有限公司

开　　本：880mm × 1230mm　1/32　　印　　张：13.75　　字　　数：270千字
版　　次：2020年1月第1版　　印　　次：2020年1月第1次印刷
广告经营许可证：京朝工商广字第8087号
书　　号：ISBN 978-7-5217-0883-7
定　　价：76.00元

# 序

王平久

起初筹备推出这档节目时，我的内心是“矛盾”的。作为文艺行业的高光者，这几年正是演员这个职业的星光时刻，几乎所有人的目光所及，都是流量、八卦、话题、资源等一切看似浮于身外之物的“标签”。我们却反其道而行之，把镜头聚焦在了最纯粹的“演员”两个字本身。演员是一个需要付出的职业，更是一个需要被人尊重的职业，这也是我最初想把节目命名为《演员》的原因。因为，演员值得最大的尊重。可是，观众能买账吗?

怀揣着太多不安，不过我们必须要做，因为我们不能留有遗憾。

2017 年春天，周迅、我、《今日影评》团队……所有人一拍即合，决定将《今日影评 · 表演者言》这个灵光一闪的想法付诸实践。一档全新节目对于一个刚成立不久，远不足三十人的“年轻”的小团队而言，意味着没人力、没成本、没资源。但好在，这是一个很“单纯”的团队，每一位伙伴都全力以赴、尽力而为。因为大家的目的很纯粹，抛开一切浮名虚利，就是做一档简单的清谈节目，搭建起这个表演平台。

在所有人的努力下，《今日影评 · 表演者言》表演课开课了。没有哗众取宠，没有话题炒作，没有烦琐冗杂的规矩和仪式，纯粹聊演员们对表演的感悟、执着和尊重。这碗“清汤寡水”的阳春面能让观众“食之有味”吗？我们既忐忑不安，又莫名期待。

很荣幸，也很感激，三年来，两季节目的成绩单得到了很多朋友们的鼓励和认可。

参与节目的每一位表演者，都真正担得起“好演员”这三个字。他们或恣意洒脱，或谦卑踏实，但无一不是在毫无保留地坦诚交流着关于表演的心得体会。如今，我们将节目内容装订成册，用文字形式把表演者们的走心对谈记录下来。相信这本书会有很大的文本价值，希望它不仅可以给新人演员以专业经验的分享借鉴，还可以帮助有心之人走进真正的表演艺术世界。

感谢每一位来《今日影评·表演者言》做客的表演者，感谢《今日影评》团队的每一位大伙伴以及小朋友。念念不忘，必有回响。

谢谢！

# 序

周迅

亲爱的读者：

很荣幸你会翻开这本书，和我一起阅读《表演者言》。

这本书来自一档叫作《今日影评·表演者言》的清谈节目，节目是 2017 年电影频道和我一起发起的，今年已经是第三年了。

三年前的那个下午，CCTV6 电影频道主任王平久先生以及《今日影评》节目组的同事们与我一起聊这个节目的形式，王老师说，“我们要做得简单点”，奔着这个核心，很快形式就磨出来了。

大家的初心很简单。我们选择了用“专业交流”的方式来记录下这个时代里的演员们，把他们的专业观点、经验、理念都记录下来，希望给年轻的后辈和观众一些表演上的分享。节目录制的场地很简约，一个不大的演播室，一张桌子和三把椅子，摄像机一开，聊了。

只想做得真诚，只要圈内朋友们愿意来，就想一直做下去。这些演员朋友，有的与我相识于微时，但做节目时我好像重新认识了他们一遍；有的打过几次照面，一聊起来就体会到心照不宣的共鸣；有的彼此尊崇却未曾相识，仿佛我们等了很久就是在等这场交流。

两年的节目也得到了许多观众、媒体的专业认可，听制片人崔菲说，许多表演学校会给学生们放这档节目作为课外的补充学习。这档节目能装订成册，也非常欣喜，这样就可以多一种方式让观众品味到这一时代华人演员的样貌。也希望这本书可以帮助有心成为演员的年轻人找到最适合自己的方式。

谢谢，敬礼！

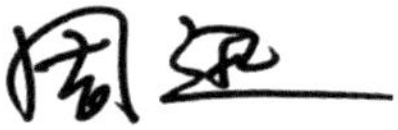

# 目录

# 表演的素养

# 表演的品格



注：本书篇目按嘉宾姓氏拼音顺序排列

# 表演的素养

# 根脉

表演者：

段奕宏，中国内地男演员。1998 年，段奕宏进入中国国家话剧院工作。从中央戏剧学院毕业后，段奕宏虽然接演的片子不多，但是几乎每一个角色都极具个性。

1999 年《刑警本色》中的杀手罗阳、2003 年《记忆的证明》中的周尚文、2006 年《士兵突击》中的袁朗、2008 年《我的团长我的团》中的龙文章等，是他电视剧的代表作。

戏剧作品，以实验派导演孟京辉《恋爱的犀牛》2003 年版、2004 年版的主演为代表。

电影领域，2002 年在王小帅的《二弟》中饰演二弟，并凭借这个角色获得了 2003 年新德里国际电影节影帝，2015 年，凭借犯罪悬疑片《烈日灼心》获得第 18 届上海国际电影节最佳男演员奖，2017 年凭借犯罪悬疑片《暴雪将至》获得第 30 届东京国际电影节最佳男演员奖。

“我是表演者段奕宏，人在寂寞和孤独时，才会想起自己从何而来，要到哪里去。演员要有对于自我的独到认识，但是面对自己和探索自己更重要。”

# 段奕宏的表演笔记

**初学者如何快速进入角色：**

- 认真体验生活一定程度上是快速进入角色的捷径。
- 模仿所看到的经典表演，对表演初学者来说，也是一种表演方法。
- 初学者需具备一定的心理素质，不必因暂时的失败便放弃梦想。
- 找到适合自己的表演模式，学会面对自我，让浮躁的心安放下来。

**如何进行表演创作：**

- 参与相关角色的日常活动，切身体验生活。从所呈现人物的生活细节入手，仔细观察，感受不同人物的层次，通过外化形象表现出来。
- 演员应该追求表演中下意识的真实反应，力求呈现出的表演层次更丰富。
- 演员在表演创作上，应抱有“诚恳”的态度，“戏从对手来”，演戏更需要的是相互成全。
- 演员的表演再创作，应该让原本程式化的情节设计更加生动自然。

**表演小技巧：**

- 感受人物，把握角色内心，适当的小道具可以让角色更有代入感，增强角色的真实性。
- 古装戏造型会影响到演员生理状态以及肢体语言，帮助演员更快进入状态。

**瑶　淼**　对于每个表演者来说，我是谁？我的根在哪儿？我的内心乃至生命的力量源自何处？这些都是最重要的，并且值得用一生去探求的命题。段老师是怎么理解“根脉”这个词的？

**段奕宏**　作为一个演员，我很幸福地经历了选择梦想、确立梦想的挣扎，我现在仍然经受着坚持梦想的风险，我喜欢这种风险，也可以说是一意孤行、坚定不移，我喜欢这种疯狂劲儿。如果非要去追寻我从事表演事业的根源，可以说是儿时受到的潜移默化的影响。

## 成长环境对职业生涯的影响

**瑶　淼**　周迅出生在浙江衢州，在杭州也读过书。这一段成长经历，对后期的表演生涯影响很大吧。

**周　迅**　在老家衢州，可以说我是生在电影院的[①]，所以我从小就是看电影长大的。刚开始拍戏的时候，这段成长经历对于我要表演的那些角色起到了启蒙的作用。我刚开始演的时候，其实都是通过看银幕上的演员表演，去复制我所看到的情感。

**瑶　淼**　和周迅出生在江南不同，段老师是出生在新疆伊犁，那种粗犷的气息，一下子扑面而来。您觉得自己的成长经历，给后来的表演生涯带来了什么影响？

**段奕宏**　我们身处一个环境的时候，很容易疏忽周边发生的一些事情，包括自己生存和生长的环境、父母、亲朋好友。只有我们在寂寞和孤单的时候，才能想起这些人，想起自己出生的地

---

① 周迅的父亲在当地电影院工作，由于父亲工作关系，从三岁起，周迅就是影院的常客。

方，甚至想起我为什么要从事这个职业，怎么就开始做演员了。我生长在新疆伊犁，新疆是干旱地区，但是伊犁比较湿润，因为有伊犁河谷和赛里木湖。我身上可能就具备了这种又干旱又湿润的特质。成长环境的辽阔、物产的丰富，给我带来一种自在，我的内心是向往那种自在的。

**瑶　淼**　所以其实是那片水土带给您的这种天性，它的美好使您的内心有了一种力量。

## 段奕宏回忆艺考往事

**瑶　淼**　听说段老师当时来北京，考中央戏剧学院并不是一来就考上的，好像是考了三次。

**周　迅**　您的愿望为什么会那么强烈呢？

**段奕宏**　新疆有一句方言叫“勺子”，就是形容像我这样的人，比较轴，一根筋。为什么会有这么大的疯狂劲儿，因为没有想过结果的严重性，也不愿意去深思熟虑地计较这个严重性。我从伊犁坐二十多个小时的火车到乌鲁木齐，又从乌鲁木齐坐了四天三夜的火车到北京，坐的是硬座，但我没感觉苦。当我考完初试，我被刷下来也特别开心，我觉得我不被刷下来，这不正常。我是一张白纸啊，如果被录取，那表演的门槛也太低了。我在天安门坐了一晚上，然后踏踏实实地等第二天早晨的升旗仪式。我仰视着伟人，看着雄姿英发的国旗班朝我迎面走来，听着国歌，仰望升起的国旗，有种激动到窒息的感觉，顿时热泪盈眶。后来我坐在中央戏剧学院的操场上，看着满墙的爬山虎，看着一张张自信和朝气的脸，看着这些大学生，我产生一种强烈的愿望，我想在这个学校有一张属于自己的课桌。从那一刻起，我的自律性变强了，我以前真的是一个隔三岔五被请家长的那种学生，就是会上房揭瓦的那种，那样的一个男孩儿，突然变得自律了，变得开始努力了，变得可以在板凳上坐住了。

**周　迅**　说明您是真的热爱这个行业。我完全明白您的那种不顾一切的感受，因为有想要成为好演员的目标在那儿。

**瑶　淼**　周迅那个时候刚来北京，其实也经历过一段很动荡的时期。

**周　迅**　我一开始来北京不是为了拍戏，后来才开始拍戏，拍《橘子红了》的时候，我才开始确定要好好当一个演员。而且我有这个能力，我没觉得演戏有那么难，但是我做其他的事就会觉得特别难，演戏时我才会比较自在。

## “自卑”有时是一种动力

**瑶　淼**　段老师，那在表演的路途中，您觉得是哪个点给了您一个专业方面的启蒙呢？有没有一件事让您确定，以后一定要做一个专业的演员。

**段奕宏**　不瞒你说，我考了三年，然后我又上了一个中戏的短训班，跟头把式[①]地考进了中央戏剧学院的本科班。即便进了中戏，成了正式的学生，我也一直非常自卑。

**瑶　淼**　是因为有一种危机感。

**段奕宏**　这种危机感太强了。我深知考上这个学校太不容易了，而且我也知道，自己真的是不如身边的这些人。

**周　迅**　其实我觉得演员有些时候自卑挺好的。它会是一种动力。

---

① 跟头把式：东北等地区的方言。指的是人在快走路时或是小跑时要摔倒却又没有摔倒的样子。

**段奕宏** 自卑，没有安全感，都不是坏事。我也想一上来就特打眼儿。可我做不到，我就是不打眼儿，那怎么办呢？只能不断摸索，找到适合自己的路，让自己那颗浮躁的跳动的心有一个安放之处，其实就是学会面对自己，让自己放松，让自己踏实。

**瑶　淼** 那段老师，到底是哪一个节点让您一下子就找到了作为演员的自信？

**段奕宏** 我到今天遇到每一个新的角色，都是从不自信开始。《暴雪将至》那部戏，我在里面饰演一个二十世纪九十年代工厂保卫科的干事。那离我的生活太遥远了，我非常不自信，又不能想当然地表演，只管把台词念对了，衣服穿对了，调度走对了，钱数对了，然后回家。这样不行，这不是我坚持做演员的初衷。我要体验生活，这对我来说是最好的捷径。我不认为这种方法笨拙，我觉得它就是一种捷径。电影、人物、导演、编剧，成就了我。我碰到了对我至关重要的导演，从最初的张建栋，到杨阳、康洪雷，话剧导演田沁鑫、孟京辉、查明哲，还有曹保平。这些导演帮助我探索自己、遇见自己、面对自己。今天再看《士兵突击》，对我来说，我在里面的表演是稚嫩的。但是我一点都不纠结，因为那是我那个阶段的积累。有人说“老段我喜欢你演的团长，不喜欢另外的某某角色”，没关系，我自己清楚，我希望自己一直在演戏这条路上，无论是面对赞誉或者批评，我首先要清楚，我是一个职业演员，得站稳，因为我还有很长的路要走。

## 演员之间需要相互成全

**瑶　淼** 段老师在《烈日灼心》中和邓超的对手戏，气氛是一点一点

段奕宏在《暴雪将至》(2017) 中饰演保卫科干事余国伟

“无论是面对赞誉或是批评，我首先要清楚，我是一个职业演员，得站稳，因为我还有很长的路要走。”

紧张起来的，从一开始两个人唠家常，到后来伊谷春的警惕，再到后来的试探。

**段奕宏** 如果这场戏让我去生演，一定不会呈现出现在这样的效果。我没当过警察，我再有天资，也演不出来，因为我没有去选择和判断过。所有的感受和我的触角，都得益于我花了十六天在厦门体验生活，那十六天对我来说真是丰富的一段经历，也恰好赶对了时机，我跟真正的警察出警，一起工作。所以我是通过接触与感受真正的警察的生活，经过判断、选择，才塑造出了现在你们看到的伊谷春。我也一直在纠结，是该在邓超捡烟那一下，就开始判断他是嫌疑人吗？不是，未必。不要忘了一个警察的下意识的职业特性，他会怀疑一切。我接触过的一个刑警大队长，在派出所里，就是质疑一切，他在生活当中也质疑一切，很难有事物能走进他的内心。所以那一下不会让我有笃定的判断。最后经过一系列事件的呈现，观众自己会做出判断，但我的表演一定是有层次的。我要呈现出角色下意识的判断，这就是我所在乎的。演员要注重的是下意识的真实，做到这点很难。

**周　　迅** 被烟头烫的那一下，是下意识的真实吗？

**段奕宏** 那是设计的。因为我想让观众去感觉，普通人被烟烫到和邓超捡烟头有什么不同，二者呼应起来，这就是我们所说演员要成全的其实是一段戏，成全的是彼此的关系。因为我对烟烫的承受力不大，烫到后会有自然的反应，我要凸现出编剧和导演设计邓超这个捡烟头动作的价值，让观众自己有一个定夺和判断。

**周　　迅** 那这个动作是设计的，我就想不到这些。

**段奕宏** 这就是作为编剧和导演的用心，我们演员要做的工作就是把他们的这份用心或者是容易变成匠心的设计，自然地融进影视作品里，呈现给观众。我觉得这是演员应该做的。被烟头烫一下是自然的烫，我也想体验一下。那么当我体会到这种被烫到的感觉的时候，我就更加地怀疑，这不是一般人能承受的疼痛，这个哥们儿心里得承受多少事啊，多大的事啊。那我这个动作对观众来说，就会有一种代入感。建立这种代入感，大家会关心邓超这个角色，到底发生了什么样的事情？这就是彼此成全，成全这个故事，成全这部电影里面的主人公。当主人公成立了，这部电影也就成立了，我的作用就发挥出来了。

我现在越来越享受跟不同质感的演员合作。因为我相信他们的智慧，信任他们的想法和创造力。如果你想给观众带来“神入”的作品，首先创作者之间一定要有诚恳的交流。如果演员都抱有私心，都想抢戏，没有“互相成全”的格局和想法，那这个作品一定是糟糕的。它会是失了分寸、失了节奏的，会是不精确的。我们要的不只是准确，要的是精确，要的是一种严苛的创造力。

## 服化上的小细节可以让表演更自然

**瑶　淼**　《非凡任务》里面，段老师饰演的大毒枭，手里总是拿着一条手帕给自己擦汗，我们通常看到毒枭手里可能会拿一根拐杖，有的还会拿金手杖这种特别能体现自己气派的道具。为什么您会设计拿一条手帕呢？

**段奕宏**　其实我是在试装的时候灵机一动。用十年的时间去等待一个复仇的机会，这对一个人来说肯定是一种煎熬，他又不想让

《烈日灼心》（2015）中段奕宏和邓超的对手戏片段

“演员要成全的其实是一段戏，

成全的是彼此的关系。”

别人看出他这种煎熬的心态，这是故事的一个伏笔。而影片中所呈现的炎热的夏天也好，常年的炎热天气也好，都会让这个人内心的煎熬感外显为一种大汗淋漓的感觉。再加上这个角色本身体弱多病，其实这个人已经糠了，他唯一想做的事情就是复仇。那么他又想在人前呈现出一种比较潇洒放松的状态，那我觉得手帕可能会让我有一种代入感。不要小看一个小道具，它可以让你一下子找到人物的定位，一下子帮你打通很多的脉络，这个人物的节奏、肢体的感觉、说话的语气，都可能会在那个点上发生质的变化。角色的造型非常重要。我一直就在提醒自己，不要认为你穿上角色的衣服，无论是警察制服、护士制服或者毒枭穿的衣服，你就是他，不是。呈现出角色的温度，驾驭好这个造型，是演员要做的功课。

**瑶　淼**　有的时候，化妆、服装都能够帮助演员进入角色，如果这些都不行，演员也可以自己来设计一些小细节。那周迅你记得你在演戏的过程中，有哪种小道具，或者小细节的设计特别帮助你一下子成为那个人物吗？

**周　迅**　《橘子红了》里面，我演的那个角色是个小脚女人，我真的是穿着过去的那种小鞋演的，走路的时候只能很小心，因为我的脚在鞋子里面是拱起来的。就算拍远景，我也不换上自己的鞋子，有需要跑的戏份我也不换鞋，这样在她的形态上，已经不用我去演了。还有在《如懿传》里面，女演员都要戴旗头，甩头的时候就不能很用力，要不然穗子就会贴到脸上来，所以转头的时候要保持一个较慢的速度。

**段奕宏**　真实的体态帮助周迅去塑造人物的气质。

**瑶　淼**　从心理上就成了这个人物。

段奕宏在《非凡任务》（2017）中饰演的毒枭，手里总是拿着一条手帕

**周　迅**　对，留指甲也很重要。这样你拿东西，洗头，或者是做其他的事情，自然而然就会形成一个习惯，你就不用再刻意去演。

**段奕宏**　周迅能为一个角色这样去改变自己的生活习惯，包括留指甲、穿小脚鞋，说明一个问题：你是爱你心中的艺术，还是爱艺术中的自己。我们这个行业，在很多人眼里就是名利双收，“你们出点事太好了，哇，太棒了”，人们总喜欢这样诅咒我们这个行业。如果我们自己对这个行业都不尊重，又如何要求别人对这个行业尊重？我们对表演的认知，已经在倒退，已经有偏差。这是谁的责任？我觉得大家都有责任。现在做演员的很多，但真正意义上的演员到底是什么样的？作为创作者，得有一种疯狂劲儿，我们才有可能不断地提高自己的表演水准，提高中国演员的表演水准。让期待这个行业不断进步的观众看到，我们是有希望的，同时我们是有责任这样去做的。

## 演员如何突破局限性?

**段奕宏** 我想把我自己的从艺职业生涯分为几个阶段来谈。首先是我对演员这个职业的认识，从粗浅的、满足自己虚荣心的、能尝到一些自信的、获得鲜花和掌声开始，那是明星和演员都分不清的阶段。我也在挣扎和选择，我不是什么大智若愚的人，一开始就分得清什么是明星，什么是演员。

我认为演员先是要像样，然后再做被人期待的演员，最后是成为被人相信的演员。我对自己说要进入第二阶段，有了这样的目标，就会怕失败。但是挺好的，只有这样我才能苛刻地要求自己提高在创造力上的水准，至少不要原地踏步，这个想法让我有种忐忑不安的感觉。我不认为我什么都能演，我得承认自己的局限性。那么怎么突破这种局限性？这真的是需要一些不确定的因素。

有时候我也很任性，我在2016年演了三部电影，都是和第一次做导演的导演合作，有的是摄影导演，有的是编剧导演。有人说："你的胆子太大了，这里面的安全系数很低哟。"我说我在前期和他们沟通的时候，被他们的那种挣扎感打动了：他们对生活的挣扎、对事业的挣扎，他们不断在挣扎中寻找着希望。我不想过得太安逸，我需要这种挣扎感。所谓的技术，所谓的艺术水准的鉴赏力，或者是你想表达什么样的内核，甚至导演的段位，在那个时候对我来说不重要了，我真的是任性了一把，我就需要这种对自己的不确

周迅在《如懿传》（2018）中的旗头造型

定性。

**周　　迅**　其实有时候演员会自发性地打乱自己，他不能太安逸。游刃有余之后，就会没感觉了，因为太相信惯性。习惯之后就会不舒服了，一定要有新的东西。

**瑶　　淼**　之前看到，有的影迷评价一段好的表演时会说，这个演员很熟练，但不油滑。就是说演员如果太依赖惯性，就会有种油滑的感觉，给人一种套路感，其实这会把自己和观众推远。

**段奕宏**　我把这个职业看得非常崇高，但有时候我也会有一种私心，我不想像以前一样不顾一切地演戏。因为我知道自己的性格，只要我选择了这个人物，我一定要做到不顾一切，哪怕要撕开内心的阴暗，演员这个职业需要这样。但是有时候我真的不想完全地撕开。

**周　　迅**　就是不想被别人看到人性最黑暗丑陋的东西，但是其实角色有了这一面之后，他变得更丰富了。这就要看演员愿不愿意诚实面对自己的心，因为人对自己的缺点总是会规避，其实我们心里是知道的，但是会糊弄过去。演员到最后还是要把自己打开的，人物只有足够真实，观众才会被打动。

**段奕宏**　为什么我们要多看书，要多去观察社会、观察世界，我觉得不仅仅是因为作为演员要真实地反映人性，真听、真看、真交流，那是一个演员必须要具备的，我更感兴趣的是生命、世界、人和社会之间的关系。

# 表演者寄语

以前我会陷入一个故事情节里，也很在意外界对我的评价，对我作品的评价。现在我更喜欢当下的这种自在感，我可以专注在一个故事情节当中，但是我也有能力从故事中抽离出来，而且我越来越喜欢抽离，因为它不是我生活的全部。生活太大了，一直拘泥于一个职业，其实对创作者来说是非常有害的。演员一定要承认自己的局限性，我经历的事情、接触过的人，太有限了，如果连这点都不敢承认和面对，路会走得越来越狭隘。虽然演员要有对于自我的独到认识，但是面对自己和探索自己更重要，我觉得这是演员这个职业带给我的莫大的幸福。

——段奕宏

# 筋骨

表演者：

冯远征，北京人民艺术剧院国家一级演员。导演。全国政协委员。北京市政协委员。享受国务院津贴。中宣部“四个一批人才”。

2015 年获全国德艺双馨文艺工作者称号。2016 年荣获北京市优秀共产党员称号。2018 年荣获中国电视艺术工作者德艺双馨奖。

1989 年应邀赴联邦德国西柏林高等艺术学院戏剧系进修戏剧表演（主攻格罗托夫斯基表演学派）。

2004 年凭借《美丽上海》中阿荣一角荣获第 24 届金鸡奖最佳男配角奖。

2005 年凭借话剧《全家福》荣获第 22 届中国戏剧大奖梅花奖，第 12 届文华奖表演奖，第 8 届中国艺术节观众最喜爱演员奖。

2010 年凭借话剧《知己》获中国话剧金狮奖。

2012 年获华鼎奖亚洲戏剧最具人气奖。

2013 年获中国电影表演学会金凤凰奖。

2015 年获上海国际电视节白玉兰奖最佳男配角奖。

表演作品：话剧《全家福》《哗变》《知己》《公民》《司马迁》；电影《青春祭》《建党伟业》《1942》；电视剧《不要和陌生人说话》《钢铁年代》《老农民》《老中医》。

导演作品：话剧《司马迁》《哈姆雷特》《足球俱乐部》《等待戈多》《死无葬身之地》《日出》《屠夫》《十二公民》；电视剧《滴血玫瑰》。

“我是表演者冯远征，我们塑造的每一个角色，都应该有筋骨。每个演员探索表演的方式不一样，归根结底，还是要善于观察生活和捕捉细节，从‘大俗’到‘大雅’，再到‘大俗’。”

# 冯远征的表演笔记

**灵感从观察生活来：**

- 对于角色的灵感，通常来源于日常观察积累的水到渠成。
- 观察生活不单单是为了某个角色，而要成为演员持之以恒的习惯。
- 表演者筋骨不是忽然出现的，而是需要持续的积累、坚持才能塑造出来。
- 面对无法在现实生活中体验的角色与情感时，可以“替代”成相似的形象或情景来进入角色。

**舞台表演和影视表演的区别：**

- 在话剧训练中，“声、台、形、表”需要更系统的训练，来使得演员更适应舞台空间与表演的张力。
- 在舞台上演员通过强烈的肢体语言与台词，能够放大自己的信念感与内心，并让观众能够感受得到。
- 表演环境，例如舞台的大小，会影响演员对于表演幅度、台词以及情绪的把握。

**表演小技巧：**

- 演员在冲破生理上与心理上的极限后，在表演上能够更具有爆发力与控制力。
- 演员在表演时，通常会由于场外的干扰而无法全情投入，因此需要具体的技术手段来控制自己的形体、角度等。

**陈　　昊**　今天我们的主题是“筋骨”，冯老师是怎么理解这个词的？

**冯远征**　我们每个人都有筋骨，作为演员，我们塑造的每个角色也应该有筋骨。我们在塑造人物的时候，可能更注重外在的东西，但是好的演员塑造出来的好的角色，那些能够给你留下印象的角色，应该都是带有内在筋骨的。文艺作品也是一样。

## 行云流水的表演

**陈　　昊**　周迅和冯老师应该是第一次见面？特别想知道两位对彼此的印象是什么。

**周　　迅**　我看过冯老师演的《非诚勿扰》里的角色，当时我就觉得非常惊艳，这个角色所有的连接点，都可以看得到。

**陈　　昊**　什么是“连接点”？

**周　　迅**　“连接点”是指在演戏的时候，有一种节奏感，就像胶片一样“哒哒哒哒……”，连接点呈现好了会给人一种行云流水的感觉，在冯老师的表演里，确实是可以感受得到。

**冯远征**　我一直觉得周迅是表演者中的一个“精灵”，你会看到她在表演当中那种灵动的东西。我看她的戏，能够感受到她每一次都是在用心去做这件事情。对于演员来说，这可能是一个笨方法，但我们恰恰能够从她的表演当中，看到撞击你心灵的瞬间。

**周　　迅**　我刚开始拍戏的时候也不知道该怎么做，所有的东西都是被调动起来的。

## “模仿”是学习表演的一种方法

**冯远征** 其实刚开始表演的时候，基本都是靠模仿。有段时间，中国电影界男演员的偶像是罗伯特·德尼罗、阿尔·帕西诺。《教父3》里，阿尔·帕西诺有一个特别经典的镜头，就是他女儿为他挡枪的那一瞬间，他女儿倒地，然后他抱着女儿，发出一声特别长的、无声的呐喊。很多男演员在后来的表演当中，都模仿这段，都试图找这么一段失去亲人之后的爆发戏，也用这种无声的方法去演，但是都演不过人家。

**陈　昊** 周迅有这样的经历吗？有这么一个角色，或者一个片段，一直印在你的脑海里，在之后拍戏的时候特别想复制一下。

**周　迅** 我不会刻意去复制，但确实会有那样的瞬间种在自己脑子里，在之后拍戏的时候会从中受到启发，就会用这个爆发点去延伸出自己的东西。所以多看好的作品是很重要的。

**冯远征** 是的，当你看到一个好的表演的时候，会受到好的启发，最后会用到自己的表演当中，但绝不是复制。一定是由于它的启发让我们产生“哎呀我怎么没想到”的感觉，在以后的表演当中，就可以通过这个启发来更好地塑造角色。

## 养成观察生活的习惯

**陈　昊** 两位聊到了对彼此印象深刻的角色，周迅说对冯老师在《非诚勿扰》中饰演的角色印象深刻，那个角色，您当时是怎么准备的？

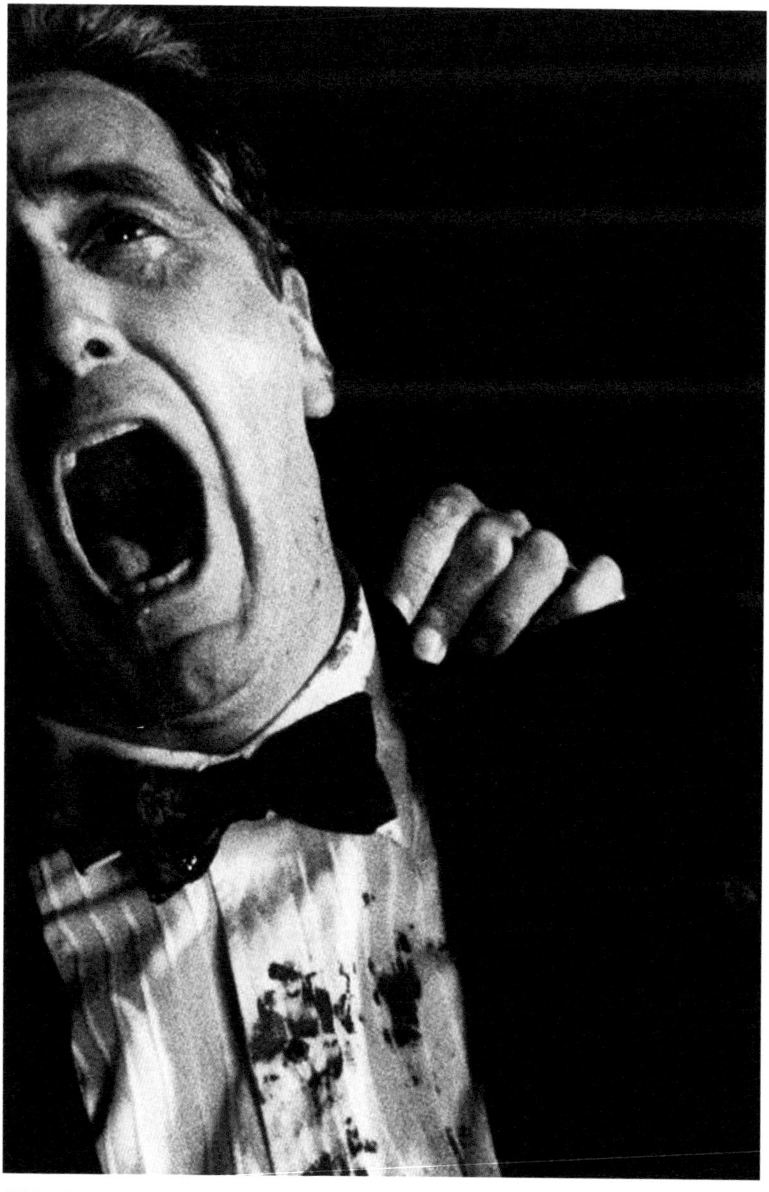

《教父 3》中阿尔 · 帕西诺的无声呐喊

**冯远征** 很多人问过我说这个角色很难演吧，我说不难演。不难演的原因是什么？因为我不是接到剧本，才去想怎么演这个角色，其实周迅也是一样，我们都善于观察。在学校的时候，我的老师林连昆就让我们去做观察生活练习[①]，他让我们去生活中看，然后把观察到的人还原到舞台上，还要加上我们自己理解的东西。我们那会儿也喜欢偷懒，爱玩儿嘛，经常就忘了这事。有一次第二天就要交作业了，一想“完了，还没观察生活呢”，然后我就和班上另一个同学编了一个，编得还挺好玩的，一演完，同学笑，老师也笑，我们俩就自我感觉特别好。最后老师点评到我们这儿就说：“冯远征你跟高冬平搭配得挺好的吧，大家都笑了，我觉得你们这小品做得挺好的，编的吧？明天交两个。”当时我就蒙了，从那以后，再也不敢不观察生活了。

**周　迅** 为什么他看得这么清楚？

**冯远征** 因为他是老师。就像你现在去看一个演员，他演得比较假的时候，你一眼就能看出来。真正观察生活的表演，做得再差，也能看出来是观察来的。但是如果是编的，做得再好，也能一眼看出来是编的。我从那以后就养成了观察生活的习惯。所以当我接到《非诚勿扰》这个角色的时候，我、葛优、冯小刚导演，我们三个人碰了三次，就针对这场戏，就想确认我演的那个角色是怎样的人，我和葛优对了几次台词。因为在过去一些类似的电影里，对这种人物演员都会很夸张地表演，但是小刚导演说：“不能那样演，他生活中是什么样，你就要给我反映什么样。”我一下就很兴奋了，因

① 观察生活练习：将生活中观察到的人物，加上演员自己的理解后还原到舞台上，经常以小品的形式呈现。

为这句话调动了我很多记忆，包括我生活中接触到的这样一些人的样子和状态。

在准备的时候，有些细节真的是我观察来的。我首先要求，右耳要戴一个钻石耳钉，特意为了在拍的时候亮一点，突出这样一个标志，然后粘一个挺大的双眼皮。试妆的时候都挺好的，但正式拍的时候，怎么也粘不好，化妆师就特别苦恼，说这样不行啊，到时候两只眼睛一大一小。我一下子就找到了这个人物的很多感觉。拍摄过程中，我和葛优走戏的时候，是一握手就坐下，后来在实拍的那一瞬间，我突然想到，一定不能放开葛优的手，所以我们俩站起来握手，如果你去看回放的话，葛大爷刚要坐下，我一下子给他拽住了，那一瞬间他有点尴尬。这个镜头拍完以后，葛大爷说："哎呀，我一身鸡皮疙瘩都起来了。"很多情况下演员在塑造一个人物的时候，是靠体验生活去寻找感觉，但有时候是靠生活积累、靠自己观察到的。当你在拿到某个角色的时候，记忆库中的某个人物就会突然出现，很多东西就会被调动起来。

《非诚勿扰》（2008）中冯远征和葛优握手的片段

## 如何饰演“另类”角色？

**陈　　昊**　其实两位之前都饰演过比较另类的角色，比如说周迅之前在《画皮》里饰演的小唯，还有在《龙门飞甲》里以男装示人的凌雁秋，像这种角色需要怎么去支撑呢？

**周　　迅**　我演小唯，就是把她当作一个女孩来演的。她是妖嘛，其实不懂什么是爱，但她想要去占有王生，所以我就从女孩的角度去理解她。

那个时候我也不知道该怎么去演妖，所以其实是有模仿小狗的一些特征，都是动物嘛，会有相似性。包括我站的时候，整个脚是歪的，画面里不太明显，但是确实没有站直，走着走着身体就会倾斜。而且我演的小唯，看到王生出现，她的头是歪着的，这点也是在模仿小狗。我以前养过两只小狗，我一回家，它们俩就歪着头看我，这是它们表达喜欢我的方式。

**陈　　昊**　所以不光要注意身边的人，可能身边的一切东西都需要去注意，把它们采集到心里面，什么时候表演中有可以用到的，拿出来就正好合适。

**冯远征**　就是感受力要强。我演《不要和陌生人说话》里安嘉和这个角色，在接到剧本的时候就特别喜欢，当然不是说我喜欢打老婆啊。

**陈　　昊**　你特别疼老婆，这点我们都知道，哈哈。

**冯远征**　对，我的意思是之前在国内，没有这样的角色出现，所以这个角色其实是我争取来的。最后决定让我演以后，我也是茫然的，我不可能逮着谁就问“你打老婆吗”，没有人会说这种事情的。后来我就去打“妇女热线”，去咨询，对方很自然地就怀疑我可能有这个问题，他就开始劝我，跟我讲道理。我说“我是研究生，在中国有这样的状态吗”，他说“有啊”，又跟我讲这样的人是怎么一回事，我听完以后，再去寻找感觉。

安嘉和这个角色，他和弟弟的感情很深，因为在他们小时候父母就分开了，是母亲一个人把两个孩子带大，他们是相依为命的感觉。有一天他提前放学回家，发现妈妈和一个陌生人在一起，就是从这时候起埋下了他害怕妻子和陌生人在一起的“种子”。

**陈　　昊**　演员不管是科班出身还是非科班出身，最后的归宿是一样的，都是要塑造角色，就看演员用什么来填充自己了。可能有些演员是通过自己的感悟，有些则是通过体系化的表演学习。

## 格洛托夫斯基表演流派

**陈　　昊**　冯老师曾经专门到德国系统地学过表演，那能不能给大家讲讲格洛托夫斯基的表演流派。

**冯 远 征**　首先格洛托夫斯基是斯坦尼斯拉夫斯基的学生，他发现斯坦尼斯拉夫斯基很多东西都落后了，斯坦尼斯拉夫斯基也意识到自己很多东西落后了，所以格洛托夫斯基就发明了自己的这套体系[①]。

① 格洛托夫斯基表演体系：演员既创造戏剧动作，又引导观众进入戏剧情节之中，成为演出与观众精神、心理、感情及理智的沟通者与建树者。

格洛托夫斯基选择了三十二个动作作为热身训练[①]，他说任何一个人都能成为好演员，只是看你怎么去开发。其实他把表演的训练简单化了，但是这种训练法很强大，它能够挖掘出人的潜能。就像我们熬夜似的，总有一个时间段是想回去睡觉不想拍了，等过了这十几分钟，醒了，再拍二十个小时都没问题，这就是人的潜能，是一种突破。表演是需要超越自己极限的，那么格洛托夫斯基的训练，就是帮助你找到自己身体的极限。当然我们最终还是要进入文本，去塑造角色。

这个表演体系，很强调潜意识里的东西。比如说演戏，我们可能全情投入一个角色当中吗？你在拍一段走路的戏时，机器需要跟着你一起走，摄影师就会要求，你和机器的距离不能超过多少，所以表演不可能全情投入。表演一定需要用到技术。除了表演以外，你还要控制你的形体，控制你的角度。

**陈　晏**　就跟我们现场做节目一样，我们要考虑到逻辑性是什么，不是说我们三个人约在茶馆，想到什么就聊一聊。

**冯远征**　对的，表演不是全情投入的，它需要有一个贯穿的主干。每个故事都有主干，每个人物也都有自己的主干，从头到尾延续。但是我们在分切每个镜头的时候，需要用到的是，除了我们的真情以外，更多技术上的支持。那么这个技术就是指我们的表演，如何达到那个最准确的点。

---

① 热身训练：大量使用身体技术来激发演员的潜能，包括翻滚、跳跃等运动技巧，声音的灵活运用，身体塑形、节奏韵律、空间感等种种能力。

冯远征在电影《大明劫》（2013）中饰演游医吴又可

电视剧《百花深处》（2011）中冯远征饰演苏长亭

# 从“大俗”到“大雅”，再到“大俗”

**冯远征** 我认为表演分三个阶段[①]：从“大俗”到“大雅”，再到“大俗”。“雅”是纯技术，两个“俗”都是“俗”，但它们的区别是什么？比如我和周迅，我们刚开始演戏的时候都是真情投入，因为我们没有体验、没有技术，只能靠真情实感去表演。有些场景我们哭不出来，看台词时挺感动，但到了拍摄的时候真的哭不出来。也有哭了以后刹不住车的。比如有些年纪小的女演员拍哭戏，问她“你跟谁最亲、跟谁长大的”，她回说“跟我姥姥长大的”，“你姥姥还……”“我姥姥没了……”说完就开始哭，导演说“赶紧拍！说台词”！可是这孩子哭完以后两个小时情绪都回不来，因为她想起了姥姥。全剧组只能等着，或者先拍别人，这种情况就是真情流露。

“雅”我们都知道是怎么一回事，就是演员完全在靠技术演戏。导演说这条需要哭，演员立马就哭了，导演说这条需要笑，演员又立马笑了。就是调表情包的感觉。但是演员如果只会调表情，那是很可怕的事。这是“雅”，如果达到这个程度的表演，当然不像我说的这么夸张了，那也是非常好了。

第三个“俗”是什么，就是当你经历了真情实感，技术又很娴熟的时候，你突然意识到只有技术是不对的。然后你有了段生活的阅历，包括年龄的增长、个人的成长，你开始把真情实感、技术和生活中的体验混到一个角色身上，而这时你再说一段非常感人的台词的时候，是用心在感受这个人物，

---

① 表演的三个阶段：阶段一，演员没有相应体验，完全依靠真情投入；阶段二，演员随着经验的积累，形成完整的表演技术；阶段三，演员能够将真情与技术相结合，投入角色后做出自然的反应。——冯远征

感受他此时此刻的状态。所以什么时候流眼泪，什么时候颤抖，什么时候把情感放出来，你是经过设计的，但是又注入了对角色的真情实感，这就是第三个“俗”。

**陈　　旻** 周迅也是明显经历了这三个阶段吗？

**周　　迅** 我真的就是一开始表演时，全用的真情实感。

**冯 远 征** 周迅是一个感性的演员，这就是非科班出身的演员和科班出身的演员的最大区别，她是靠感觉塑造角色，她没有给台词画重点。

**周　　迅** 就是到哪里都会产生灵感。有一次我在非洲，晚上的时候，我看到一个湖，月光洒在湖面上，远处不停地出现闪电，我一下就想到了凌雁秋这个角色，她很多时候都是一个人坐着，看这些景色，有一种寂寥的感觉。

《龙门飞甲》（2011）中周迅饰演凌雁秋

**冯远征** 对的，有时候演员在塑造人物的时候，不是说特意为这个角色准备了多长时间，有时候就是平时生活中的灵光一现。周迅一下抓到的，就是人的筋骨。

## 演员需要探索自己的表演方法

**陈　旻** 我们今天在讲筋骨，就是说演员去塑造角色该用什么东西去支撑。我们讲了表演经历，甚至讲了学习表演的流派，聊到现在我们来看，“表演”到底是什么？它是可以通过一种方法达成的吗？还是说到了最后是一片空白，“手中无剑，心中有剑”。

**冯远征** 表演是有方法的，而且表演是需要每个人都有自己的方法。周迅一定有自己进入角色的方法，她是靠她多年来积累的经验；有的人是靠从学校学来的进入角色的方法；我也有自己独特的方法。在《美丽上海》这部电影中，我因为饰演阿荣获得了金鸡奖最佳男配角奖。

**陈　旻** 阿荣那个角色，让我们挺惊讶的，感觉眼前一亮。远征老师是地道的北京人，却把一个上海男人诠释得那么到位。

**冯远征** 接这部戏的时候还有个曲折，我演的那个角色，最开始不叫阿荣，这个角色最早是找的我，但为了市场，他们后来又找到了张国荣，想让张国荣来演，就把这个角色叫作阿荣了。结果那段时间他身体不行了，突然有一天制片组让我迅速到上海去试妆。后来我和导演交流怎么演这个角色，她说“你要不要说上海话”，我说“上海话我肯定说不来”，因为要在短时间内学会说地道的上海话不太可能，我说“我能不能说上海普通话”，她说那可以。所以我就开始学了一个多月的上海普通话，没事就去请教身边的工作人员。

我觉得作为一个演员，还是要善于观察生活和捕捉细节，要有一种复制能力，当然是带有创造性的复制，要思考怎么去创造，包括眼神上的尖酸、刻薄。阿荣的语言就是很犀利的，他很烦自己的小妹。这些细节的呈现就跟你怎么去做前期的准备，有没有观察生活有关，并且你对这个人物设想的那些东西一定得是能够付诸实践的才行。

我们这些年，其实都是在坚持。我们都认为自己在从事的是事业，我们不是把拍戏当饭碗，因为事业和饭碗是两回事。我在跟年轻的学生讲课的时候也说，如果你把现在做的这个事当成饭碗的话，那好的，同时有三个戏来了，哪个戏给钱多就接哪个；你要把它当作事业的话，你就必须要看这三个

冯远征在《美丽上海》（2004）中饰演阿荣

“作为一个演员，还是要善于观察生活和捕捉细节，要有一种复制能力，当然是带有创造性的复制，要思考怎么去创造。”

戏，哪个对你未来有好处，可能是给钱最少的那个，但你一定要选择它，只有这样，你的艺术道路才能走得长远。

## 舞台表演和电影表演的区别

**陈　　旻**　冯老师有多年的话剧表演经验，但是对很多演员来说，话剧是不挣钱的，那么话剧舞台表演带给一个演员的是什么呢？周迅就一直挺想演话剧的。

**周　　迅**　对，我特别想知道舞台表演和电影表演怎么去区分，因为我很想尝试舞台表演。

**冯远征**　话剧其实没有那么复杂，但是“声台形表”必须要练，你要练声音，练气息，练吐字归音等，这些基本功的东西要练。

**陈　　旻**　话剧舞台的表演方法放到镜头前，会显得有些过。

**冯远征**　很多记者朋友也问我怎么去区分电影表演和舞台表演，我说原理都是一样的，都是塑造人物。重要的是控制力，怎么去掌控好镜头前的表演和舞台上的表演。

**陈　　旻**　所以是控制力上的区分。

**冯远征**　特别简单。电影是一个中性的媒介，展示出的镜头、画面，各方面是相对中性的。电影镜头前的表演，特别是特写和近景的时候，有时候要低于生活，就是比生活中还要收敛一些，因为镜头太近了，演员只是眨眼，整个大银幕都看得很清楚。舞台上则是镜框式，一般人看到的都是全景，你集中去看一个人的时候，也是他的大全景，不可能看到他的特写。但是你能感受到特写，是因为他台词的功力，因为他的表演，所以你能看到他内心的东西。

**周　　迅**　我有个问题，我演戏的时候，没有去区分电影和电视剧，话剧我还没演过，所以不好说。但我目前的经验是，面对特别的镜头，我可能会去控制，但是面对其他镜头我都是一样的，这和冯老师说的有点矛盾。有没有可能，我们不用去理会这个戏是舞台剧还是电影电视剧，也能很好地进行表演？

**冯远征** 是这样，如果你碰上的都是有经验的导演，他会找到你最好的状态，甚至不只是一个机位在拍你，起码是中、近、特三个机位，他可以在这三个机位当中选出最好的一条来，假如你的表演他认为不够好，也可以把你的中景推成特写，所以从影视表演的角度来说，确实没必要顾忌太多。但舞台剧，我相信你站在舞台上就知道怎么演了，你见到大海之后的反应，和见到小河沟之后的反应肯定是不一样的。你见到大海后，双手就会不自觉地张开，到了小河边就做不出这种反应。环境改变后，内心的感受也会随之改变。到不同大小的剧场，怎么去感受，声音和肢体动作幅度应该多大，你可以站在舞台中间去感受，当你面对观众席，如果不是个很大的剧场，你伸手就能把它抱住，肢体幅度就会小；如果是个大剧场，你伸手之后就是拥抱的幅度，这叫“拥抱剧场”[①]，你就知道自己的表演幅度和声音该多大了。

对于现在的周迅来说，如果要去学表演，可以再练练台词。周迅说台词是比较感性的，但是经过专业指导，她会把一些细节处理得更有意思，包括台词怎么说得抑扬顿挫，可能表演得会很生活化，但是好演员在处理这些时就会有他的小细节。

---

① 拥抱剧场：表演者根据剧场环境的大小、与观众的距离来决定表演的幅度与声音的大小。

**周　　迅**　对，声音我以前是不大会用的，就去听了很多。后来配音的时候，就慢慢学着去控制。

**冯远征**　如果经过话剧台词的训练，在某些段落当中，你可能就会感受到声音塑造能力的变化。演话剧就好像在酿酒，因为用两个月的时间，才能排出一个两到三小时的话剧，而在这两个月中，我们是天天重复每一句台词。

冯远征在话剧《风雪夜归人》中的谢幕场景

“话剧舞台的魅力，在于你跟观众是实时互动的，只有在谢幕的那一瞬间，你才知道什么是演员。”

**周　　迅**　这个重复要怎么解决？我自己感觉到重复的时候，就会不高兴，比如我无意识的一个回头、笑啊，我就会想“哎呀，怎么又跟上一条一样了”，可能也是和我的性格有关，我比较爱新鲜的东西。

**冯远征**　舞台表演似乎是在重复，但其实不是，因为观众会给你反馈。你在舞台上演得很悲的时候，观众会和你一起哭，你能感受得到；你演到很愉快的桥段的时候，观众的笑声会鼓舞你。而每天的观众不一样，每天的点也是不一样的。比如说一段戏，你在排练的时候并没有笑点，但是正式演的时候，到了某个点，观众“哗”地就笑了、鼓掌了，这时候你不能马上接着演，得等观众的掌声落下去再继续演，这是技巧。如果你在说完这段台词，观众哈哈乐的时候紧接着说下面的台词，观众就听不见了。所以话剧舞台的魅力，就在于你跟观众是实时互动的，只有在谢幕的那一瞬间，你才知道什么是演员。

# 表演者寄语

对于年轻演员来说，积累还是蛮重要的。机会不是别人给你的，机会是自己给自己创造的。我在跟年轻的学生讲课的时候说，为什么你们没有被发现？是因为你在演小角色的时候告诉自己，这只是个小角色，你没有把这个角色演出光彩来。一个演员演到最后拼的是什么？我进剧院的时候，老师就说，拼的是文化。这个文化是你生活当中的积累，你要观察体会，包括你自己的经历，到最后都是一种文化的体现。

——冯远征

# 求实

表演者：

黄渤，中国内地男演员、导演，毕业于北京电影学院。

2000 年，黄渤出演管虎执导的《上车，走吧》，自此走上演员之路；2006 年，凭借宁浩执导的电影《疯狂的石头》成名，深受观众的喜爱。

出道至今，他的电影作品全面开花，包括《杀生》《人再囧途之泰囧》《亲爱的》《西游·降魔篇》《寻龙诀》等，获得了票房和口碑的双重肯定。

2009 年，凭借《斗牛》获得第 46 届台湾金马奖最佳男主角奖。

2017 年，凭借《冰之下》获得第 20 届上海国际电影节金爵奖最佳男演员奖。

2018 年，黄渤首执导筒并主演《一出好戏》。

2019 年，主演《疯狂的外星人》和《我和我的祖国》。

“我是表演者黄渤，对我来说，求实就是表演要真实。演员需要把真实和真挚的东西多保留在身体里边一些，因为它们一定会慢慢流失掉。你保持的时间越长，对你来说就越好。”

# 黄渤的表演笔记

**真实的表演是最难的：**

- 选择表演专业要明确自己内心的认识，不能盲目。
- 真实的表演是最难的，表演的最高境界是人戏合一。
- 演员揣摩角色的依据，应该是故事发展的事实背景。高级的表演即真实，让人感觉不到你在表演。
- 表现情节容易，但表现真实难。演员可以通过观看纪录片学习表演。

**表演中的声音塑造：**

- 声音表演需要有变化和层次感，渐变式表演比极致表演更难拿捏。
- 方言与各种地域因素相关，表演中使用方言与角色要贴合。
- 演员可以通过“听”电影中台词的咬字、发音，学习发音、语调。

**表演中的控制力：**

- 当你的对手演员是动物时，需要更强的控制力。
- 表演中的大幅度动作往往需要“控制力”，既不能用全力，又要达到效果逼真。
- 在表演中，演员需要控制情绪，随时转换表演状态。

**表演小技巧：**

- 诠释经典角色，尽量避免模仿原作，做好自己的功课就好。
- 在拍摄前牢记现场走位，是作为演员的基本素质。演员需要根据灯光位置调整表演方位。

**梁　植**　首先欢迎表演者周迅和黄渤。今天我们的主题是“求实”，想先问下黄渤，您是如何理解这个词和表演的关系的？

**黄　渤**　对我来说，求实就是表演要真实，这是一开始进入表演最常用到的一个方式。我们天天能够看到、观察到的各种各样的人物，都能为我们提供灵感。演员在塑造角色时要能把日常生活中与角色相似的人的生活习惯融入表演里去，做到无缝连接和真实，这是一个比较高的表演目标。

## 通过声音展现人物的真实

**梁　植**　黄渤是经历了很专业的配音训练吧，当时训练了多长时间？

**黄　渤**　对，我是先进修了一年，然后考到表演配音班，一学又是两年。其实在之前我已经拍了一些戏了，跟普通的从高中毕业，直接进入大学的学生不太一样。我对自己一直有清晰的认知，就是我想要做演员。为什么选配音专业呢？当时带我们班的徐燕老师是非常著名的配音演员，我听她做示范，读一篇特别简单的、情感传递相对少而且比较克制的散文，却让我觉得身临其境，汗毛都竖起来了。于是我下决心要学习配音。

**梁　植**　学习表演的过程中，有意识地对声音进行训练和塑造很关键。

**黄　渤**　语言，有嘴上说出来的语言，还有形体语言、心理语言，它们都是人物的表达方式。

**周　迅**　对，演员的角色创作和语言完全分不开的，语言和表演是共体的。

**黄　渤**　我们平时演戏，除了形体动作，最直接的表达方式就是语言，这是表演特别重要的一个方面。我们学配音的步骤比其他专业要多很多，比如说我们的哭笑练习，会有两个多月的时间，就只是练笑练哭，而且有放声大笑、失声痛哭等训练，这些其实都是简单的，就怕那种在过程中情绪不断变化的练习。

我们早上起来做晨功[①]，经常清晨六点钟在操场的院子里就开始了，别的班的同学就“咿呀嘿嚯”，我们就开始“哈哈哈哈”。栅栏外边是个车站，早上做练习时外边就有一堆人往里边看，说：“不对呀，这以前不是电影学院吗？怎么变精神病院了。”场景特别逗。

像新闻播报、广告，我们也会拿来做声音练习。我当时配音的时候，觉得广告的声音好华丽，就很想练，但并不是每个人的嗓子都可以练成那样的。我的声音就比较单，我去配音就只能配一些小怪物、坏蛋之类的。后来我就想谁说我只能配这些角色，我就开始天天练。有一次我们配音的时候，一个配音大腕儿突然进来了，他的声音很浑厚，有一种很强的感染力。我当时就觉得他好棒啊！后来我就天天练，坐地铁上，看到什么词就练什么词，这段慢慢练习的经历，对我后来表演的帮助还是蛮大的。

**周　迅**　每个演员性格都不一样，学习表演的方式也不尽相同。我是“听”电影，听人唱歌和录音咬字的感觉。刚开始配音时，我也是找不着感觉，后来我就一直听，慢慢就可以把握语气和语调了。

**黄　渤**　语音真的是需要练的，它对演员整个的表演提升还是有帮助的。

---

① 表演系的晨功训练：以语音发声和形体练习为主，譬如呼吸练习、喊嗓、绕口令、踢腿、压腿。

**周　迅**　它表现的是真实的情感，比方说你闭上眼睛，只听声音，就可以知道对方是真地在演还是假地在演。

黄渤在电影《杀生》(2012) 中用方言塑造了牛结实一角

## 方言能更加鲜活地塑造角色

**梁　植**　渤哥演了好多说方言的角色，人物形象塑造得非常鲜活，有什么窍门吗？

**黄　渤**　我演戏的时候比较喜欢用方言。因为普通话是一种规范的语言，从色彩性和表达的丰富性来说，方言有更大的优势。我们在开拍之前也会商量，这个角色是用普通话、四川话，还是用东北话、山东话。大家在讨论的时候，不是研究怎么把一个方言说好，而是会探讨某地方言能够附加给角色的精彩度和色彩度。一个地方方言的产生，跟当地的气候、饮食和地貌都有关系。如在开阔的地方，像内蒙古，人们看东西的时候，视线焦点都是在很远的地方，如果他突然要近距离看东西，你会发现他的眼神很聚焦、很定，这是因为他平时看远的东西看习惯了，突然看到近的地方就会有这样的反应。并不是这个人生来就有这种习惯，而是环境造就了他。西北方言的粗犷和吴侬软语有很大区别，主要是地理、历史原因造成的，如果把方言跟角色贴合起来，就能把角色塑造得更加准确，更加便捷地找到这个人物最根上的东西、最魂上的东西、最有个性的东西。

## 好的喜剧，不是纯闹剧

**梁　植**　刚才两位都说到，声音实际上还是为角色服务，为人物的内心服务。那我们也来说一说角色塑造，比如说黄渤出演的"疯狂系列"，还有《杀生》和《斗牛》里面的一些好玩的地方。

**周　迅**　当时《疯狂的石头》里的角色，你是怎么准备的？是借鉴的谁呢？

黄渤在《西游·降魔篇》（2013）中饰演至尊宝

**黄　　渤**　那种人物其实对我来说并不遥远，因为我以前接触过形形色色的人。有那种特别装的老板，也有看起来比较亲和的老板，都能对上号，有的时候我就在表演中把这些人物的特点慢慢捏合起来。

比如说至尊宝这个角色，之前周星驰在《大话西游》里塑造的形象，已经深入观众心里了，他的表演特点极其鲜明，极具个人风格。这种情况下，再去演一个他曾经诠释过的经典角色，确实难度挺大的，吃力不讨好。即便跟他演的一样，观众也未必买账。所以我认为拍之前没必要再去看成功的那版，看了反而会对自己的表演产生影响，先了解大体语境，然后在这个语境范围内去做好自己的功课就可以了。

我们说好的喜剧，不是纯的闹剧，有的喜剧到后面反而会有一些悲剧色彩。我们所罗列出的一些喜剧大师的很多作品，比如卓别林，演到后面都是有一个特别悲凉的基调做反衬，在那个基调上，做一些或许夸张的、或许有意思的表演，通过错位落差的方式，产生喜剧感。

## 表演需要专注力和控制力

**黄　　渤**　比如说我之前拍《斗牛》，那时候我才知道真实情感的建立有多么重要。人至少可以通过语言沟通，如果对手是一个好演员，那他可以带我。但是面对一头牛的时候，你就知道难处在哪里了。我只能不断地没事就陪着它一块儿吃东西，躺在它的旁边，给它喂草，几乎把自己变成一个真的养牛人，就这样一遍一遍地和它磨合。《斗牛》那部戏突然让我意识到控制的重要性，要控制跟牛之间的关系，要知道这个机位、这个景别是多大，如果牛出画面了，这一条就废掉了。牛也有可能把我的位置带偏，我要想办法再转回来……脑子一直在角色里边，在理性、感性之间来回跳跃，这些还都只是练习，那部戏，平均每一场都拍了六七十遍。

**周　迅**　我还从来没碰到过拍这么多遍的情况，我都不能想象我拍到六十多遍的时候会是什么样子。

**黄　渤**　完全是硬条件给逼到这份儿上的。有一次已经都六十多遍了，觉得都差不多了，景也合适，我也合适，各种人员的配合、戏的节奏都合适，导演突然喊“停”！我问怎么又停了，他说你看牛在吃房梁上的草。一会儿牛蹲下来了，一会儿牛

黄渤在《斗牛》(2009) 中饰演牛二

“《斗牛》那部戏突然让我意识到控制的重要性，要控制跟牛之间的关系，要知道这个机位、这个景别是多少，如果牛出画面了，这一条就废掉了。”

拉大便了，一会儿牛反刍了……各种问题层出不穷，而且我还要一直保持好的状态，因为牛状态好的时候太少了。

**周　迅**　所以你每一条都必须得演好。

**黄　渤**　对，必须还得状态饱满，还得保持理性。现在回想那部戏，感觉跟变魔术差不多。有一场戏，导演要求，在雪地里边很安静的时候，牛走过来要把我舔醒；在悬崖边上，牛又要走到我旁边拱我走；后边是一个大的全景。导演要求一次完成。我说那行，先让副导演跟牛讲讲戏吧。没办法啊，要完不成怎么办？后来我身上就藏了六七个地瓜片，因为牛喜欢吃地瓜，地瓜甜。前面我先给它吃地瓜，在它瘾头最大的时候，我已经把地瓜弄成了汁抹到头发上了。然后领子里边塞两片，怀里边也揣着，袖口里也藏着，做这些动作时都让牛看见。我不断地招惹它，眼看它已经伸着头了，特别急切的时候，导演大喊"准备开机"！我立马就躺下了，然后牛自然就走过来了，开始舔我。观众看起来就像我们感情特别深厚。但是它舔的时候，我还得掌握分寸，因为牛吃草是用舌头先把草搅住，然后咬住，抬头，就把草直接薅下来。我得知道这个过程，当我觉得它要咬住我的头发了，就得赶快把住它的头，要不然我头上这块头发就没了。

起来以后我假装打它，还不能打得力度太大，它觉得我生气了就不过来了，出手的时候动作幅度要大，力要软。从镜头前蹭过的时候，我偷偷把地瓜片拿出来在它鼻子上蹭两下，再装回去继续走，它就会慢慢跟过来。跟过来以后只能听天由命了，我在那儿坐着，它在我身后，我只能不断祈祷。机器在我背后，我手里早拿好地瓜了，终于牛从我右肩膀那边过来闻闻了，我又要假装推它，把地瓜绕到左肩膀这边再给它闻。还不能让它吃，吃了以后它的嘴一嚼就又不对了，我又把地瓜揣起来，趁机把牛搂住。虽然最后这段被剪掉了，没有一镜用下来，但是这些过程让我积累了很多的经验，学会去克服本以为没办法克服的困难。

**周　迅**　所以说演员的专注力、控制力是非常非常重要的。

## 成为纪录片式的演员

**黄　渤**　后来我又演了一些像《亲爱的》《记忆大师》里的角色，按照观众的理解，就是偏悲情一点的角色。我在演《亲爱的》之前，看了好多纪录片、资料片，一个孩子突然走失，对于他的父母、对于整个家庭，影响都是巨大的，真的是切肤之痛。纪录片里的任何一段，你都无法波澜不惊地把它看完。我演的那个人物也是有原型的，之前也看过拍他的纪录片，孩子被找到那一刻，他就瘫坐在火车站的长条凳上，一边倚着墙一边打电话给家里边，就说孩子找到了，另一只手一直在抹眼泪，那种酸楚是常人体会不到的。我没有经历过这种事，所以只能尽力地去还原人物在那种情境下的状态，把他感受到的东西外化出来、表现出来，但是跟真实的状况相比，我表现出来的仅仅是万分之一吧，那种痛太深刻了，无法百分百还原。看纪录片的时候，按照我们表演的标准，你会觉得他哪一刻都是准确的。

**周　迅**　因为他完全在那个情绪里面，他的情感都是真实的。

**黄　渤**　按照我们的想象，会觉得这时候他是不是应该失声痛哭了，是不是应该按捺不住了，但他异常克制，甚至在做一些与此无关的事情，所以说人物真实的反应，有时候并不是我们想

“真实，是高级的表演达到的境界。真实的背后，
都有大量的依据。这个依据是演员真正去寻找的，
而不是我们平时看到的皮毛。”

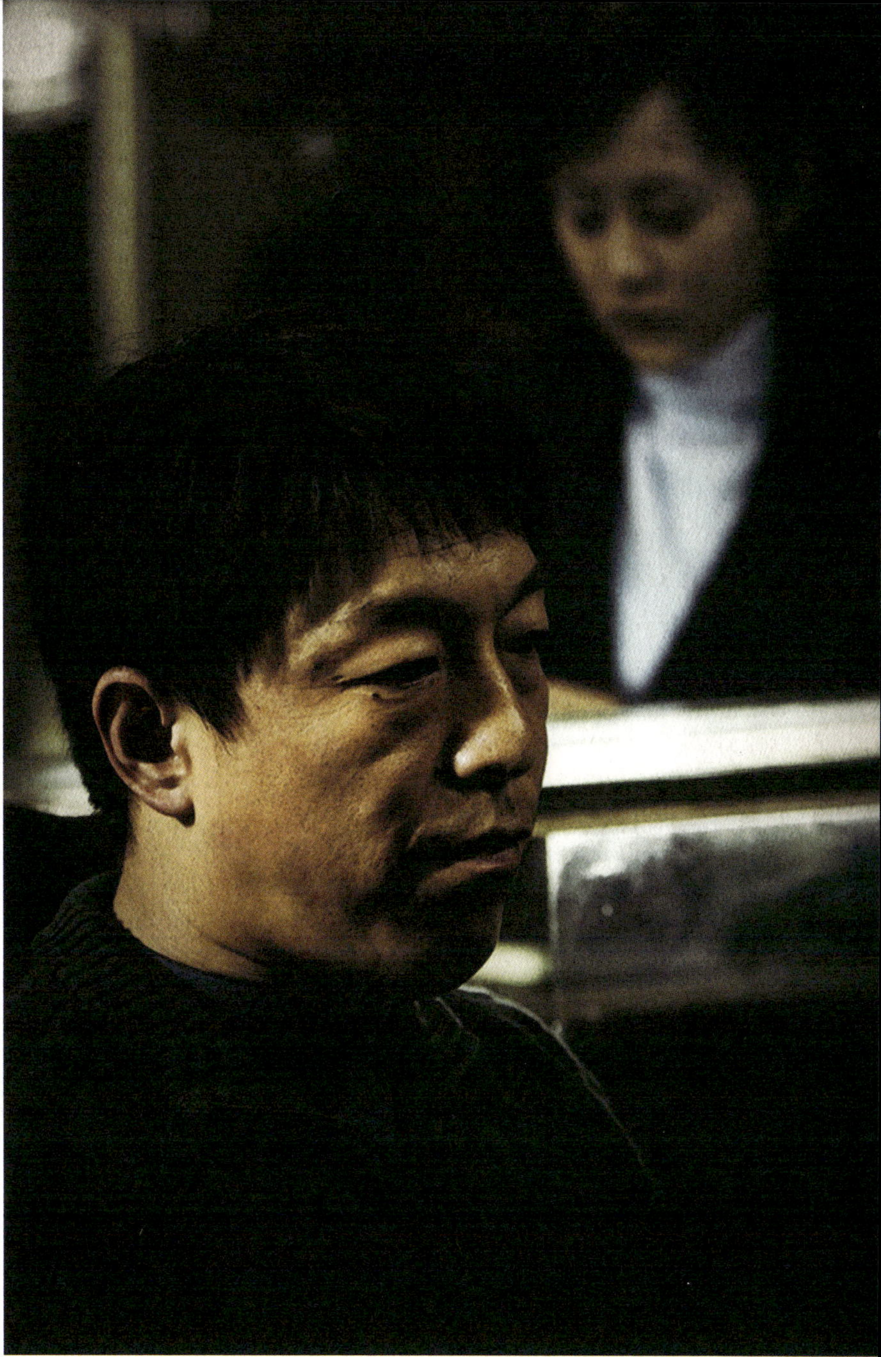

黄渤在《亲爱的》（2014）中饰演田文军

象的那样，他反应的背后，都有真实的心理依据。

**周　迅**　我们最想要的就是真实，这也是演员最想要达到的境界。

**黄　渤**　对，也就是高级的表演达到的境界。那种程度的真实，背后有大量的依据。这个依据是演员要真正去寻找的，而不是我们平时看到的皮毛，觉得这时候他应该失声痛哭了，或者应该放声大笑了。当然你也可以这么处理，但是呈现出来的效果就会很一般。

**梁　植**　所以说之前这些非常丰富的人生阅历，现在反而成为表演当中最珍贵的素材。这些阅历，能够让我们和要塑造的人物距离更近。我们说的求真，其实是在寻求和生活的贴近。

黄渤在《记忆大师》（2017）中饰演江丰

**黄　渤**　什么是"真"？还是讲《亲爱的》里面那个角色吧，你说该怎么演？当我不太清楚的时候，我就把那孩子在戏里边的名字换成自己孩子的名字，突然念一遍台词，感觉一下子就有了。为什么一下子就有感觉了？因为它带来的感触是真的。到后来我们也在思考什么样的表演是最好的，某个阶段你可

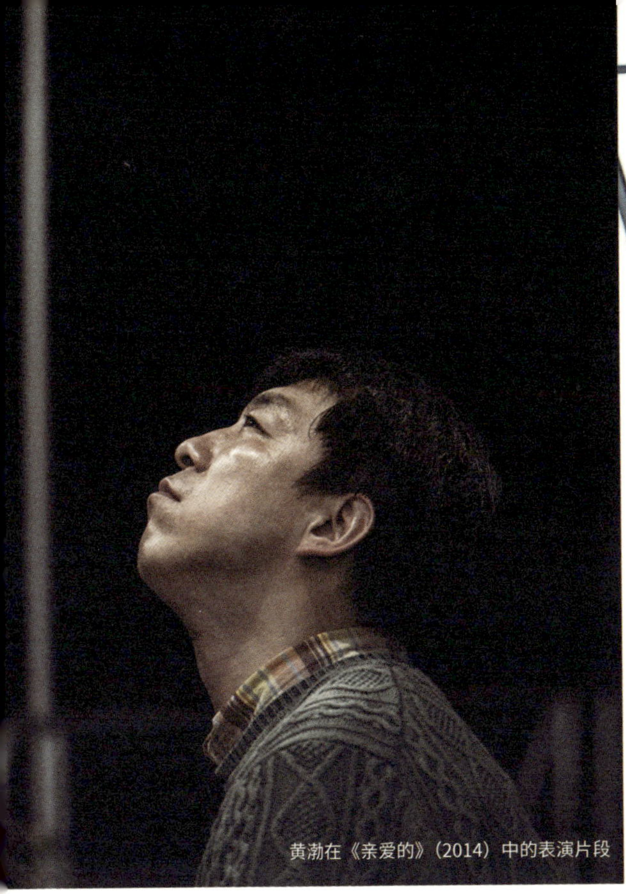
黄渤在《亲爱的》（2014）中的表演片段

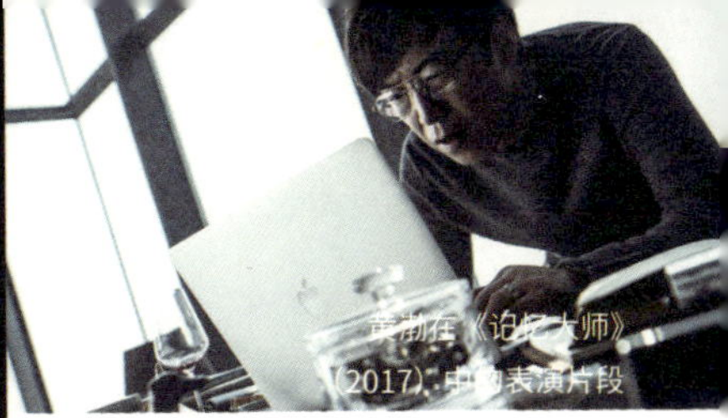
黄渤在《记忆大师》（2017）中的表演片段

《杀生》（2012）中黄渤的表演片段

《疯狂的外星人》（2019）中黄渤饰演耿浩

能觉得这种呈现方式最好，但过一段时间可能又会把它推翻。慢慢地，你会在这样不断的循环中去找平衡点，这也是表演本身有意思的地方。

**周　迅**　如果你拍过很多戏，就会陷入一种模式化，这对演员的发挥可能是一种限制，我就不希望一直这样重复。你就会去开始寻找方法，包括看纪录片去找感觉。如果能成为一个纪录片式的演员也是很好的，你所有表现出来的东西都是真的。

## 表演中的走位技巧

**梁　植**　听说黄渤和周迅小的时候是玩伴，那是谁先接触到表演的呢？

**周　迅**　我先演的戏。我在舞蹈学校的时候就拍过戏，当然不是很多，但是陆陆续续有些导演来找我，我也会去。

**黄　渤**　周迅那时候特别兴奋地拉着我，说“黄渤，给你看我演的戏”，我说“你还会演戏呢”。我拍第一个戏的时候，都演到摄像机背后了。我先在摄像机前面拍，演着演着就绕到摄像机后面去了，摄像机实在扭不过来，摄影师在旁边用脚一直在拦我。我刚开始对走位这些完全没概念。

**周　迅**　对，包括灯光位置，看光我也是很久才学会的。我以前拍戏，经常脸和光源是反着的。

**黄　渤**　其实也得益于此，在后面的表演过程中，你就发现有过这些经历会很不一样。社会的历练，在生活中见到的形形色色的人，都在无形中慢慢给你积累了很多的表演素材。

# 表演者寄语

现在市场环境越来越好，整个市场看起来也都比较沸腾，给予新人的机会要比我们那时候多很多，但是这种机会该怎么把握呢？刚开始的几部戏，对演员表演观念的建立极其重要。演员群体里边的中坚力量，同时也背负着一些责任，我们需要把真实和真挚的东西多保留在身体里边一些，因为它们一定会慢慢流失掉。你保持的时间越长，对你来说就越好。

——黄渤

# 充实

表演者：

蒋雯丽，中国内地影视女演员，1988 年考入北京电影学院表演系。

1989 年，参演首部电视剧《悬崖百合》，获得飞天奖最佳女配角提名。从《牵手》到《刮痧》再到《大宅门》，她所塑造的每一个人物形象都深入人心。

2007 年，主演顾长卫执导的电影《立春》，夺得第 2 届罗马国际电影节最佳女主角奖和第 27 届中国电影金鸡奖最佳女主角奖。

2008 年，凭借《金婚》获得第 14 届上海电视节白玉兰奖最佳女主角奖、第 7 届中国金鹰电视艺术女演员奖、最具人气女演员奖和第 24 届中国电视金鹰奖观众喜爱的女演员奖。

2010 年，凭借导演处女作电影《我们天上见》获得第 14 届釜山国际电影节观众最喜爱影片奖和第 13 届上海国际电影节亚洲新人奖最佳影片奖。

2011 年主演《幸福来敲门》，获得第 28 届电视剧飞天奖优秀女演员奖。

2014 年，领衔主演赖声川话剧《牵手》。

2019 年，凭借电视剧《正阳门下小女人》获得第 25 届上海电视节白玉兰奖最佳女主角奖。

“我是表演者蒋雯丽，演戏的现场，演员的内心是要充盈的，这个充盈源自对角色的理解和爱。除了外形，演员更重要的是内心的丰富、情感的丰富。”

# 蒋雯丽的表演笔记

**初出茅庐的表演：**

- 对其他影像作品的反复借鉴，是表演初学者迅速进入状态的方法之一。
- 好的角色基础和正确的表演指导，对于表演初学者都是难得的机会。
- 初出茅庐的表演往往不以技巧取胜，而在于演员赋予角色最真实的情感。

**演员要敢于突破：**

- 不要害怕活成角色，表演最终的目的是达到形神合一。
- 演员不可避免会重复相似的角色，但不能放弃突破自我的可能性。
- 当演绎距离真实生活遥远的角色时，要勇于体验，才能寻找到与角色最近的距离。

**做内心充实的演员：**

- 外形只是一个阶段，演员最重要的是内心情感的充实和丰盈。
- 时间会加深皱纹，同时也会丰富内心。对于好演员来说，没有黄金时间，只有更具内涵的角色。

**陈　　旻**　您认为什么是演员的充实？

**蒋雯丽**　演戏的现场，你的内心就是要充盈的，这个充盈源自你对角色的理解和爱。如何才能做到对角色的理解和爱？这需要你日常不断地充实自己，不管是在阅读上、人生观上、价值观上，还是在人生经历上，这样你才能达到一个高度去理解和认识角色。

## 蒋雯丽回忆艺考往事

**陈　　旻**　这种充实自己的能力，对于演员来说是天生的，还是说要经过一种训练？

**周　　迅**　有人天生对好多事情比较敏感，当他一坐下来，他就会去观察，这可能也是演员的一种职业习惯。

**陈　　旻**　其实对于演员来说，很多时候他在做演员之前的人生经历，就是充实自己的第一步。两位的经历其实都非常有意思，都是从其他职业做起的，不是说一开始就走上演员这样一条道路，那么给你们带来这种启蒙，或者说种下表演这颗种子的契机是什么呢？

**蒋雯丽**　我之前其实完全没有想过要当演员，像周迅还学过舞蹈，我连舞蹈也没有学过。我当时都已经工作了，在自来水厂做工人，是在做工人期间参加了文艺会演，在会演的时候被人发现了。对方说："小姑娘你虽然舞蹈一看就不是专业的，但是你挺有表现力的！你有没有考虑过考一考电影学院？"这是我第一次听说电影学院，之前完全不知道，那时候信息是很闭塞的，家里又没有人做文艺工作，所以我回去就开始看《大众电影》杂志，正好那一期登了电影学院要招生的信息。

我其实完全没有学过表演，我不知道应该怎么演，我连小品是怎么构成的都不知道，但我就是凭着真情实感被北京电影学院录取了。记得当时考试，有一道题是“说说你最难忘的一件事情”，我当时脑子里想到的是我的姥爷。上了台以后，我其实都没有组织好要说什么话，就跟今天一样开始说起来了。说着说着，现场就变得鸦雀无声了，大家都把我的故事听进去了。刚才讲到充实，因为我姥爷那个时候离开我已经有十年了，这十年里头我从来没有跟别人说起这件事，所以当我第一次在这么多人面前讲述的时候，我的内心是非常充盈的，对他的爱、怀念，与他相处的点滴就像画面一样出现在我眼前。我后来拍了一部电影叫《我们天上见》，也是为了纪念我的姥爷。

**陈　　旻**　蒋老师在考北京电影学院的时候，考官出了一个题，要做小品，叫《地震之后》？

**蒋雯丽**　对，当时听到老师出这个题目的时候，我脑子里出现的是两个画面，一个画面就是我小时候很爱看的一幅画，是德拉克洛瓦的，叫《墓地上的孤女》，画面上是一个女孩，我记得是半身像，她的脸被画得很大，可以看到她正张着嘴，眼泪是含在眼睛里面的，她的背后就是墓地，给人一种苍茫的感觉。还有一个画面就是葛丽泰·嘉宝演的《瑞典女王》，有一个好几分钟的长镜头，那个镜头在当时是一个非常经典的镜头，她面无表情，但是给观众带来的感受是非常丰富的。任何眼泪或其他的情绪表达方式都不足以表达她的那种悲痛、绝望。考试的时候，我的眼泪快要流出来时，就借鉴了那幅画给我的灵感，抬起了头看天空。

《墓地上的孤女》，德拉克洛瓦作品

**周　迅**　所以说灵感可以从各个地方来，一个声音、一种味道、一张照片、一束阳光，这些都是能带来灵感的东西。

**蒋雯丽**　其实我之前没有做任何功课，但是我考完那一天真是觉得太痛快了，我长这么大，觉得从来没有一天能够那么淋漓尽致地把自己表达一次。我经历过的所有的东西，比如亲人的离世、我读过的书、看过的画、听过的音乐，我有限的人生经历，甚至是我在自来水厂工作的那些经历，在那一天就全都汇集到一起了。所以我觉得那天其实是我上的最好的一堂课，因为我不知道该怎么演，但我调动了自己所有的感官。

**陈 昊** 周迅小时候就是在电影院长大的吧。

**周 迅** 对，从妈妈抱着我的时候，我就已经开始接触电影了。我那会儿就住在电影院，爸爸在那边放电影，我们就住在另一边，我爬过去就能看电影。所以我的一部分表演天赋跟我小时候的成长经历很有关，我从小就生活在一个电影的氛围里。我刚开始做演员就“会”表演，现在回想起来，其实都是对小时候看的电影里别人表演的复制。

## 处女作往往青涩，但情感真挚

**陈 昊** 1991 年的时候，周迅也迎来了自己的处女作，是谢铁骊导演的《古墓荒斋》，你还记得那个时候演小狐仙，是怎么去准备这个角色的吗？

**周 迅** 我其实是在模仿自己记忆里类似的电影情节，因为我看了这么多的电影，我大概知道演到这个地方要掉眼泪，那个地方不用。

**蒋雯丽** 好厉害，第一部戏就知道该怎么演了。

**周 迅** 那时候我的眼珠一直在动，和我搭戏的人根本没法锁定我的视线。而且那是我出演的第一部戏，说话老是结巴，所以那时候我的注意力，全在克制自己说台词的时候不要结巴上。

**陈 昊** 如果说你最开始演戏是一种复制，因为小时候看了那么多的角色，那是从什么时候开始你觉得自己的表演不再是一种复制了？

**周　　迅**　我刚开始演戏的时候，不是出于喜欢，只是觉得很好奇，而且我可以通过演戏养活我自己。我一开始演的角色都不是很复杂，比如太平公主就是很俏皮开朗的性格，后来我演了《橘子红了》，里面的角色性格比较压抑，我是从那个时候开始对表演有了兴趣。还有一个原因是，我最开始接触的几次表演都是在一个非常好的环境里，我现在非常感恩那一段时间，让我接受到比较正确的有关表演方式的指导，也加深了对表演环境的理解，那段时间对我来说是非常重要的。那个时候，李少红导演就跟我说，"你就只管好好演戏，别的什么都不用管"。我就真的只好好演戏，什么都不管了。我从 1997 年开始就几乎没有停下来过，从一个剧组再到另一个剧组。

**陈　　旻**　其间没有停过吗？

**周　　迅**　基本没有停过。到了最近这三四年，我觉得我不能再这样下去了，因为到了这个年纪，我还完全不懂生活。有时候拍完戏，在家里醒来我就只能一天干坐在沙发上，也不知道自己要干吗，因为没有人说"Action（开始）"，没有戏拍，会觉得自己很无聊。

**陈　　旻**　演过那么多的角色，到头来自己却不会过日子了。

**周　　迅**　但是我后来想了想，其实我的生活，就是演员的生活。

**陈　　旻**　蒋老师的第一部作品是《悬崖百合》？

**蒋雯丽**　对，当我去演的时候，我觉得我什么都不会！周迅以前有每天在电影院看片子的经历，还可以借鉴某个演员，而我就是蒙着演完的。那个时候对我来说，最大的难题就是哭不出来，我觉得能哭的演员都特别优秀，他们有感情的爆发。其他地方我觉得都好演，因为那个时候我还理解不到人物的层次和深度，但是一演到感情戏，就要情感饱满，要哭得出来。我是越紧张就越哭不出来，而且一到感情戏，导演就对全组的人说“大家都安静了，现在是演员的激情戏”，一说这句话我就完蛋了，我就开始想我的亲人什么的，还想我妈妈送我去火车站的时候跟着车跑的情景。真的是过了好多年以后我才知道，当时我考电影学院的时候不懂得表演，但是其实那个时候的表演是最好的了，现在演戏，我再也没有那个时候的青涩了。不懂的时候，是懵懵懂懂的，再让我演苏珊老师我也演不出来了，因为我已经知道了自己应该怎么演了，但是身上最本能最直接的东西已经没有了。

**周　迅**　对，肯定是会渐渐失去那些东西。

**陈　旻**　特别想问两位一个问题，你们有没有回过头来看自己演的处女作？

**周　迅**　我第一次看银幕上的自己，是捂着脸看的，感觉很别扭。我还记得那时候我去山东淄博做宣传，我跟导演一起坐在第一排，我根本不敢看银幕。

**蒋雯丽**　第一次在大银幕上看到我的电影，当时是放胶片，所以影片洗完了以后全组都要来看，找出问题，如果有问题还要补拍。当时就一个机器，大家租了个电影院，在电影院里一起看，我也跟周迅一样不敢看。我就在想：“这是我吗？这是栗原小卷吧？”那个时候我看过很多日本电影，就看着银幕说这个像谁、那个像谁，没有一个觉得是自己的。最后导演在旁边说：“这是你好吧？在想什么呢！”第一次在银幕上看到自己，完全不能接受。

蒋雯丽在《女帅男兵》（2000）中饰演国家女篮选手闻捷

## 无表演的表演是表演的最高境界

**蒋雯丽** 我们刚上学的时候，老师就跟我们讲，无表演的表演是表演的最高境界。老师给我们举了很多的例子，包括那个时候大家都知道的高仓健，大家都很喜欢他，老师就说："你看他的那张脸，他没有任何的表演痕迹，但是涵盖了很多的内容。"就是说不要过度地去表演，要给观众留出想象的空间。

**周　迅** 那你是怎么准备角色的呢？

**蒋雯丽** 我以前有在剧本上密密麻麻地写东西的习惯，包括一些台词的处理，或者是表演中要做的一些动作我都会写在上面。演《牵手》的时候，我还写了人物小传，我没有写角色在这个故事里发生的事情，我写的是故事发生前的事情，就是她生在一个什么样的家庭之类，我会给她编故事。后来有一段时间，我突然觉得这样表演痕迹太明显了，设计太刻意了，就开始慢慢调整自己，觉得不应该那么去设计，不要事先去想太多，更多的是凭自己的直觉去演。演员首先需要找到角色的合理性，再去思考人物的设置上面能不能再丰满一点，有些时候人物设置会有点单一，那我就想能不能给她再丰富一点性格方面的东西。然后真的到了片场拍戏的时候我就不再想了，就按之前想好的来演。周迅演戏，我就没有看出特别的设计。

**陈　　旻**　她有自己的一套方法，就是在开拍之前，她已经生活得很像那个角色了。

**周　　迅**　比如说《明月几时有》里面，方兰这个人，其实她整体给人的感觉是很累的，因为她生活在一个战争的年代，所以那时候我也故意地不好好睡觉。还有我在拍《听风者》的时候，我觉得一个间谍干了这么多年，她肯定累，而且那个阶段我的生活也很累，我是从自己的生活中找到的感觉，我拍了这么多年的戏，真的很累啊。

**蒋雯丽**　周迅演戏还是凭着自己的本能和直觉，她保护了自己的灵性和天性。其实演员能否演好一个角色就是要看感觉，有些特别好的角色，你看了没感觉，也没法演。

## 如何诠释颠覆性的角色

**陈　　旻**　有人总结过你们演的一些角色，觉得周迅的角色是偏冷色调的，蒋老师的角色是偏暖色调的，你们同意大家的这种定义吗？

**蒋雯丽**　演员有时候是这样子的，就是当你一个角色演成功了以后，后面大家找你饰演的都是跟这个角色相近的。演员都希望能够突破自己，希望能够尝试一些不同的角色。做演员有时候特别被动，永远在家里等待着人家来找你，找你演的角

“作为一个演员，我一直希望自己去攀登山峰，在表演的道路上艰难爬行，我觉得自己离终点还很遥远，但是在这个戏里面，我真正感受到了往前爬行和往上攀登的过程。”

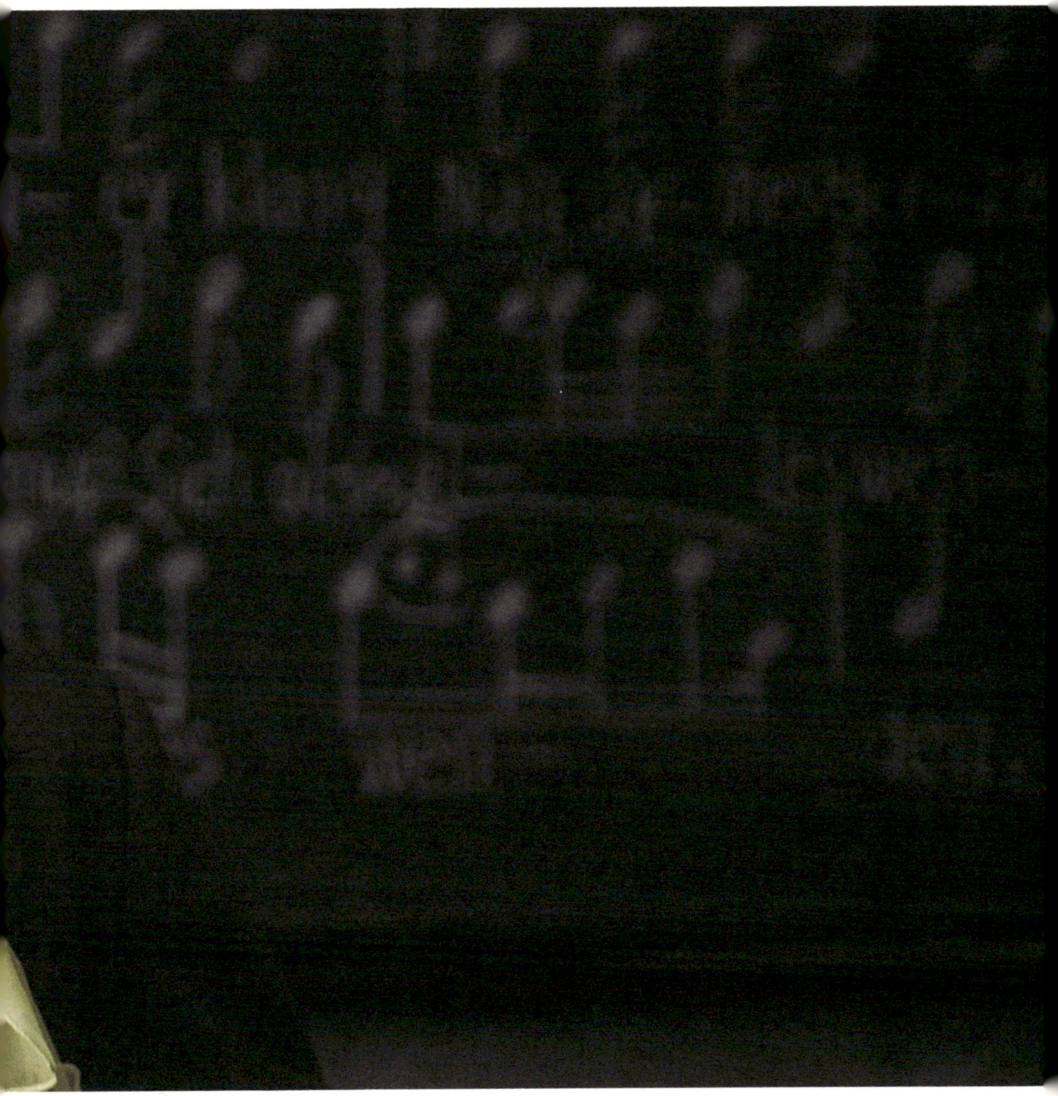

蒋雯丽在《立春》(2008)中饰演音乐教师王彩玲

色你又不见得会喜欢，可是你喜欢的角色又不见得能演得到，所以这是一份永远在等待的很焦虑的工作。

**陈　　旻**　感觉现在市场上给女性留的颠覆性角色并不是特别多，《立春》对蒋老师来说是一个突破。拿到这个剧本的时候，那个角色您最开始的时候难道不是拒绝的吗？

**蒋雯丽**　其实这个剧本刚拿到的时候，没有打算让我演的，但是我看到这个本子以后太喜欢这个角色了，后来他们说我不能穿上胖袄，我说其实我可以改变外形去贴合这个角色，但是当我真的发胖的时候，心情是完全不一样的。当我把自己吃到胖了三十斤，走路都会摔跤，再戴上龅牙，脸上每天点上那些坑，当我变成那个样子的时候，往那一站就是王彩玲这个人。那段时间我儿子也在剧组，每天晚上我带他散步，平时他都不叫我妈妈，叫我王彩玲，因为他不觉得我是他妈妈，而是王彩玲。

**陈　　旻**　那部戏带给你的感受是什么？

**蒋雯丽**　作为一个演员，我一直希望自己去攀登山峰，在表演的道路上艰难爬行，我觉得自己离终点还很遥远，但是在这个戏里面，我真正感受到了往前爬行和往上攀登的过程。因为你要真的去变胖，要真的去付出实际努力，这些是一个演员应该做到的。

**陈　　旻**　周迅也看过《立春》对吧？如果让你演彩玲那个角色，你会怎么演？

**周　　迅**　那也要先吃胖些才知道。我拍《如懿传》的时候，留不留指甲感觉就是不一样的，我提前跟剧组要了指套戴着，所以这部戏开拍之前的一段时间里我每天都是戴着指套的。那时候我拍小唯，是十个指甲都长，但没有那么长，十个指

蒋雯丽在电影《师父》(2015)中饰演武林操盘手邹馆长

甲都长的时候，有一些事我是不能干的。

**陈　　旻**　蒋老师在《师父》里边演的那个角色也有一定的颠覆性，这部戏的播出时间离我们现在比较近，给大家留下的印象比较深刻。当时您是怎么理解这个角色的?

**蒋 雯 丽**　我觉得电影真的是导演的艺术，就是导演会对你有一个构想。我对武行其实是完全陌生的，虽然之前读了导演写的很多书，但是我真不知道该演成一个什么样的人。导演后来就建议我说，看一看《教父》里面马龙·白兰度的表演，我就又看了一遍。我自己又想象了一些曾经叱咤风云的女皇、女将军们的样子，对这个人物才大概知道去怎么塑造。在现场拍摄的时候，我会摆出各种各样的造型，我知道导演在监视器后面看着呢，我就一直试各种不同的造型，如果感觉对了，就会听到导演说“就按刚才那样演好了”，我就和导演建立了默契。导演对人物有一个大致的想象，但是他不能演给你看，所以演员这个时候可以给他提供不同的状态，让他去选。

## 如何在短时间内有效地准备角色?

**陈　昊**　蒋老师准备王彩玲这个角色时短时间内增肥了三十斤，但是这需要一个准备周期。现在的制作周期没有那么长，很多的年轻演员没有那样丰富的人生阅历，那么他们应该如何有效地去准备一个角色?

**蒋雯丽**　我曾经演过一个在鱼市场卖鱼的，在开拍前我就在凌晨四点钟到码头的市场，去看看真正卖鱼的人是什么样子的，我就在这么多人里面找与我出演角色相似的人，就看到了一个女人。我发现她在右耳的上方夹了一支圆珠笔，那么大一个包往肩上一背，卸下来后特别开心，她记账也是直接从耳边拿过笔就记在胳膊上，她都没有纸，然后还和称重的人打情骂俏。我就把从她身上看到的这些特点赶紧记下来，因为要演一个跟自己特别远的角色时，你没有这样的生活体验，就要真的到角色生活的环境里头去，你会找到很多很多你需要的素材。

我们刚才在讲《橘子红了》和《大明宫词》，周迅说当她一穿上衣服就找到人物的感觉了。现在我们拍戏，一般都不会有很长的时间给你试妆。但从前拍戏的时候剧组都可认真了，一个角色会给你试妆一整天，哪怕演一个配角都会认认真真地试妆。其实试妆的过程也是去找人物感觉的过程。

**陈　昊**　周迅的建议呢?

**周　迅**　我的建议就是先挑剧本。当然我知道这个不是很容易做到，但是也要尽量地去找到一个好的剧本，打好基础。

# 表演者寄语

除了外形，演员更重要的是内心的丰富、情感的丰富。大家如果只欣赏你的外表，这种欣赏不会延续很长时间，所以做演员是很残酷的事情。我记得斯琴高娃老师曾经说：“演员在镜头前已经把自己的心血淋淋地捧出来，剥离给大家看了。”我在演戏的时候是完全敞开的，我不能把自己“含”着，如果我“含”着就演不出来了，演完一些戏，人都会虚脱了一样，因为我在用真实的心去面对观众，打动观众。时间就是一把刀，它虽然在你脸上刻下了痕迹，但是它在你心里刻下的痕迹，会让你对人物、对作品、对人生有更深刻的理解。

——蒋雯丽

# 汲取

表演者：

秦海璐，中国内地女演员，国家一级演员；著名编剧、制片人、监制、导演。

2000 年，她凭借电影《榴莲飘飘》获得第 57 届威尼斯国际电影节最佳女主角提名，并最终获得台湾电影金马奖最佳新人及最佳女主角、中国香港电影评论学会奖、香港电影金紫荆奖最佳女主角奖以及香港电影金像奖最佳新人奖。

2011 年，凭借《钢的琴》获第 8 届电影频道传媒大奖最佳女主角和纽约中国电影节杰出艺人奖；同年，凭借电影《到阜阳六百里》荣获第 48 届台湾电影金马奖最佳原著剧本奖；6 月 11 日，受英国驻华使馆以及英国旅游局邀请，出任中英电影大使以及英国旅游形象大使。

2017 年，受邀担任第 54 届台湾电影金马奖评委。

2018 年，担任第 21 届上海国际电影节金爵奖评委会主竞赛单元评委。

2019 年，导演作品《拂乡心》获得第 22 届上海国际电影节金爵奖最佳男演员奖。

“我是表演者秦海璐，演员很多时候要自己去做评判，你所汲取的东西一定得是好的、正面的。信念感对于演员来讲是最重要的，你相信自己可以做到，你才能去做出来。”

# 秦海璐的表演笔记

**如何把剧本“吃透”：**

- 剧本为演员提供了规定情境，是演员在表演过程中情感体验产生的基础。
- 就表演而言，先有理性分析，后有感性体验。演员可以先用理性透彻分析剧本，然后用感性进入角色。
- 演员需要站在客观角度全面地看剧本，可以尝试站在编剧的角度看剧本，破除对角色的偏见。

**角色无大小，表演空间有大小：**

- 人的情感是丰富的，表演是将其中的一种或几种情感放大。
- 角色无大小之别，表演的空间却有大小之分。每一种角色对应一类人，观众会从和自己相近的角色身上找到共鸣。

**演员的责任与担当：**

- 有些电影是用来怀念的，因为影片中呈现的历史需要被记录，总该有人去做这样的事。
- 信念对于表演者而言，不是无知无畏，而是做好承担的心理。

**陈　　昊**　今天我们的主题是“汲取”，海璐是怎么理解这个词的？

**秦 海 璐**　汲取，我觉得并不是说有什么就汲取什么，而是要经过一些筛选。很多时候演员自己要去做一个评判，你所汲取的东西一定得是好的、正面的。

## 开拍前做好案头工作

**周　　迅**　我和海璐在一起拍过戏，在相处过程中，我发现我们两个完全是不同类型的演员，比如说在现场，我是一定得在前一天把词背完。海璐是在现场直接看剧本，三四行的台词，她大概看了两遍，就几乎一字不差地说下来了，这让我很震惊。我当时问她“你就直接在现场记台词吗”，她说“对呀”，所以海璐你是怎么准备的？

**秦 海 璐**　对于表演来讲，我觉得一定是理性在先，感性在后。首先案头工作是一个非常理性的过程，我是会把理性的事情做得非常极致化的一个人。比如我在看剧本的时候，我不但看我自己的台词，我还看别人的台词，即使这场戏没有我我也会看。我会分析每个人物为什么会说那句话、他曾经说过什么话。等于是要把这个剧本“吃”到最透。我记得的大都是事件的逻辑和人物情感的走向，我没办法背台词的原因是，很多时候现场跟剧本里呈现的环境是不一样的。

**周　　迅**　对，因为你在演的时候，现场情况很难把握。演戏不是无根据地给予对方反应，都是要有依据的。

**秦 海 璐**　如果你记住了事件的逻辑，成功进入那个角色，自然而然，你说的话会跟剧本八九不离十。

## 对表演欲的控制力

**陈　　旻**　我觉得海璐真的把每一个角色，无论是主角还是配角都演绎得很好。据说许鞍华导演请您演《桃姐》里面的蔡姑娘，理由是她需要一个职业的、对自己的表演欲能够有所控制的演员。什么是对表演欲的控制力？

**秦海璐**　很多做演员的人其实都会有这种情况，就是人来疯。当导演说开始的时候，马上就会有另外一个自己。在许鞍华导演的那部电影里面，养老院那场戏是真的在香港的养老院里面拍摄的，影片中出现的这些老人就是真实住在那里面的。所以要饰演在那个地方工作的人，也要真的就像在那个地方工作的人一样，跟这些老人真正能够打成一片，这个角色并不出挑，所以需要很强的克制力。

**陈　　旻**　其实克制反而体现的是一种丰富性，大家可以从无声之处读出来很多复杂的情绪。

**秦海璐**　是的，在电影中出现的每个人，他背后都会有自己的故事，一部电影会围绕几个主角展开故事，但是不代表那些电影中的其他人物都没有故事。

**陈　　旻**　这好像中国画里的留白，比如齐白石先生，他画鱼画虾不画水，但是你由鱼虾的动态，能够分明感受到水的存在。

**周　　迅**　还是要看角色吧。有一些角色需要你很真实地呈现，有一些角色可能就需要戏剧化一点，因为他的生活本身就很戏剧化。

## 在拍戏的过程中加深对人物的理解

**陈　　旻**　刚才说到海璐跟许鞍华导演的合作，周迅也跟许鞍华导演合

秦海璐在《桃姐》（2011）中饰演蔡姑娘

作了《明月几时有》，在合作中有没有跟导演探讨一些关于表演的问题？

**周　迅**　许鞍华导演非常信任演员，她相信你可以完成这个角色，所以她会给你充分的发挥空间，除非到了一个点，她觉得这个地方真的不好，她才会跟你说一下。这部戏里有一句台词，从开拍那天我就不知道该怎么演，到了拍摄那天我就跟导演说“导演，其实我不知道该怎么演”。但是从开拍那天起我就一直在思考这个角色。其实在拍戏的过程中，对人物的理解，会在看剧本的基础上更丰富一些。再丰富一些之后，你这个时候就会有新的感受了。

**秦海璐**　剧本并不一定会赋予你最强烈的情感，但是它包含了人物所有起承转合的设定，你会下意识地按照剧本的设定去发展你的情感。

**周　迅**　自己也会对人物产生情感，一直演就会有新的情感。

周迅在《明月几时有》（2017）中饰演方兰

## 尝试站在编剧的视角思考表演

**秦海璐** 很多时候演员不能够站到一个比较客观的、全面的立场读剧本，而是站在了个人的人物线上。比如说我们三个人，从主持人的线上去看的话，你会有一大套说辞，而且你说得都对；我作为嘉宾，我也会说一大套说辞，也是都对；周迅站在共同发起人的角度来讲，也阐述了一大堆，都是对的。但是三个人是三套说辞，没有说到一块儿去，那么由谁来决定如何把它拧在一起？比如主持人这段你不要说了，直接去掉，保留共同发起人说的话，要想让我们的访谈做得精彩自然，就要有所取舍。所以我觉得，能不能够站到编剧的角度上，从编剧的视角去看问题，是演员要思考的事情。

前两年特别多这种说法，说编剧不好、剧本不好，谁都能修改剧本。我是不太赞成这种言论的，因为你不能够否定大多数人认可的事情。比如投资方买了编剧的剧本，你认为投资方是没文化的，没读懂。那这部戏大家是为什么而拍呢？你的搭档接了、导演接了、美术指导接了，如果这部戏就是个特烂的东西，大家都来接这个戏干吗呢？首先你否定了团队的工作力量，所以不能说你单独的那条线就写得不对。如果你觉得不能这么演，那你可以和导演、编剧沟通，找到问题的源头，当然不能要求演员都做到导演这样的水平，那样的话大家都去当导演了。所以演员是无从评判剧本的对与错的，而是需要自己去取舍。

## 表演的受众是多维的

**周　　迅**　像你这样理性的脑袋，我是不可能有的。

**秦 海 璐**　演员分很多种类型。周迅和我不一样，我说她是感性的演员，她需要碰撞，她是纯发自内心的表演，这样的表演很耗心力，周迅演戏真的是跟拼了半条命似的。我是属于理性的技术型，这个技术型不是说在镜头前演的时候，我知道什么角度脸最好看、嘴角翘到多少度最好，不是这种技术，而是对人物整体的技术性分析。我把这些东西弄透了之后，所有包袱都会丢掉。到了现场，拿了剧本，这场戏全凭感性来演。有些台词我说了就说了，没说就没说，但是我知道哪些话这场戏一定要给到。这个是最重要的，因为你不能让对手接不到重要讯息，接收不到讯息，戏就会搭不起来。其实这是理性的做法，我是一个理性多过感性的演员。

**陈　　旻**　海璐在接戏的时候，有些特别平淡的角色，演这些角色的时候会不会感觉发挥空间特别小？

**秦 海 璐**　周迅还好，基本上演的都是大女主，我饰演了很多小角色，其实角色真的没有大小的，但空间是有大小的。比方说一部戏，你能记住的情节并不是有关男女主角的，可能打动你的地方，是真正跟你有关系的一些情境或人物。所以电影中出现的每一个角色都代表了社会生活中的一类人，在某一个点一定是可以打动这一拨人的，所以表演的受众是多维的。

## 飙戏需要表演双方的互相给予

**秦海璐** 我现在很多时候拿到剧本，有大段台词的时候，自己也会一边照着念，一边用手机录音。念的时候觉得自己感情色彩很丰富，听录音的时候就感觉完全不对。作为旁观者，你的感受其实是最准确的。演员很多时候要懂得控制。如果你想要达到一种境界——你说出台词时的感觉、声音里的语气，和你听自己录音的时候是一样的，那么哪个地方用力要多，哪个地方用力要少，这就要用到所谓的控制力。演员都是“分裂”的，演戏的时候，即便是激情戏的时候你全情投入了，但是还有一个人在特别冷静地看着你，你会感受到另外一个自己的存在，他会告诉你要怎么演。

**陈晏** 我们经常看到一些评论，或者电影的宣传里说，两大男主演或者两大女主演激情飙戏，飙戏到底飙的是什么？感觉飙戏就是在飙演技，可是按照两位刚才说的，我发现飙戏反而要克制、要控制。

**周迅** 飙戏，我觉得是互相给予吧。

**秦海璐** 对，如果真正到了大家意识中认为是该飙戏的时候，一定是这个电影，或者是电视剧里面比较重要的场次、重要的情节，或者说重要的情感表达戏份。在那一刻的时候，大家都需要能够拖得住自己，更要能拖得住对手，看谁更能沉得住。我们是踩着对方的节奏，把戏推到制高点，比方说你给我一句，你拉住了，我得能接住，还得再上一下，大家互相上台阶，才能到一个制高点。这种飙其实不是大家想象中的场面有多宏大，就是台词和台词之间不架空，而且越踩越实，甚至是越挖越深。

# 演员可以借助角色释放自己

**陈　昊**　但是会不会有这样一种情况，比如参加一个选秀的唱歌比赛，一定不要选那种比较柔的、小声的曲目，一定要选在现场有能量的，比如飙高音的歌，只有这种歌才能够抓住评委、抓住观众。而特别见功力的，但是非常平淡的曲子，大家不会选来比赛。那么对于演员来说，是不是也希望有充分的情感释放的那种戏，可以把情感非常澎湃地表达出来？像这种情感释放的戏也需要控制吗？

**周　迅**　你说的那种澎湃，还是看怎么理解吧。《红高粱》里面的九儿，我觉得我最爆发的那场戏，是我坐在路边哭，放声大哭，感觉把这几年所有压抑的事情全哭出来了。我觉得那不算澎湃，其实九儿平常都是比较压着的性格。

**秦海璐**　我们首先要承认人的情感是丰富的，丰富在什么地方？既会有李米的那种爆发，也会有九儿的那种情怀和压抑，这就是人的丰富性。这些角色的情感，其实都会在同一个人的心里驻扎着，只是说角色更偏重哪种情感，就把这种情感呈现出来。

所以作为演员是很幸福的一件事，你如果拍现实题材拍多了，几部戏下来觉得很压抑，突然遇见一个特别有情怀的角色就会很开心，像九儿可以直接拿着炸弹炸鬼子。而现实题材的电影，爱你的那个人给你再多伤害，你都找不到炸弹。但是九儿她就可以，她在自己的时代背景下可以拿枪、可以放火。演员在表演的那一刻，其实释放的不只是九儿内心积压的情绪，也包括演员自己的那部分情绪，这种释放是没有力量可以抗拒的。你会觉得自己得到了一种释怀和解脱，甚

“角色真的没有大小的，但空间是有大小的。一部戏，可能打动你的地方，是真正跟你有关系的一些情境或人物。所有表演的受众是多维的。”

秦海璐在《三城记》(2015) 中饰演仇大姐

至是有一些报复的心理在的，在那一刻你心里的小恶魔得到了充分的释放。

## 如何诠释现实题材的角色?

**陈　　旻**　我们在一开始介绍海璐的时候，就说海璐的表演风格在观众的心目当中是非常真实的，两位能不能讲一下，当你们接到一个现实题材的角色，是如何从生活当中汲取元素来进行诠释的?

**周　　迅**　《李米的猜想》其实讲的还是情感，而且像李米这样的情感在现实中是比较少见的，比较极致，不是每个人都会碰到她那样的事。我演的其实还是她的一种状态，我没有细到去演她生活里是怎么样的。跟海璐饰演过的角色非常不一样。

**秦 海 璐**　我觉得现实主义题材是最不讨巧的，因为它离群众太近了，甚至就在当下。人们对于一件事情，也会有不同的看法，所以演员对于现实人物的呈现，很难博得全世界的认可，只能说在大同中求不同。

**陈　　旻**　总体来看银幕上的影视作品，现实题材是偏少的。海璐在拍《钢的琴》的时候，里边有一句台词是“不仅你挣不着钱，没准还贴钱”。您在演《钢的琴》的时候，实际上自己也贴了钱。

**秦 海 璐**　哈哈，对，我也没想到被我自己说中了。

**陈　　旻**　那是怎么回事?

秦海璐在《到阜阳六百里》（2011）中饰演曹俐

## 演员的价值追求

**秦海璐** 我们说有很多人拍电影、做文化产业，是为了赚钱，我觉得没错，但是除了有商业价值的题材，还有些题材是用来怀念的、需要留下的、可以经久不衰的、能够一直让大家随时拿出来都能看的。我看到导演拍的东西后，觉得如果不把它拍完，就放任它被扔在那儿变成垃圾一样的废胶片，那会特别可惜。所以后来我就拿了一部分钱，帮助导演把片子拍完了。像这样的电影，我觉得也需要很多人去拍，去记录当下，做一段历史的素描。对演员来说，拍摄的过程也是一个汲取经验的过程。

秦海璐在《钢的琴》（2010）中饰演淑娴

“除了有商业价值的题材，还有些题材是用来怀念的、需要留下的、可以经久不衰的、能够一直让大家随时拿出来都能看的。”

**陈　　昱**　所以我想问，你们会在什么样的情况下，愿意自降片酬去完成一个作品？

**周　　迅**　要真正觉得导演是一个有才华的人吧。比如说当年曹保平导演的第一部戏《光荣的愤怒》，我看完就觉得非常好。拍《李米的猜想》的时候，就特别希望这个导演能够让更多的人知道。

秦海璐在《河山》（2019）中饰演姜雅真

# 表演者寄语

今天特别要说的一个事情，就是新导演也好、新编剧也好、新演员也好，你有勇气不是说你不害怕，而是有能够承担的信念。“我觉得比你演得好”，必须得有这种信念才能去演。演得好不好那是另外一回事，如果演员连这种信念都没有，是不可能会演好的。信念感对于演员来讲是最重要的，尤其在这个行业里，你相信自己可以做好，你才能去做，你相信自己可以做到，你才能去做出来。

——秦海璐

磨砺

表演者：

王千源，中国内地男演员。代表作品：电影《钢的琴》、电影《绣春刀》、电影《解救吾先生》。

2010 年，凭借主演的电影《钢的琴》获第 23 届东京国际电影节最佳男演员奖。

2015 年，凭借电影《绣春刀》提名第 30 届中国电影金鸡奖最佳男配角奖。

2015 年，主演犯罪警匪电影《解救吾先生》，塑造了一个经典的魅力反派。2017 年，凭借该片荣获第 31 届中国电影金鸡奖最佳男配角奖。

“我是表演者王千源，磨砺是最好的老师，演员如果没有经历过足够多的锻炼，也得不到丰富的情感。珍惜每一个角色，只要脚踏实地，每一天都不忘初心，一定有成功的一天。”

# 王千源的表演笔记

**做不辜负观众的演员：**

- 表演者需要用专业的态度对待每一天的工作，尊重自己的职业。
- 专注于人物，专注于创作细节，对于演员来说是最根本的。
- 每一个小角色都会带来不同的积累，只要认真对待，丰富到一定程度时就会带给你突破。
- 用生命体验去创作角色，不要用你的敷衍辜负观众真挚的情感。

**如何看待名利：**

- 获奖既是一种肯定，也是一次考验。表演者需要保持谦逊的心态。
- 面对名利，演员需排除外界的干扰，保持平常心，不断追求更高的表演境界。

**表演小技巧：**

- 不一定要严格按照人物的个性和经历去创作，适时的自由发挥会让角色更加充盈。
- 符合人物性格、故事背景、表演情景的音乐能让演员更快地进入角色。
- 如何与非职业演员搭戏？用不同的节奏、速度对台词，让他感受不到表演的痕迹，直到代入角色。

**梁　　植**　不管是演员自身还是艺术的创作都需要一种孜孜以求、精益求精的精神，王老师是如何理解“磨砺”这个词的？

**王 千 源**　磨砺就是锻炼，我觉得锻炼是最好的老师，使自己更勇敢更有力量，也可以在磨砺的过程当中，把那些不切实际的想法统统抛在脑后。不管是大人物还是小人物，大角色还是小角色，都应该认真对待。慢慢成熟了，受伤多了，开心也会多。知道生活是什么味道了，演出来的感觉就不一样了。

## 做了演员，好好演就对了

**梁　　植**　什么样的磨砺和历练的过程，让您达到现在这个状态？

**王 千 源**　就是好好工作啊。像书上写的那样，把每一天都当作最后一天去过。这真是一个很艰苦的过程，因为你也可以演得很轻松，但是如果你知道如何演得更好，你却没有做到，那你一定会很痛苦。

**梁　　植**　只要是想要更好，就会有新的痛苦。周迅拍《如懿传》的过程痛苦吗？

**周　　迅**　拍戏那九个月我还挺开心的，我在片场是最开心的。

**梁　　植**　就是演戏变得像玩一样了，在片场，只要是工作状态，你就是享受的，就是高兴的，这种快乐是发自内心的。

**王 千 源**　高兴是因为周迅有了这份工作，她可以创作。你想想能够上映的影片才多少部，还有多少演员没有机会登上大银幕、演到一部好戏，你没有理由不去认真地对待它。我大学四年的时间里，研究了人物、人物关系，怎么创造人物性格，结果毕业后一分配，我被分配到中国儿童艺术剧院去了。我天天演狼、狐狸、太阳、星星，那时候年轻，不是特别接地气，总是想自己一出来就是德尼罗，要当导演就是斯皮尔伯格。没想到一下就演动物了，演鸡、黄鼠狼，所以那时候我总是不认真演戏。我们都是送戏到校，就是北京周边的所有小学，都由我们来义务演出，每次开车带上演出的道具、戏服，我们就去了。

每一次我都觉得是干行活一样，应付小朋友，那时候我总想演人，不想演动物植物。我在大学四年里没学过啊，我学的课程都是演人物。有一次我们给北京市的智力缺陷儿童演戏，我同学演男一号猫头鹰，我演群众演员石头，男一号一天是三十五块钱工资，我是三十块钱，我一想那你演吧，满头大汗就比我多挣五块钱。但是演戏过程中，一些孩子就一直在叫“猫头鹰爷爷”，始终没停。

我们演完之后，到开水间去打水，那些小孩儿就过来了，他们都特别单纯，哭得稀里哗啦，一把鼻涕一把泪的，就问“你们什么时候还能来啊，我特别想你们来，我还想看猫头鹰爷爷，我还想看石头哥哥”。那个时候我挺感动的。我突然意识到自己的无耻，每天为了混三十块钱，把世界上最真挚的观众给抛弃了。从那个时候开始，我就想以后不管是给小朋友演出，还是演电视剧、演小品，哪怕在街头画一个圈表演，我都要对得起看我表演的人，我对表演的态度从此改变。我父母是演员，所以我从小就在舞台上长大，总觉得自己已经非常饱满，非常高大了，看问题不是一视同仁的。小朋友给我上了一课，我下定决心要不然就别演，要演就要演得对得起观众。

**梁　植**　磨砺的过程，就是一次一次去经历这样的事件，在这些经历中有所领悟。

**王千源** 我曾经认为自己毕业之后没有找到一份好工作，其实那就是一份好工作。你总想演好的角色或者重要的角色，它要一辈子不来呢，你一辈子不好好演吗？所以说来什么便接受什么，在这种小角色当中，慢慢就找到了感觉，有可能就有了突破。因为所有的突破都是积累得来的，不是说第一天早上起来刷完牙它就来了。

## 好表演有时靠机缘

**梁植** 拍摄《钢的琴》的过程是非常不容易的对吧？能不能在这里分享下这部戏从拍摄到最后跟大家见面的过程。

**王千源** 张猛导演来找我，他说："哎呀，我就喜欢你呀，希望你能来参演这部片子。"我听了还挺开心，就被他"骗"去了，其实他是找不着演员了。我看剧本感觉这部戏的确是很好，因为戏中的场景唤起了我对过去的怀念。小时候我就看着那些工人骑着自行车进入工厂，相互打着招呼，谈笑风生。下班铃声一响，就看到他们一个个都带着空饭盒出来，我很怀念那个场景。拍这个戏之前，我和拍摄过《潜伏》的姜伟老师签了一部戏叫《借枪》，合同都签完了，张猛导演来找我，正好距离那部戏开拍有三十五天的时间。我想小成本制作的电影拍摄时间上应该够了，所以就接了这部戏，哪想到他拍到一半没钱了，于是我就要做出选择，是继续拍呢，还是按照合同去拍《借枪》。后来我一想，我刚毕业也没多久，挺长时间也渴望着自己能有一个突破，所以就继续拍了。我当时跟所有人说，如果他拍不完，电影上映不了，我就把它压成一个光碟，留着以后跟孩子吹牛："你爸爸或你爷爷，曾经也不为五斗米折腰过。”就这样，最后几乎就是一天拍一场戏、一个镜头。买不起胶片的时候，大家就开始休息，什么时候把钱借来，再买点胶片，就再接着拍。大家就靠这么一股热情撑着拍完了这部戏。

**周　　迅**　所以还是有感情，这一路上你说的都是情啊。

**梁　　植**　是陈桂林这个角色和这个故事带给您的这种要把它创作完成的冲动。

**王 千 源**　是的，我很喜欢这个故事，我每天在四星级酒店里面穿着绿衬裤走，因为没有时间去体验生活了，我就把酒店想象成是筒子楼，今天碰见周姐，明天碰见小哥大妈，我见谁都打招呼，也挺神经的。拍那部戏的时候我也是急中生智，我感觉现在演戏都靠急中生智，要按部就班地演是不行的。

**周　　迅**　但是这种急中生智挺好玩的，就是场景错乱创作出来的东西。

**王 千 源**　是的，我觉得有时候拍戏过程中出现的灵感就是一种巧合，那一瞬间真不是你刻意表演能达到的，提前都想象不到，那种镜头、对手和自我的结合，能达到一个无法超越的状态。

## 如何诠释反派人物？

**周　　迅**　我看《解救吾先生》的时候，就会觉得“哎，我怎么站到你那边去了”“哎，我怎么喜欢这个人了”。后来一想，不对，他是个坏蛋呀。

**王 千 源**　对于演戏，我的创作理念是，不管我的角色是好人还是坏

王千源在《钢的琴》（2010）中饰演陈桂林

“我喜欢这个故事，有一种要把它创作完成的冲动。”

人，他首先是一个人，你得让他可爱。不能因为他是坏人，就极端地演他的坏，或者是好人呢，就一味地呈出他的好。我觉得就像上学的时候老师说的那样，人是多棱镜。比如《解救吾先生》里我演的那个角色的原型，我去看他临死前几个小时的录像带，就觉得这个人挺有意思，他说："一个孩子要被车撞，我不怕死，第一时间就把这个孩子给救了。救完之后我看孩子爸爸从那边跑过来了，我一看他爸穿得挺有钱的样子，就想把这个孩子绑了。"人在一瞬间的那个感觉，就是无法把握。

我饰演的那个角色，第二天要死了，但是我不知道死是什么感觉，于是我就去跟狱警聊天，他们和我讲了第二天要执行枪决会是一个什么样的状态，但是我还是感受不到。我就感觉自己的面孔不像是要死的样子，还是很有求生欲的感觉，这不行，怎么办呢？我当天一晚上就没睡觉。因为我不知道怎么去体会临死的感觉，但是我知道我的脸和皮肤应该是往下耷拉的，眼睛应该是充满血丝的，就跟不眠不休地连续打了四天的麻将后的感觉一样。所以我就没睡觉，找朋友喝了一晚上酒，喝完酒之后特别累。等到拍的时候，造型师给我发型做好了，我照了镜子后傻了，因为喝了一晚上酒没睡好，我的脸是肿的。但是第二天要死的人，不可能脸是肿的，只要不是精神病，他一定是睡不着觉的。再狠的人、再心胸宽广的人，他都会想很多事，会回忆他这一生。所以我就开始在监狱里面跑步，一边喝咖啡一边听音乐一边跑，就想迅速让脸消肿。跑完之后进入现场，我找了一个自己喜欢的角色的音乐，然后就把自己代入了角色里。

“对于演戏，我的创作理念是，不管我的角色是好人还是坏人，他首先是一个人，你得让他可爱。”

王千源在《解救吾先生》（2015）中饰演绑匪张华

## 如何与非职业演员对戏？

**王千源** 和我演对手戏的那个妈妈非常好，导演找的并不是特别专业的演员，我说为什么不请一个专业演员来演，他说："我从背后拍，不会拍到她的脸。"他就想把镜头放在我这儿。虽然导演不拍她的脸，但是我需要看着她，如果她的状态不好，注定我演得也不会好，我再好，那是假的，因为两个人都好才是最好的。这很难做到。我就去跟那个妈妈一起对戏。同样的台词，对了无数遍，每一遍的节奏都不一样，有前面快后面慢的、前面慢中间和后面快的、前面和中间快后面慢的……每一次都不一样。通过这种不一样，让她感觉到没有属于表演的痕迹、轨道。我们开拍的时候，她就不会按照五遍都一样地去演，她慢的时候我就可以用我的表演带着她快一点，她快的时候我又用情绪影响她让她慢一点，就是要抻住她。实际上等开拍的时候，我已经放松下来把一切都交给摄影师，都交给老天了，那场戏一共拍了两遍就过了。

我们演员在一起演戏，有些东西是可遇而不可求的，那是老天给的，只会出现一次。所以先把基础打好，灵感没有来的时候，我也能保证 85% 或者 90% 的完成度，哪一天灵感来了，感觉和情绪就会很到位。那次跟妈妈在一起对戏就很到位。妈妈也是很投入地进入状态了，你们没看到她的脸，我觉得有的时候她演得比我还好。

**周迅** 对，因为她不会演。

**王千源** 她是真实的。拍完了之后，我当时在现场就看到导演哭、摄影哭、场记哭，感觉那个时候就像演了一场小话剧似的，把大家的情绪都融到了剧情里，把他们都俘虏了。

演戏的时候你不要听别人说你好，也不要看对手演得有多好，其实在你演的时候就知道自己的水平，有时候你都不用上剪辑台去看，因为你自己知道你可以达到怎样的一种程度，你演的每一条都是在那个感觉里，或者是稍微变化一下，在另外一个感觉里，但也是在那个程度范围里。

## 摸索属于自己的入戏方式

**梁　植**　王老师是用感性串联理性，周迅是相反的，或者说周迅的感性会占得很多，但是王老师的理性占得会多。

**周　迅**　反复看东西对我来讲是一个障碍，所以我看剧本大概会看两遍，最多看三遍。我拍戏也是一样，如果我一直拍，好多东西就被磨掉了。但是确实可以实验一下，如果下次我拍一个电影，我真的强迫自己看十遍剧本，看自己的表演会有一个什么样的变化。但在这之前，我一直是不能看太多遍的，而且好多角色，我不想要它在我脑子里这么完整和清楚。我会知道大概的方向，至于在现场对戏的状态如何，就看老天给不给灵感了。这是我的一个方式，看很多次剧本对我来说很痛苦。

**王千源**　每一个人性格都不一样。我就是表面上看起来像是功课做得挺多的，但其实是因为我记性不好。老记不住词，不像有些人看一遍剧本就记住了。我是没事就得反复念台词，说一说这个，说一说那个，老怕忘，老怕导演说我。在学校老师也是这么教的，这句话你要这么说一遍，那么说一遍，念四句古诗得用二十种情绪。有时候多念，就是熟能生巧，巧能生金。我是多念多练，才能产生灵感；周迅呢，是少念少练，像一张白纸似的，到拍的那天出现什么情况随机应变。还是跟每个人的性格不一样有关系，但是大家最后的终点是一样的。都是要“真听、真看、真感受”，都是斯坦尼斯拉夫斯基的这一套方法。就是要真实，把真实的人物情感代入影片里面。

对于演员来说，要是不想好好演戏很简单，比如往那儿一站，也不用特别卖力地演，此时无声胜有声。但是你也可以为了一个角色，花两个月去体验生活。每一个角色，不管是表现一种空灵的状态，还是表现真实的细节，都不简单。不是说你熟悉的环境，你就能演好，内心充实是一个方面，把内心表现出来又是另一个层次。有的人想得很明白，但呈现不出来，也是不行的。演员的表现力很重要。

**周　　迅**　表现力是可以练的吗？

**王 千 源**　表现力也可以练。原先演电视剧，有特别多台词的时候，我背不下来，怎么办呢？就靠练啊，我洗澡的时候练，跑步的时候练，吃饭的时候也练。因为在不同的状态下，说台词的节奏是不同的，等我练到说台词可以说得游刃有余的时候跟对手搭戏，又是一种不同的感觉。我觉得表现力是可以去练的，但是每个人的性格不一样，做事的方式不一样，生理条件也不一样，他表现出来的也不一样。有的人前两条发挥得特别好，后面让他再演就不行了；有的人前两条是预热，越演状态越好，慢慢能调到一个最佳状态。每个人的方式方法都不一样。

## 奖项和荣誉是对过去的肯定

**梁　　植**　两位都是得过不少奖的人。我们在这里可以摆好几个奖杯，周迅得过的有金鸡、百花、金像、金马奖。千源老师有东京电影节的最佳男主角，这也是一个非常大的奖项，当时您是拍《钢的琴》拿到的这个奖，之后又拿到金鸡奖，然后这两年在很多的电影节上有提名。得奖对于观众来讲，大家会觉得很棒、很厉害，对演员来讲，得奖又意味着什么？

**周　　迅**　意味着一种经历吧。

**王 千 源**　有时候我们表面上都说被提名就很好了，其实还是想得奖，那一瞬间的快感挺有意思的，最重要的是，得奖是大家对你演的这部戏的一种肯定，这就很值得欣慰了。但它是一把双刃剑。

**周　　迅**　它会让演员更谦虚，或者更膨胀。

**王 千 源**　有时候得完奖之后，这个思维要转变不过来，就会以为自己这一辈子都能得奖了。其实不是的，在领奖的时候，这个事情已经翻篇了。当时我凭借《钢的琴》得奖之后，是做着白日梦下飞机的，我以为光环、鲜花、掌声都会来，结果都没有，我有点想偏了，想得跟我的本职工作没什么关系了。作品已经得奖了，还想要额外的东西，这种想法就不对了。

## 戏永远是自己争取来的

**王 千 源**　有时候演员喜欢自己的职业，他就会无时无刻地观察，获取生活的信息点。演戏不是从开机的时候才开始，开机前已经开始了。我每一步走过来，都是把注意力专注到角色上。演员一开始可能会很别扭，老想抢主角的戏，抢着抢着也就会明白，其实戏永远都不是抢来的，是自己争取来的，你演好了，主角光环就逐渐往你这儿靠了。

**梁　　植**　如果未来有一个很好的机会，一个很重要的角色来了，你却没把握好，可能不是你那天没把握好，而是之前有太多天你都没把握好，比如说学习表演的一堂小品课，那个角色原本能给你带来今天的灵感，如果你当时没有认真对待，等到这次机会真正来的时候，你也不会突然冒出灵感。

**王 千 源**　是的，有时候演员要是没有经历过足够多的锻炼，他也得不到丰富的情感。有时候积攒多一点经验对从事演员这份工作来说会比较有用。

**梁　　植**　不同的角色，都是不同的打磨过程。

**周　　迅**　生活里面的那些事，你之前经历过的事情，你完全可以清楚地把那些感受带到表演中去。

# 表演者寄语

珍惜每一个角色吧，不要老想着大角色，其实所有的大角色都是从小角色或者是每一场戏来的，只要脚踏实地，每一天都不忘初心，一定有成功的一天。其实我们现在演戏的方法，我回过头来一想，都是大学一年级老师教的，怎么去体验生活，怎么看剧本，怎么理台词、背台词，这些都是没有改变的。但是有的人坚持了一半，他就不这么做了。有的人坚持下去，一直到六十岁，他的收获就不一样了。尽自己所能把每一个角色创作好，这就是演员的本分。

——王千源

传承

表演者：

表演者：

王庆祥，中国内地男演员。

1983 年参演电视剧《合理冲撞》，从此步入影视圈。

1999 年主演电视剧《波涛汹涌》饰秦矢，获第 19 届中国电视金鹰奖观众最喜爱电视剧男演员提名。

2000 年主演电影《生死抉择》饰李高诚，获第 7 届中国电影华表奖优秀男演员奖、第 24 届大众电影百花奖最佳男演员奖。

2001 年主演电视剧《天下粮仓》饰刘统勋，获第 22 届中国电视剧飞天奖优秀男演员提名。

2005 年参演电影《任长霞》饰宋江波，获 28 届大众电影百花奖最佳男配角提名。

2013 年参演王家卫电影《一代宗师》饰宫羽田，获第 29 届中国电影金鸡奖最佳男配角奖、第 14 届华语电影传媒大奖最佳男配角奖。

2014 年主演电视剧《北平无战事》。

“我是表演者王庆祥，传承不是因循守旧，而是常看常新。学而不思则罔，思而不学则殆。年轻演员要学会坚持，努力努力再努力。”

易烊千玺，中国内地男演员、歌手、舞者，2018 年考入中央戏剧学院。2015 年，为马克·奥斯本执导的法国动画电影《小王子》中男主角“小王子”配音，刷新法国动画电影在华票房纪录；于青春历史剧《思美人》中饰少年屈原，并出演电视剧《小别离》《青云志》等。2019 年，主演的《长安十二时辰》热播，演绎少年司丞李必一角，演技可圈可点，得到广泛赞誉；主演电影《少年的你》上映之后，口碑和票房获得双丰收，千玺自我突破诠释小北一角，不仅收获大批观众的喜爱，更获得了不少业内人士的认可。

“我是表演者易烊千玺，作为一个没有太多表演经验的后辈，在这里汲取到了很多有用的经验，这是一堂对我来说非常有用的传承课。”

# 王庆祥 & 易烊千玺的表演笔记

**如何让表演更自由：**

- 接到新角色后，反复琢磨，用心体验，无时无刻不沉浸在角色的情景之中。
- 对手演员的“刺激”，有助于演员内在潜力的激发，从而碰撞出表演的火花。
- 学会给角色“留白”，只有在最松弛的时候，表演才更显睿智与真实。
- 演员和角色保持一定的距离和新鲜感，有助于表演时淋漓尽致地释放情绪。

**真正的演员，切忌浮躁：**

- 一个成功角色的塑造是集体创作的结晶，离不开各工种的协同合作。
- 演员要有专业态度，并时刻保持以初学者的姿态来要求自己。
- 做演员，既要坚定信心，也要保持谦逊。
- 真正演员的成长之路必是踏实稳重，一步一个脚印，忌浮忌躁。

**陈　　旻**　两位是怎么理解“传承”的？

**王庆祥**　我把表演比喻成“望、闻、问、切”，即观察、思考和运用缺一不可。传承不是因循守旧，而是常看常新，学而不思则罔，思而不学则殆。

**易烊千玺**　传承是一种情怀，也是一份责任。于我，是向前辈汲取知识与技艺。

## 接到角色时就开始构思如何塑造

**陈　　旻**　千玺是我们节目目前年龄最小的嘉宾，今天肯定也有很多问题要问周迅老师和王庆祥老师，他们之前塑造的角色，哪些是你印象比较深刻的？

**易烊千玺**　我小时候看过周迅老师演的电影《画皮》，对里面的人物造型，印象很深刻。王庆祥老师在《一代宗师》里面，和梁朝伟老师“掰饼”的那场戏，台词是很内敛的，我小时候也看不懂，但觉得这一段很酷。

**周　　迅**　对，我记得这段的台词，没有一句话是实的，都是打探的意味。

**陈　　旻**　就是在金楼那场戏吧，宫老爷子和叶问“搭手”的那段戏。为什么会这么喜欢？

**易烊千玺**　因为这两个人在对立的过程中，把那些江湖之中的大道理都融在了里面。我之前客串过几部古装戏，有时候就抓不到感觉。比如我饰演少年屈原，就是他很小很小的时候。那会儿正好我在上家教语文课，学《离骚》那篇文章，我就跟老师去了解屈原小时候的一些故事，慢慢知道他是什么样的性格。后来演的时候，我是用自己的体会去表现这个人物。我想代表我自己和我身边有些年纪也很小的演员问一下两位老师，怎样才能特别快地进入角色？

**周　迅**　我接到一个角色后，平时在房间里，刷牙也好洗脸也好，脑海里就会一直出现这个人，每天都会想，干什么都会想怎么去塑造这个角色。

**王庆祥**　这点我和周迅是比较一致的。我进入剧组以后，成天想的一定是这个角色。比如《一代宗师》里面，我饰演的宫老爷子是一个特别通达开明的人，他台词里说“要新人出头，要有容人之心”，他对宫二说“但凡一个人的心，看不得人好，看不得人高明，看不得人有本事，这个人的心就坏了，宫家门槛高，但是从来不出小人”，通过这两句话，宫老爷子的人品和胸怀，就全都呈现出来了。慢慢地我就觉得自己是这个角色了。那场和叶问掰饼的戏，也许别人不知道，但宫老爷子的心里，已经想着他就是要输给叶问，他就是要传承一种武术精神，要让新人接班。

## 好角色的完成需要全剧组的配合

**陈　旻**　他们俩特别像在“搭手”，其实跟我们今天的核心关键词“传承”是相通的。据说王老师拍这部戏，每一场戏都拍了二十多遍，那是怎么回事？您自己也纳闷了，都是老演员了，怎么好像到王家卫这儿就演不出来了？

**王庆祥**　对，是这样，当时是非常煎熬。有一场戏，我在院子里走八卦步，就这一个镜头，一上午都没拍下来。我演了这么多年戏，来到这儿，就这么一个简单的镜头都过不去。后来一个服装师跟我说，您可千万不要因为这事不开心，您回头看看叶问，或者宫二拍戏，可能都会有这样的情况。王家卫导演

王庆祥、梁朝伟在《一代宗师》（2013）中掰饼的桥段

真的是一个追求完美的导演。

**陈　　旻**　庆祥老师拍这部戏，前前后后持续了三年时间，这中间有什么故事吗?

**王 庆 祥**　一九九几年的时候，我看过王家卫导演的《重庆森林》，那时候我不知道他，但是那部戏，我看的时候情感就收不住了，眼泪哗哗地流。我当时就想，如果将来能碰上他就好了，但是当时我在部队文工团，不可能跟他有认识的机会。没想到十五年以后，我接到了《一代宗师》剧组打来的电话。当时我特别兴奋，问“让我演什么呢”，联系我的人说“这电影叫《一代宗师》，一定是让你演其中的‘宗师’吧”，我这心“咔嚓”一下，因为我特别希望在好的导演那里演戏，倒不是非要演男一号或者男二号，起码这个人物要有亮点。联系我的人，不知道我要演什么，所以我心里是忐忑的。后来我又问要演多久，对方说九天。我一听才九天，又有点失望。但是最后我还是去了，就想着去学习一下，看看这样的导演如何拍戏，也长点见识。去拍戏的时候，真是只用了九天时间。都说王家卫导演拍摄进度慢，我根本没觉得，他在九天内把这些全拍完了。

**周　　迅**　那这三年又是怎么回事?

**王 庆 祥**　我以为我拍完了，但是一年以后，我已经把这件事都忘了，剧组又打电话给我，我说怎么还要去，对方说还没拍完。但是我挺高兴，因为再拍，不是在调兵山市拍，是在金楼拍，那一定是给我加了很多的戏。后来去金楼拍的时候，就不是九天了，一个九天，两个九天……所以这中间其实是隔了一年的时间，但是回到剧组以后我很快就进入角色了。毕竟演了这么多年戏，再加上王家卫导演创造的那种环境和氛围，

《一代宗师》中诡秘的金楼

“宫老爷子这个角色的完成，和全剧组各个部门的努力都分不开。”

真是非常棒。金楼诡秘的那种感觉，光一打，再加上王家卫喜欢用音乐，“啪”一声音乐就响起来了，我学过笛子，还玩过打击乐，他这音乐声一起，我的血“哗”一下就涌上来。所以说宫老爷子这个角色的完成，和全剧组各个部门的努力都分不开。

**周　迅**　确实是，服装、美术、灯光给演员营造出的感觉是非常重要的。当你在演的时候，假如你突然发现桌子上有很多灰，你的情绪就会被打乱。刚才王庆祥老师说的那种表演环境，我特别羡慕，特别希望能去到那样的现场表演。

**陈　昊**　千玺这几年也一直在向影视表演进军，前段时间还拍了五月天《成名在望》的 MV，有点微电影的感觉在里面，你也有进行人物的塑造，两位老师说的这点，你有感觉吗？

**易烊千玺**　最开始看到剧本，我觉得特别像是在说我自己，就是讲三个小孩出道。演的时候，导演在现场帮我营造氛围。有一场戏，是我躲在自己幻想的一个黑暗小屋里，外面都是记者，一直在拍，闪光灯“咔咔”的，我需要去躲开他们，然后哭出来。导演和其他老师就在现场努力地制造氛围，一直在帮我进入状态，那一次拍摄，出来的效果也挺好。

**陈　昊**　千玺有影视作品也快要和大家见面了吧？

**易烊千玺**　对，有两部，《长安十二时辰》和《艳势番之新青年》。《长安十二时辰》一开始是不太敢接，因为要演的角色是那么重要，而且其他演员都是老戏骨。跟导演见面之后我就踏实了一些，这个剧组拍过好几部戏，有非常好的氛围。

易烊千玺在《长安十二时辰》(2019)中饰演靖安司司丞李必

## 戏从对手来

**陈　　旻**　周迅之前谈到过一个现象，就是演员有了一定知名度后，导演会不太敢跟演员提要求。

**周　　迅**　我认为作为演员，既然决定了去拍这个导演的戏，那他就是导演，你是再有名的演员，也始终是演员。比如我跟曹保平导演合作，我一见面就跟他说："你就当我是从没拍过戏的演员，我有任何问题，你尽管提出来。"演员可以自己先表明态度，打破这个可能会尴尬的局面。

**王庆祥**　周迅说的这种情况我真碰到过。我现在最怕的就是这种状态。我最怕人总是说"好""过"，总是说"过"的时候，我自己

易烊千玺在《长安十二时辰》（2019）中的表演片段

心里就发毛了，觉得没底。像我们这种演了这么多年戏的人，一定有我们的习惯，我们的表演已经成了一种模式，如何打破这种模式，呈现一个非常新的东西，是我们迫切需要解决的问题。所以我现在最希望听到导演说“王庆祥你不能这么演，你换一种方式”，我特别渴望碰到这种人。所以我愿意和年轻的导演、年轻的演员在一起，我能从年轻人身上学到东西，正所谓戏从对手来，有人刺激你一下，这个戏演出来就会不一样。

**周　　迅**　确实是戏从对手来。我拍《大魔术师》的时候，合作的演员是梁朝伟和刘青云，我当时认为他们两人肯定演得比我好，后来我就想我该怎么办，那我就不演，他们怎么演，我就怎么反应。梁朝伟带给我一个非常非常重要的东西，我后来为什么会希望自己成为一个“纪录片式”的演员，其实也和他

周迅在《听风者》(2012) 中饰演女特工张学宁

“不一定要把剧本里设计的动作搞得透透彻彻，有些时候留出些空白，让模棱两可的东西展现出来，它反而是好的，演员要试着让自己放松下来。”

对我的提点有关，梁朝伟在拍《听风者》的时候就点了我一下，他说“现场发生了什么就是什么，不要去演”，抬手就是抬手，很自然地做就好了。

**王庆祥** 我特别同意周迅说的这点。人在最松弛的时候，反而是最睿智的。

## 开拍之前是否需要反复揣摩剧本?

**陈　昊** 千玺有这种演戏比较松弛的状态吗？你怎么理解你在新戏里饰演的角色？

**易烊千玺** 《长安十二时辰》和《艳势番之新青年》，这两个剧里我接的角色，都是爱国青年，报效祖国，为人民做贡献。但是《长安十二时辰》里的角色会更加沉稳，给人一种运筹帷幄的感觉；《艳势番之新青年》里的阿易，就是那种特别热血、一心为革命的形象，他的那种热情，我觉得自己能演绎出来。在这里我想请教两位老师，关于拍戏，是按感觉去演比较好，还是说我要先拿着剧本揣摩很多很多遍？

**周　迅** 我从刚开始拍戏到现在，很少做文字上的准备，看了剧本我也不大记得，主要还是靠感觉去演。

**易烊千玺** 我是剧本多看几遍后，最开始的感觉就没了。

**王庆祥** 我第一次看剧本的时候，一定把自己当成一个旁观者，我要把这种感觉保持到真正拍的时候。甚至导演问我“你要怎么演”，我也许都跟他讲不清楚，我没有办法去讲。在拍《北平无战事》的时候，我也遇到了这种事，我说我一定会特别看重这场戏，但也只能是演成什么样就是什么样。

我和斯琴高娃合作的现代影片《北京爱情故事》，我们在故

王庆祥在《北京爱情故事》（2014）中饰演王大奇

宫后河有一场戏，她要在花坛上耍，但没有规定她具体要怎么演，结果她“啪”一下就跳到我背上，把我脖子都快勒断了，但是我绝不会断戏，我能够把它延续下去，最后正片里就用了这一条。

**周　迅** 我现在其实还有个变化。以前我看剧本到很感动的地方时，都会哭出来，现在我会控制了，我会把眼泪留到真正开拍的时候，这是年龄增长带给我的变化，我对生活的感知会更多，对人也会更加了解，这是挺美妙的一件事情。

**王庆祥** 说到美妙，有时候我们演一场戏，也许这整部戏并不好，但某一场演得超常发挥，就会有种幸福感。你们不做演员，恐怕就感受不到，那真的是比拿多少钱都愉悦。

**周　迅** 拍戏的时间久了，回过头想一想，其实演员是真的很幸福的，可以扮演那么多人物，经历那么多不一样的性格和人生。平常每天上班的人，很难去体会这种幸福。从生命个体来讲，这种经历也是很难得的。

**易烊千玺** 就是可以体验更多的角色，体验更多的人生。

## 声音和表演难舍难分

**陈　旻** 其实周迅和易烊千玺之前合作过，但是没有见过面。

**周　迅** 对，一起配音过，我们有了声音上的交流，千玺和我分别给小王子和玫瑰配音。

**陈　旻** 导演对千玺这次配音的表现有个评价，说并没有刻意去模仿小孩子的声音，而是用了自己本身的声音特质，千玺你怎么看导演的这段评价？

**易烊千玺** 我到现在经历过的事情，要比同龄人多得多，心里的感受也丰富一些，想得会更多。我就用了自己成长中的感觉，去体会小王子，这个孩子是怎么去看待世界的。

**陈　　旻**　周迅你是怎么理解声音和表演之间的关系的？

**周　　迅**　当你完全沉浸在自己的角色里面，说话的感觉就自然出来了。当然平常的时候也要做些练习，比如舌头的灵活度、嘴巴发音的顺溜度，这些都是要练的。但是我没有试着去改变自己的音色，演《龙门飞甲》的时候可能有一点。但情感这些东西，你肯定要理解了角色才能表达出来。

## 所有经历过的事，都会变成养分

**陈　　旻**　三位接触表演行业，或者说艺术行业，都挺早的。王庆祥老师是十一岁的时候就进入了文工团，当时进的是哪个文工团？是因为什么被选上的？

**王 庆 祥**　那会儿有少年宫，我一开始是在那里学舞蹈，学了一年之后，老师就带着我们这些孩子到处去考试，希望把我们送到专业团体，我当时是哪个团体都没考上。但是老师真的非常好，一定要把我送到文工团，后来我就去了海政文工团歌舞团的舞蹈学员班，这样开始了舞蹈生涯。在那里一待就是五十一年。压腿、把上把下、云手[①]，什么训练都有，这些训练对我后来从事影视表演都是有帮助的。比如我演一个刺客的教官，有打戏，尽管现在我体力不支了，但是我在用刀的时候，让观众一看就能知道“这人是使过刀的，不是外行”。演古装戏的时候，比如说清朝戏或者明朝戏，穿上那身战袍

---

① 云手，戏剧中表演的一种程式动作。通过双手、两臂的协调动作，构成舞蹈化的姿态，用以表现人物的精神气度。

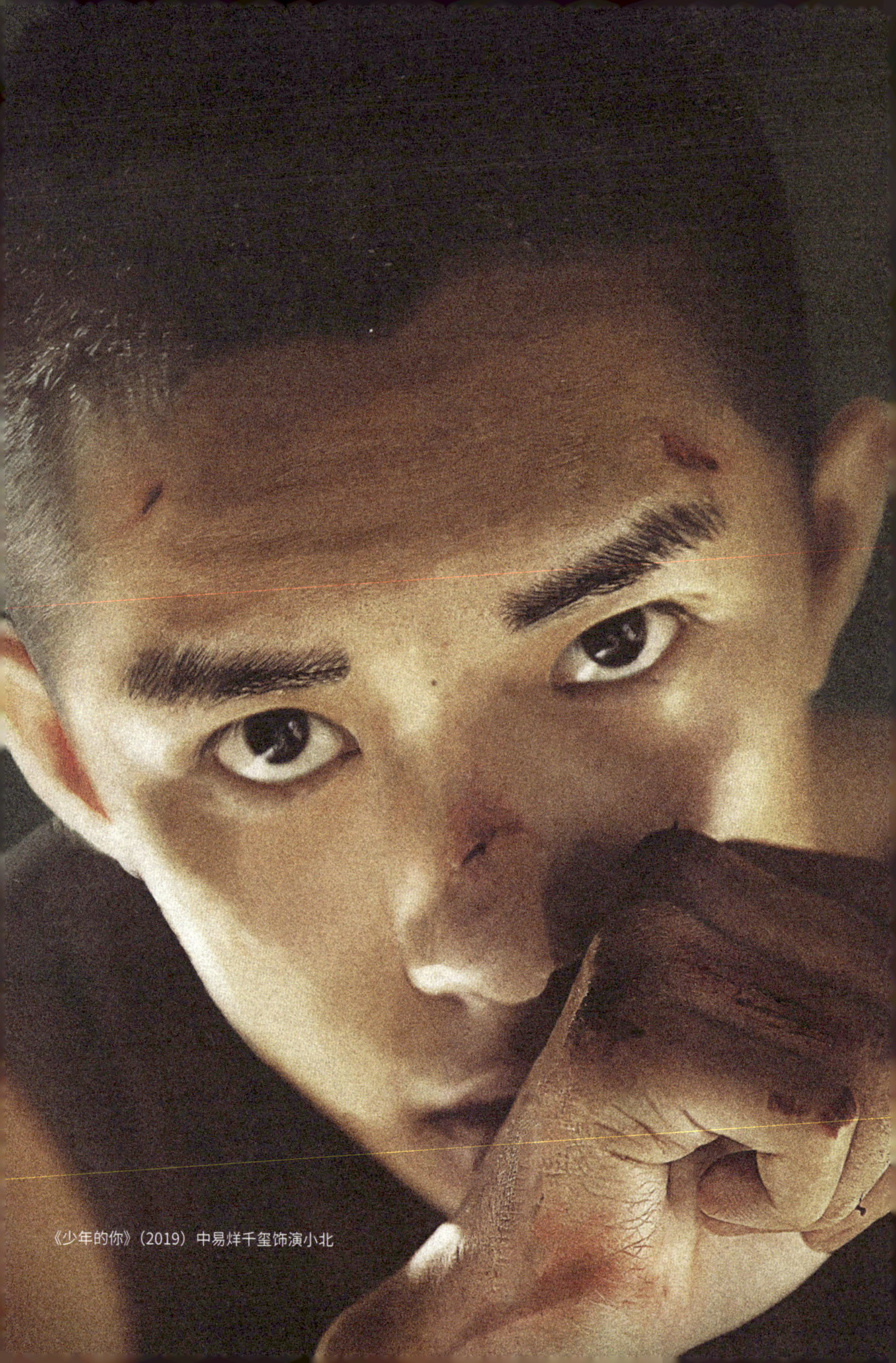
《少年的你》（2019）中易烊千玺饰演小北

或者文官的官服以后，如何跪、如何坐，马蹄袖如何耍……这些我都很清楚。在文工团的训练对我很有帮助。

**陈　　昊**　所以说每一种经历，对之后的表演都是有帮助的，我觉得演员就像个杂家。

**周　　迅**　千玺不是也学过舞蹈吗？

**陈　　昊**　千玺是五六岁就开始学了，当时也是家长把你送去学习的吧，那你自己是从什么时候开始对舞蹈产生兴趣的？

**易烊千玺**　一开始爸妈把我送到舞蹈学校，老师说“你们家孩子特别有天赋，学东西特别快”，我就觉得肯定不是这样，他们应该是为了多收一个学生才这么说的。后来学了一段时间之后，从中国舞和民族舞开始，我发现自己学得确实比其他人要快，就慢慢真的对舞蹈感兴趣了。

**周　　迅**　所以你并不是一开始就对舞蹈感兴趣，是发现自己有天赋之后才喜欢上的。

**易烊千玺**　是的，中国舞要压腿、压筋，小时候练觉得挺痛苦的。我的腿属于特别硬的那种，我跟表姐一块儿学，每次回家吃饭的时候，都是把腿劈在门那儿，一边看电视一边吃饭。

**王 庆 祥**　我学舞蹈的那会儿也是。我到京剧院学习的时候，站在凳子上扳朝天蹬，要扳二十五分钟到半个小时，我十一岁的时候和千玺一样，腿特别硬，腰也特别硬。老师问我疼不疼，因为在考试，我说“不疼”，老师就说腿这么硬还说不疼。确实我学舞蹈的身体条件不是很好。

**陈　　昊**　王老师是天生硬骨头，后来演的角色全是这样的。

要学会坚持，努力努力再努力。拍《天下粮仓》那一年，我觉得特别累、特别热，剧组是在保定那边搭一个棚子，乾清宫就是在那里搭的，有时候还要蒙上黑布。我就跟吴子牛导演说“真不行了，太热了，受不了”。后来吴子牛导演跟我说了一句话，“庆祥我告诉你，种瓜得瓜，种豆得豆”。我经常用一句话来激励自己——人不把我当回事的时候，我一定要把自己当回事，要相信自己，但是当人把我当回事的时候，切切别太拿自己当回事。

——王庆祥

# 表演者寄语

作为一个没有太多表演经验的后辈，在这里汲取到了很多有用的经验，我觉得这是一堂对我来说非常有用的传承课。

——易烊千玺

# 融合

表演者：

吴君如，中国香港演员、导演。16 岁进入无线电视艺员训练班，毕业之后在 TVB 参演电视剧，1988 年参演王晶执导的《霸王花》系列电影，正式在电影圈发展。

1999 年凭借主演电影《洪兴十三妹》获得第 18 届香港电影金像奖最佳女主角奖。

2003 年凭借电影《金鸡》获得第 40 届台湾电影金马奖最佳女主角奖。

2005 年获得全港最高票房电影颁奖典礼 1985-2005 最高票房女演员。

2014 年获第 13 届美国纽约亚洲电影节组委会和纽约林肯中心电影协会颁发的亚洲之星奖，成为首位获颁此奖项的亚洲女演员。

2018 年，导演处女作喜剧电影《妖铃铃》上映。

“我是表演者吴君如，我认为一个好的演员，能够随时随地开放自己，接受不同地方、不同背景和不同文化的演员，要跟不同的艺术家合作，多融合，才能不断提高。”

# 吴君如的表演笔记

**喜剧表演的修养：**

- 表演喜剧需要很好的心理状态，喜剧演员需要注意调整心态，力求表演自然。
- 自身的性格、立体的角色以及导演的指导等综合元素的相互配合，才能塑造出一个成功的喜剧角色。
- 喜剧表演并不一定都要从语言和肢体上展现，根据对手演员的表演做出真实反应，也很重要。
- 喜剧演员的表演看似随意，实则颇为用心；喜剧包袱的呈现需要精心构思和设计。

**基本功重要，悟性更重要：**

- 艺多不压身，做演员需苦练基本功，基本功有助于提升演员的自信。
- 跳舞和表演是共通的，学习舞蹈有助于锻炼演员的眼神、表情和肢体语言。
- 演员在学校能获得一定的表演基础方法，但表演更多的是需要演员对于人生、人性的深入体察与思考。
- 要善于从自己的生活中找寻角色的共性，留意观察身边的人和事。

**表演小技巧：**

- 表演的感觉和镜头中呈现的效果并不完全一致，因此可以通过观看回放，判断自己的表演是否需要改良。
- 高人气演员可以通过去国外生活、乔装打扮等方式体验生活，获取表演灵感。

**瑶　淼**　吴老师怎么理解表演中的“融合”？

**吴君如**　融合就是一个好的演员能够随时地开放自己，接受不同地方、不同背景和不同文化的演员。融合对我来说，是一定要做好准备，和其他演员在一起磨合，这样才能够表演得更好。

**瑶　淼**　周迅对融合有什么自己的理解吗？

**周　迅**　演员在一起演戏是要互相启发的，我们以前都会提前去剧组，最短也会提前一个礼拜。以前没有监视器，不拍戏的时候我们就在一起聊天、吃饭，互相了解，就像学生宿舍似的。现在大家都比较孤僻，后天开拍，前天到剧组已经算早了。

**吴君如**　对啊，不知道为什么现在大家的交流都越来越窄了。演员之间根本都没有互相了解。

**瑶　淼**　有可能是电影工业化进程当中的一条必经之路。因为各个行业都越来越标准化和规范化，像流水线一样，所以电影行业现在也呈现出这种局面。

**吴君如**　现在市场确实很大，每一个艺人手中的工作也多，所以可能没有机会去专心演一部戏，我现在接戏，一年就一部，因为我不想分心，我想完全地投入角色中去。

## 吴君如回忆艺员培训班往事

**瑶　淼**　大家其实都很向往“融合”的那种状态。说到表演，两位在我心中都是很有个性的演员，两位对对方的表演都有什么比较深刻的印象？

**吴君如**　我和周迅熟识是在陈可辛导演的那部《如果·爱》。有一场戏，后来陈可辛导演跟我说，明明叫周迅演一个坏一点的女人，但是实际效果出来，又是另外一种化学作用。所以我觉得，角色形象可以是固定的，但演员又能赋予角色另外的生命，周迅这一点给我印象特别深刻。

**周　迅**　作为演员，我特别羡慕君如姐的那种自由。后来我又看了她主演的《朱丽叶与梁山伯》，觉得特别惊艳，那是我印象深刻的一部戏。

**瑶　淼**　吴老师是十六岁的时候进入香港无线电视台艺员培训班，像刘德华、梁朝伟、刘嘉玲，都是从那里毕业的。您当时是怎么进入那个艺员班的？

**吴君如**　我爸妈觉得我有天分，就说“不如你去试试看吧”，我们香港是没有电影学院的，内地还有北京电影学院、上海戏剧学院之类的。香港是一九八四年开始才有的香港电影学院，所以在那之前，做演员唯一的桥梁就是去香港无线电视台。我那个时候非常喜欢看电视剧，喜欢刘德华、黄日华，就想“如果有一天，我能跟他们一起演戏就好了”，于是我就去报了名，通过了表演考试，他们就录取我了。入这行应该说是误打误撞吧，因为我没有很正式接受过学院教的一些电影表演技巧，或者演戏技巧，就这样读完了一年。

**瑶　淼**　内地的电影学院或者戏剧学院，如果是表演系，会有解放天性的课程，比如说这一堂课，就让你演一只大猩猩，或者让你去演一只老虎。还有的课上，就让大家练习哭，谁在这节课没有放声大哭、满脸眼泪，谁就不能去吃饭。很多人就是通过这样的训练来突破自己的心理障碍。您上的艺员培训班，也会有这样的课程吗？

**吴君如**　有的，基本都有。导演技巧、表演技巧、舞蹈、武术、功夫……这些都要学，我们学了一年，每天都累积一点点，才知道演戏并不是那么简单。

吴君如在《朱丽叶与梁山伯》(2000) 中饰演朱迪

**瑶　　淼**　所以吴老师在香港还是属于科班出身的，但周迅就不属于从这样的学校走出来的。

**周　　迅**　但是我觉得学习舞蹈，和表演也有相通的地方。在舞台上音乐响起来的时候，舞蹈演员也需要跟着音乐的节奏表演，包括眼神和表情的配合……

**瑶　　淼**　你觉得学院的这种系统训练，对演员的帮助大吗？

**周　　迅**　如果有机会去学校进行系统的学习，当然是非常好的。但是演员到最后，还是要看自己想要达到什么样的一个境界，想明白这些你才会去深入地了解什么是人、什么是人性，怎样用自己的生活经历去丰富表演，以及怎么去看待生命。

## 演员要学会打破程式化

**瑶　　淼**　有一种说法，北京电影学院或者中央戏剧学院毕业的学生，身上会有一种程式化的东西。两位在演戏的时候，会有这样的感受吗？

**周　　迅**　有啊，一下子就能看出来的，我能猜到他接下来要干什么。其实我们演了这么多年戏，也有自己的套路，大概什么时候回头，大概几秒钟笑，有时候自己做了这种节奏之后，自己都会嫌弃。

**吴君如**　对的，就会懊恼自己又这样演了。演员必须要有一些基本的功底，在你心里没底的时候，可以拿出来用，但是你一定要在现场打破它，这样才能有新鲜感。我以前拍戏，很喜欢看回放，但我现在都很少看了，会交给同事来选择用哪一段。

**瑶　　淼**　周迅会去看回放吗？

**周　　迅**　我会看啊，但我不是一定要看的。因为有时候你演得怎么样，自己会有感觉，如果感觉很好我就不会去看了，如果感觉哪里不是很对，我就会去看回放。因为自己感觉的视角和摄影机的视角还是很不一样的，看完后会知道自己的问题大概出在哪儿，然后再去重新拍。

## 角色不分大小，草根人物也值得诠释

**瑶　　淼**　从北京电影学院或者中央戏剧学院毕业的学生，虽然不会一上来就演重要电影里的主角，但是也会被分配到一些比较引人注目的角色。但是香港无线的艺员毕业以后，真的是从跑龙套开始。

**吴君如**　你不要把自己当成跑龙套的，而要把自己当成演员。即使是演中枪后躺在地上的角色，你也是一个演员。“死”也不好演。

吴君如在《岁月神偷》（2010）中饰演罗妈妈

**瑶　　淼**　周迅对哪些香港电影中的小人物印象特别深刻？

**周　　迅**　《女人，四十》啊，《阿飞与阿基》也很好，讲两个很善良的小混混。

**瑶　　淼**　就是这些小人物让我们感受到那种香港精神。香港电影特别打动我们，也是因为在电影里面会为我们呈现好多特别真实的小人物。吴老师就演过不少这样的作品，比如《岁月神偷》，我觉得有一种特别接香港地气的美。

**吴君如**　我好喜欢演草根人物。他们为了家庭，每天干活的时候会很投入，我觉得那种精神就是港人的精神。《麦兜响当当》里的麦太太，就有很典型的香港精神：一个女人，单亲，拼命地希望儿子出色，明明知道儿子可能不会有很大的成就，还是在尽最大努力去帮助儿子，她又很辛苦，需要每天去打工。这个立意我比较喜欢。

**瑶　　淼**　像这种草根角色，演员在表演的时候往往要一直干活，这种干体力活的劳累，您是怎么找到感觉的呢？您现在已经是明星了，平常还会干很多活吗？

**吴君如**　我会观察生活啊。我就是草根出身，过的也不是有钱人的生活。即便我现在不是草根状态了，也会去观察身边的草根人物。

**周　　迅**　我也很喜欢看人。以前我会坐在一个地方看一下午，细节的东西，你只能通过观察来把握。

**瑶　　淼**　之前我们也采访过一些很红的年轻演员，他们的苦恼就是接触不到真实的生活。因为他们人气很高，去逛商场或者去菜市场买菜都会被认出来，想体验生活也没有机会。生活离他们特别遥远，可能每天做的事就是上车、去机场、去赶通告。有些人会选择去国外，不过现在国外的华人也越来越多了。

**周　迅**　那就不要让自己暴露太多，隐蔽一点。我想要去观察生活的时候，我就会想尽办法实现，当然可能会出行不方便，还是有其他方法，比如乔装打扮。

**瑶　淼**　周迅也演过草根的角色，比如《李米的猜想》里面的李米，就是一个女出租车司机，但她也不是那种通常意义上的女司机。君如演的草根人物要每天干活，为生计奔波，但是周迅饰演的草根人物，心里面想的还是爱情。

**周　迅**　对，不是那种很生活化的草根。其实我一直想尝试演真正的草根，因为演过的草根角色都很缥缈。

**吴君如**　不如你就下定决心，三年以内所有飘忽的角色都不要接，狠狠地演一下草根。

周迅在《李米的猜想》(2008) 中饰演李米

"看剧本的时候，其实我对李米这个人物并没有那么清楚，但是当我穿上她的衣服，坐在车里面，走在昆明的马路上的时候，有些感觉很自然就出来了。"

“我好喜欢演草根人物。他们为了家庭，每天干活的时候会很投入，我觉得那种精神就是港人的精神。”

吴君如在《岁月神偷》(2010) 中的表演片段

**瑶　淼**　在接到《李米的猜想》里的李米这个角色之后，周迅是从哪些方面做准备的?

**周　迅**　当然要先学开车啦，我花了整整两个月的时间考驾照，每天都去学。因为我担心拍戏的时候开车，如果被查到无证驾驶，会被拘留十五天。这样剧组就需要等我十五天。

**吴君如**　有没有工作人员敢坐在你旁边?

**周　迅**　当时，曹保平导演有一辆大吉普车，我是演员嘛，所以导演总会宠着我们一些。我就说我要开车去片场，然后我就在云南的山路上开着他的大吉普。那个阶段，我开车技术真的很好。

**瑶　淼**　这也说明你当时多么专注于那个角色。

## 喜剧演员的自我修养

**瑶　淼**　除了草根人物，吴老师还演过很多喜剧，如果作为观众，你最喜欢的喜剧导演是谁?

**吴君如**　我很喜欢看冯小刚拍的电影，虽然我不是很了解他，但是他电影中的对白有种幽默感。了解他电影里角色的生活方式的人，就能感受到这种幽默，虽然不像港片里的那种幽默，但我也蛮喜欢看。

**瑶　淼**　您后来就走上了演喜剧的道路，大家都说喜剧特别难演。

**吴君如**　我在片场会脸红，有时会觉得很尴尬。导演说“你要放得开”，不停地在我耳边说要放开，我心想“我还是个少女，怎么能够放得开”。导演说“你相信我”，好吧，我只能相信他。我觉得我自己也蛮努力的，不停地努力说服自己，慢慢克服心中的恐惧和害怕，慢慢才摸索出自己的路子。

**周　　迅**　你会去看很多电影吗？

**吴 君 如**　我没有看很多电影。但是我看过的电影里面，没看到和我演绎的角色很像的。电影很简单，肯定有一个搞笑的角色，一个反派、一个正派，一个男主角、一个女主角，我肯定就是那个在女主角身边烘托气氛的角色。那时候，我还是要做很多心理状态上的调整。

**瑶　　淼**　是不是导演也看出来您性格里面还是有很多演喜剧的潜力的？

**吴 君 如**　我自己本身的性格比较开朗，本色演出肯定会占到三分之一，再加上角色的设定和导演的信任，各方面配合，才能成就这个人物。

**瑶　　淼**　第一次演喜剧获得成功之后，您是怎么保持这种状态的呢？

**吴 君 如**　肯定首先需要吃得饱、睡得够。演员是个体力活，演喜剧需要有很好的心理状态，如果你心理状态不好，搞笑是硬演出来的，自己也会很不开心。

**周　　迅**　喜剧演员很难的。那个时候拍徐克的《女人不坏》，我真的焦虑到不知道该怎么办。后来徐克导演做了示范，他告诉我他觉得那个角色应该是什么样的，一下子把我点开。然后有一些场景出现的时候，我自己就会莫名其妙地加上我的想法。

**瑶　　淼**　完全释放天性了，周迅还演过一部喜剧电影叫《撒娇女人最好命》。

**周　　迅**　那部电影其实我没有演，因为我完全是看对方的反应来做出回应。跟我一起演戏的是谢依霖，她演得很好笑，所以我就看她的表演来做反应。我那个角色不需要言语和动作上的搞笑，她是行为上的，而且这个角色就是不会撒娇，我自己也不会撒娇。

**瑶　　淼**　所以其实和你自己还是有很相像的地方。演戏就是这样，当你自己找不到状态的时候，不如把心态放平，去特别安静地让对手把你带入状态中。

## 喜剧比正剧更难

**周　　迅**　以前我看过一部电影叫《射雕英雄传之东成西就》，就是《东邪西毒》的搞笑版。

**吴 君 如**　对，那个时候是一批演员同时拍这样两部戏。

**周　　迅**　我当时被惊到了，想说这些人居然还会演喜剧啊……

**瑶　　淼**　对的，有好多我认为是玉女形象的，或者是很有偶像包袱的明星，他们在电影里都完全放开了。

**吴 君 如**　因为刘镇伟导演对喜剧情景很有感觉，演员又相信他，所以那部电影是每一方都融合起来的结果。

**周　　迅**　我就特别羡慕这种鬼把戏氛围。还有以前君如姐演的《花田囍事 2010》那些。

**吴 君 如**　我们虽然好像是玩在一起，但是我们非常努力地在想每一个包袱每一个梗。因为喜剧的确比正剧难演，有时候观众蛮残酷的，他为什么要笑呢？比如说看一部正剧，平平静静地看，可能看完后内心会有些起伏，如果被感动到，他们就会觉得很正常。但是如果是喜剧，他的反应会很直接，“笑”或者“不笑”，这是个非常残酷的事情。

**瑶　　淼**　所以拍情景喜剧，他们都会按照分钟来计算，就是几分

吴君如在《捉妖记》(2015) 中饰演妖精胖莹

钟的时候要出现一个笑点，拍喜剧确实是对人摧残蛮大的。

**吴君如** 但是你也不能太紧绷，太紧绷了又没有状态去演喜剧了。所以每个角色都要想透，然后在现场用不同的状态去试。我们通常拍八条、十条，但最好笑的都是第一条，但是那八条也不能省，因为拍过之后才知道第一条是最好笑的。

**瑶 淼** 所以演员需要事先做非常多的功课和准备。

**吴君如** 喜剧人一定要有的就是自然感。

**瑶 淼** 但是很多人会觉得夸张更重要，要敢于去夸张地表演。

**吴君如** 夸张表演是需要的，但为什么要夸张？夸张不是突然之间就表现出来的，它是有逻辑的。夸张的背后，肯定都有它的意义在里面。

# 内地电影和香港电影的融合

**瑶　　淼**　今天我们的关键词是融合，所以接下来会聊一聊内地和香港电影的融合。我发现很早以前，南北喜剧的差异会很明显。比如说冯小刚导演的喜剧可能就过不了长江，港式喜剧北方人又不太喜欢。但是后来这种差异就越来越小了。

**吴君如**　香港电影要控制在正好九十分钟以内，导演常常要求我们快点进入状态，说笑就笑，说哭就哭，然后我们就慢慢地被训练成香港的节奏。有时候跟内地的演员演戏，他们一个表情可能都要酝酿很久。

**周　　迅**　特别是有一阵子，我们拍戏时说台词和对方出台词都是很慢的。现在其实快了很多，大家都在改这个节奏。比如说我这次在拍《如懿传》的时候就发现，不能再那么慢了。

**吴君如**　我那次拍《煎饼侠》，导演大鹏很聪明。他直接就让我演香港明星吴君如，我觉得这种融合非常好。还有《捉妖记》，导演许诚毅在好莱坞做过非常出名的动画，他自己很有童心，就想起了我跟曾志伟，把我们配成一对，我觉得这个融合也非常好。我自己做导演的一部戏，请了开心麻花团队，还有沈腾、小岳岳、papi 酱，papi 酱演的角色讲话速度非常快，但是她完全能掌控。我们拍得好开心，合作的演员都互相配合得很好。

**瑶　　淼**　很久以前，比如说周星驰的《唐伯虎点秋香》，巩俐出现在一个都是香港演员的环境里，观众都不太习惯。后来媒体采访巩俐，她也说自己的节奏和香港演员是完全不一样的。对于内地和香港电影的融合，两位其实都有很多经验，吴老师是有和内地的团队合作，周迅也拍了不少内地和香港的合拍片，比如《听风者》。这种融合真的是近几年越来越好的一个状态。我记得《如果·爱》上映的时候有记者采访过陈可辛导演，陈可辛导演说周迅的这种气质是不太有地域性的，如果把周迅放到纽约街头，她也能很好地融入。像《明月几时有》，周迅演香港女孩，大家也还是觉得很舒服。

**周　迅**　对，因为我不太会去关注角色是哪里人，地域上的差异不会造成我表演的隔阂。

**吴君如**　陈可辛从《如果·爱》开始，又监制了《十月围城》，又拍了《投名状》，这些都是内地演员与香港演员融合得非常好的作品。还有他拍的《亲爱的》，一个香港导演能拍到内地的社会题材，确实很不容易。

**瑶　淼**　陈可辛导演还监制过《七月与安生》，这部电影也是内地演员主演的。

# 表演者寄语

大家现在有比较多的机会碰到一起，拍出来的作品就没有违和感。虽然我拍了这么多年戏，演过那么多电影，还是会遗憾，好多演员没有合作过，好多导演没有合作过，好多角色没有演过。我觉得要跟不同的艺术家，背景、语言不一样的人合作，多融合，才能不断提高。

——吴君如

# 温度

表演者：

奚美娟，上海话剧艺术中心国家一级演员。毕业于上海戏剧学院表演系。曾荣获中国电影金鸡奖最佳女主角奖、中国电影华表奖最佳女演员奖。中国电视飞天奖、金鹰奖优秀女演员奖。中国戏剧梅花奖优秀女演员奖等。

1988 年，出演中国首部写意话剧《中国梦》，夺得中国戏剧梅花奖。

1990 年，参演首部电影《假女真情》获得第 11 届中国电影金鸡奖最佳女主角奖。

2000 年在反腐题材电视剧《红色康乃馨》中饰演反派人物蓝思红，夺得第 21 届中国电视剧飞天奖优秀女演员奖。

2004 年凭借《做庄》获得第 5 届金鹰节观众喜爱的电视剧女演员奖。

2017 年，获得第 13 届中美电影节金天使奖。

“我是表演者奚美娟，表演是用心灵去构造的一份工作，演员要付出真心去体验生活，把一个鲜活的、有血有肉的角色呈现给观众，这样的表演才是有温度的。”

# 奚美娟的表演笔记

**忘掉预设，让表演更鲜活：**

- 演员需要真实地去体验，才能带给角色真情实感。
- 熟记台词，把台词“化解”为自己要说的话，才能让人物更鲜活。

**如何塑造原型人物：**

- 在扮演生活原型人物的过程中，一定要下生活，尽量深入地了解原型人物的心路历程。
- 在朋友般的交谈中，捕获原型人物的典型动作习惯以及典型细节。
- 真正去体会学习原型人物精神高度的形成过程，然后才能去艺术地再现。

**瑶　　淼**　请奚美娟老师谈谈对“温度”这个词的理解。

**奚 美 娟**　我理解的温度，是有生命力的意思。我们演员通过自己的表演，把一个鲜活的、有血有肉的角色呈现给观众，我觉得这样的表演就是有生命力、有温度的。

## “动真格”可以激发灵感

**瑶　　淼**　奚美娟老师和周迅真的是老相识了，你们第一次合作应该是在 1997 年拍《红处方》的时候。在 1997 年的时候，不管是在银幕上还是在荧屏上，这种反叛的女孩形象都是比较少见的。尤其奚美娟老师扇周迅耳光的那场戏，让人印象深刻。

**奚 美 娟**　周迅在那部剧中饰演了一个吸毒的女儿，我饰演的是妈妈，刚好职业是个戒毒医生，所以这一对人物关系其实就非常有戏剧性。拍这场戏之前，导演就跟我悄悄地说了一下，他说实在忍无可忍的时候可以扇周迅一个耳光，还让我别提前告诉周迅。

**瑶　　淼**　周迅当时真的一点都不知道会被扇？

**周　　迅**　对，当时我直接被扇蒙了。但是那一巴掌把我对角色的感觉给刺激出来了。它甚至一直影响到我后来的表演，在角色必须要有强烈反应的时候，我都会先跟对手演员说要真动手。因为当情绪到那儿的时候，真的需要对手演员动真格的，你才能顺着他的力量把情绪释放出来。现在拍戏，好多演员就只是做个样子，不动真格的，当然出不来真实的感觉。

**奚 美 娟**　对，现在演戏，大家提前都已经说好了，一会儿要有打戏，受打的那个人就会想，会不会被打得重，会有很多杂念在里头。脑子里一旦有了杂念，呈现出来的表演可能就不准确了。我们都比较排斥这种心里有杂念的状况。

**瑶　　淼**　导演一开始跟您说的是，如果您觉得情绪到了，可以给周迅一巴掌，导演也没有说您一定要给她一巴掌。

**奚美娟**　可能当时导演怕周迅还是一个年轻演员，有一些东西，不刺激她就呈现不出来，所以他就悄悄地跟我说了一下。但我觉得这个方式是可行的、是准确的。你想，一个那么绝望、忍无可忍的母亲，是什么事都有可能做出来的。最主要的是这对母女关系本来就特别不寻常，一个是吸毒的女儿，一个是戒毒的医生。

**瑶　　淼**　充满了好多戏剧性在里面。而且这两个人物就是一动一静、一冷一热、有张有弛的感觉。

## 内在的节奏感对职业演员来说很重要

**瑶　　淼**　那两位觉得，对方最打动你的表演是什么？

**奚美娟**　周迅当时作为一个很年轻的演员，她身上有一种对表演内在的节奏感，有种天然的表现力。我记得当时有一个镜头，周迅“蹭”地从床上坐起来了。拍到她的是背影，我是正面对着镜头的，有一个特别危险的地方，就是她起来的时候，肩膀很有可能把我的脸给挡住，如果挡住了，我们前面就白拍了。当时我就特别惊奇地发现，她那一下节奏掌握得特别好，一上来就怒视着我。她的位置那么准确，完全没有挡住我的脸。其实当时是拍不到她的眼睛的，但她的反应是非常准确的。

我们今天说表演者，从职业的角度来说，这叫演员内在的节奏感。这种内在节奏感，要通过非常准确的方式，体现到外在。所以我当时印象特别深，一个那么年轻的演员，心理节奏那么好。因为有很多时候，演员内在有了，可是表演的时候，其实有一个第六感在高度控制着你的一些行为。周迅的控制感也很好。她没有冲得特别失控，造成接下来我们拍不下去了。周迅现在有很多经验了，也是一个很成熟的人，但是她年轻的时候对表演的控制，给我的印象更深刻。

**瑶　淼**　大家说周迅拍这场戏的时候，把奚美娟老师给惊着了，看来奚美娟老师也应该给了周迅一个“惊喜”，就是那一巴掌是在拍摄的时候她才知道的。

**奚美娟**　她的这种反应，实际上让人物之间交流起来了，演戏最怕各演各的，演员之间没有交流。二十年前我们拍的时候，起码我们俩对角色都特别用心，特别用心的时候，人物肯定能交流起来，所以我们呈现出的母女关系，观众就很相信。

## 永远不要预设表演模式

**瑶　淼**　刚才奚美娟老师提到表演的控制力、分寸感。在拍很激情的戏的时候，既需要把这种激情张扬出来，同时又要在演员的控制之内，不管是控制走位，还是控制情绪，这种分寸感要怎么去把握？您也说周迅特别年轻的时候，就可以找到这种分寸感。

**奚美娟**　台词我们都已经背得滚瓜烂熟了，但是周迅在演的时候，没有预设台词，她从头开始，一句一句地去感受和妈妈的这种交流，越看到妈妈无奈，她越开心。这种内在的交流，让她把先前背好的台词给忘了，重新建立起一种人物关系，这样表演出来就特别鲜活、特别准确。

**周　迅**　我会记住人物大概会说的话，因为每次重拍，演员的节奏也会改变，所以你不要去预设要怎么演。比如你脑子里面想象了对方会怎么演，然后你又按照想象中对方给出的反应去接着演。事实是，对方在现场说这句话的时候也会有变化，不可能和你想象的一模一样。所以需要你忘掉预设，真正去听对方讲话。比如对手演员在哪里断台词，他在那个地方停顿是为什么。停的时间久了，你总会去看一眼吧，你不要预设自己不去看他。

**瑶　淼**　只有去真听，做出的反应才是准确的，才会有温度。

**周　迅**　当然这种感觉是可以通过不断地积累经验去找到的。

**瑶　淼**　现在再回过头去看以往的表演，会有什么遗憾吗？都说影视是遗憾的艺术，会不会觉得哪个地方如果这样处理一下，也许会更好。

**奚美娟**　作品是整体的。我们当时整体的制作水平，都跟二十年后的今天没法比。但我觉得表演还好，实际上真正的戏，我们还是看表演本身。

**瑶　淼**　两位合作的这部戏，当时是同期声。

**奚美娟**　对，我们那个年代，电视剧和电影全是没有字幕的，但你还是可以听出我们在说什么，吐字归音还是挺清晰的。现在的戏不是都打字幕吗？但是如果把字幕抽走，有时候是真的听不清演员在说什么。吐字清晰是做演员的一个基本的素养，起码把话要传递给观众。

## 如何诠释有历史原型的人物？

**奚美娟**　做艺术的人还是有一部分属于天分的东西在骨子里，演技这个事很奇怪，不是随着年龄的增长就越来越好。有的演员很年轻的时候，就知道那条正确的路在哪里，当然也有一部分人是例外的，做了一辈子演员也不是太明白。所以表演是非常有意思的，艺无止境，人的悟性非常重要。

**瑶　淼**　做演员需要勤奋也需要有悟性。听说周迅演《如懿传》之前还专门去故宫转了一圈？

**周　迅**　我就是去找找感觉，看看“我家”到底有多大。

**奚美娟**　你到过那个环境，想象乾隆曾经在那儿，会获取一些无形的信息。

**周　迅**　对，比如说进到宫门，我真的看到在养心殿后面有一座梅坞，而且造型也非常特别，你就能知道如懿在皇帝心里有多特别。这对我演戏找到感觉很有用，这种感觉说不出来。

**瑶　淼**　其实演一个角色之前，演员做的好多功课不见得都能够在镜头前表现出来，但是非常有必要去做。周迅演过很多有历史原型的人物，比如太平公主，还有林徽因，您是怎么去接近她们的呢？

**周　迅**　像太平公主，其实就是演一个小女孩的状态。她经历的那些情感、那些宫廷的变化，我也看了不少资料，了解了她大概是一个什么样的人。

演林徽因的时候，我问李少红导演说“确定让我演吗”，因为我觉得林徽因跟我在性格上太不像了，那个时候我也没有能力去太深入地分析人物，只能演到我能理解的程度，我觉得那个角色是没有演好的。

**瑶　淼**　其实演这种历史原型人物演员会有一种压力或者困扰，因为有太多的人了解他，不管是从书上还是从一些影视片当中，所以大家都会有自己心中的那个人物，播出之后很容易受到争议，包括奚美娟老师演慈禧，其实一开始也会有很多人质疑慈禧怎么是这个样子，您是如何来面对这些争议的？

**奚 美 娟** 有争议是很正常的。你就想，质疑永远会有的。尤其是你演的是真实的人物。演历史人物也好，演现代人物也好，就像周迅演的林徽因，多少人心目当中有林徽因的形象，怎么可能正好就是她这个样子呢？

奚美娟在《那年花开月正圆》（2017）中饰演慈禧

**瑶　　淼** 有人会觉得周迅演的林徽因很温婉，就是我们心目中那个样子，但是有的人心目中的林徽因是她特别理性的那一面，就会觉得周迅演得不太像。每个人心中都有自己的一套观点。

**奚 美 娟** 其实挺好的，历史原型人物作为一个艺术形象，不同演员的演绎可以让观众领略到这个角色的各种可能性。我们不是有句话说，一百个人演哈姆雷特就会有一百种形象。

**瑶　　淼** 像您演过五次慈禧了，您在演慈禧的时候是要把慈禧从神坛上拉下来，把她还原成一个女人吗？

**奚美娟** 真实的历史人物，我们已经无缘跟他们面对面交流了。像慈禧这样的人物，必须通过阅读、通过翻阅历史资料去了解她。可是我会对这个角色有自己的体会，表演者只是一个职业，而作为一个社会人，你对慈禧的看法是什么样？像慈禧这样的人物，一个曾经执政四十七年的女性，她对光绪的那种爱是完全倾注了母性的，她对当年的局势有自己的判断，尽管她有很多失误，甚至签了一些卖国的条约，但是她是一个真实的人。这种有力量的女人，有那么大的权力，我就会想她的弱点在哪里，因为没有一个人是十全十美的。我作为演员，有的时候就要从各个角度去琢磨角色，哪怕有弱点，也是真实的。

## 如何诠释现实生活中的原型人物？

**奚美娟** 我有一个习惯，就是我一旦演一个原型人物的时候，我必须要去见她一次，哪怕是我没有空，或者对方没有空，我也一定要争取。因为人和人眼神的接触中是有信息传递的。如果她是我将要扮演的人，我必须要看见她，哪怕只有一眼，对于我塑造角色都是有好处的。

**瑶淼** 我看过一篇对您的采访，说您在演《蒋筑英》这部电影的时候，您扮演蒋筑英的妻子，就曾去找她本人聊天。导演本来安排您坐在她身边，这样感觉和她更亲近一些，但是您要求坐在她的对面，因为这样您可以更好地观察她的状态。

**奚美娟** 当时我记得特别清楚，蒋筑英已经去世十年了，她基本上已经在生活当中抚平她的创伤了。蒋筑英四十三岁去世，那一年她才三十九岁，而且带着两个孩子，一个八岁，另一

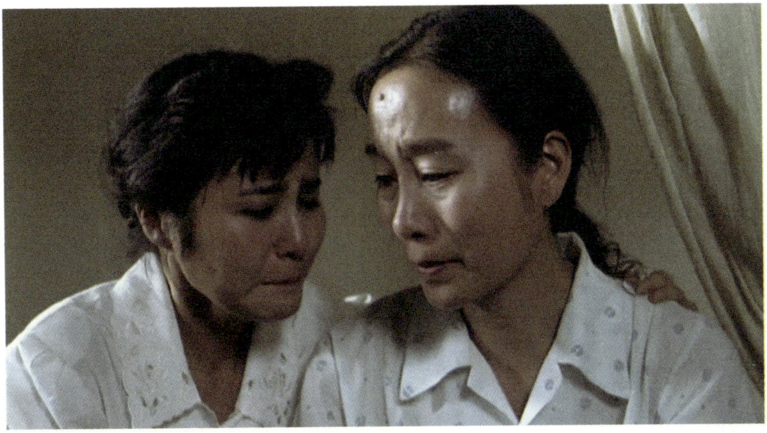

奚美娟在《蒋筑英》(1992)中饰演蒋筑英的妻子路长琴

“人和人眼神的接触中是有信息传递的，如果她是我将要扮演的人，我必须要看见她，哪怕只有一眼，对于我塑造角色都是有好处的。”

个十一岁。那么十年以后，我们因为要拍这部电影，一定要把她请来跟我们说一次她和蒋筑英的故事。我觉得从另外一个角度来看，那是蛮残酷的，她得把疮疤揭开，一五一十地告诉我们。当时导演说介绍我们认识，很常规的做法，我应该坐在她边上，但是我自己找了一个在她对面的座位。她在跟我们说的时候，一直说“其实我不想说，我是为了配合你们的工作”，然后她就说她丈夫的一些事、一些细节，这些细节在她重新回忆起来的时候，可能又勾起了她心里很多的感伤，所以她经常说着说着就停住了。我特别能理解她这种停顿，这种停顿在我们演戏里头是此时无声胜有声的。她可能不想哭出来，她就想压好了情绪以后，再接下去说。我对她的这种细微的停顿是有感觉的，也许在演戏的时候不一定用得着，但是对我来说太有用了。

“杨善洲弥留之际，她坐在他的病床边上，看着他，那种心态是非常复杂的，她看着他的眼神是又有爱又有怨。”

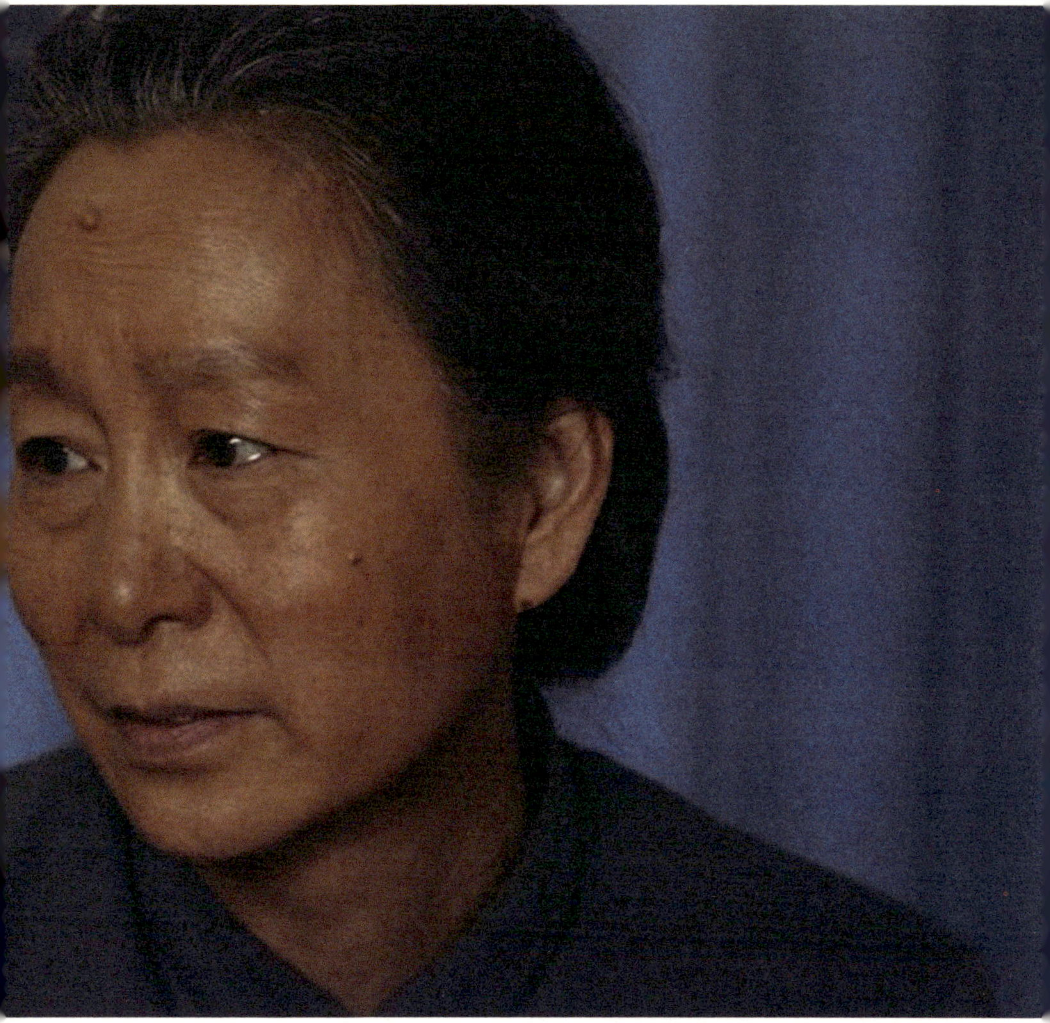

奚美娟在《杨善洲》（2011）中饰演杨善洲的妻子

**瑶　　淼**　您塑造了很多非常知性的女性形象，既温暖，内心又非常有张力。像您饰演的杨善洲的妻子，她的生活状态使她内心积累了非常复杂的情绪，同时她又是很有温度的一个人。

**奚美娟**　杨善洲是个县委书记，他常年为了工作不太回家。那么作为他的妻子，她的内心是有缺失的。杨善洲弥留之际，她坐在他的病床边上，看着他，那种心态是非常复杂的，她看着他的眼神是又有爱又有怨。后来杨善洲妻子知道我要饰演她，跟我说话的时候一直抓着我的手，给我看她戴着的表。杨善洲去世以后，她什么都没拿，就拿了他一块表，一直戴着。她一生的时间，好像通过这个表跟她的丈夫联系起来了。

像这种细节，其实在戏里没有表现出来，包括她一直戴着杨善洲的表。但是这些观察对我塑造角色真的是有帮助的，通过观察以后我塑造出来的人物是有血有肉的，是有温度的。

**瑶　　淼**　这样塑造出来的人物，会让我们觉得是很熟悉的陌生人，熟悉是因为他的温度；陌生，是因为这个角色带来的新鲜感。还有像您在《法官妈妈》里面的角色，她是一个很平凡又很博爱的女性，她也经常陷入很纠结的情感当中，既很爱这些孩子又很为他们痛心。

**奚美娟**　《法官妈妈》讲述的是一个少年法庭的法官与少年犯的故事。少年法庭就是处理十八岁以下未成年人犯罪的地方，我在里面饰演那位法官，所以这个角色也是比较特殊的。他们当时给我介绍的时候就说，少年法庭的法官身上有三种角色，一个是执法人员，需要无情；另外她有母亲的属性，有时候会关爱孩子们，使他们被感化；还有一个就是老师的功能，她

奚美娟在《法官妈妈》(2001)里饰演少年法庭庭长

可以引导教育这些孩子。所以她跟其他法官不太一样。其实我从生活当中获取这样一种人物形象，已经足够了，就已经非常丰富了。不过这个角色当时是有真实的原型人物，尚秀云老师，北京少年法庭的法官，她提供的案例真的非常有帮助。

**瑶　淼**　您和她也进行了很多次私底下的接触吧?

**奚美娟**　对，我跟着她去社区里面，到少年犯的学校里跟班主任聊天，跟社区里的人和街道上的人聊天，就希望他们能关爱有少年犯的家庭。他们的心情有的时候是比较矛盾的。作为艺术工作者，肯定是了解得越细致越好。

**瑶　淼**　您在《山楂树之恋》中饰演静秋妈妈的时候，她每天在进行糊信封的工作，据说您也专门对从事这项工作的人进行了走访。

**奚美娟**　张艺谋导演让我们到江西吉安一个做信封的地方去感受一

奚美娟在《山楂树之恋》（2010）中敲信封的片段

下，信封工匠要把几千张纸一起裁剪，他们会用到一种工具，敲一下拿走一张，狠准稳，他们的手像在跳舞。不到现场去看，你完全想象不出糊信封会是这样的。张导希望我能在裁剪的时候，把纸敲飞出去。我觉得特别有压力，天天练习敲这个动作，有一天真的一敲纸就飞出去了，满房间的人都为我欢呼高兴。

# 表演者寄语

表演是用心灵去构造的一份工作，演员要付出真心去体验生活，再把它重现。这个职业非常特别，表演开阔了我们的视野。这是这个职业带给我们的一种从有意识到下意识的一个改变，我很感谢这个职业给我带来的变化。

——奚美娟

# 弥新

表演者：

赵立新，影视、话剧男演员，精通四国语言。

2001 年，出演近代史剧《走向共和》。

2013 年，参演犯罪悬疑电影《全民目击》。

2014 年，出演浪漫武侠电影《绣春刀》。

2015 年，参演奇幻喜剧电影《重返 20 岁》、青春电影《少年班》、古装剧《芈月传》，同年凭借主演的反间谍剧《于无声处》获得第 22 届上海电视节最佳男配角奖。

2016 年，主演剧情电影《我不是潘金莲》。

2017 年，参演战争歌舞电影《芳华》，同年凭借主演的现实情感剧《中国式关系》获得第 2 届中国电视剧品质盛典年度魅力剧星奖、第 22 届华鼎奖百强电视剧最佳男配角奖。

2018 年主演年代剧《远大前程》和古装权谋剧《天盛长歌》，同年凭借自导自演的话剧《父亲》获得 2018 年大麦戏剧榜人气戏剧男演员奖。

“我是表演者赵立新，做演员久了，要敢于突破惰性和惯性，尝试自己不太拿手的表演方式。在成长的过程中，一点一滴地积累经验、感受和思考，通过表演让它重焕光彩。”

# 赵立新的表演笔记

**真诚的表演才能打动人心：**

- 在一部作品中，演员的表演是相互给予与刺激的。一方真诚，另一方才能回以真诚。
- 演员需要真诚地揣摩角色，真诚地表演，才能打动人心。
- 好的表演 =80% 天赋 +10% 悟性 +10% 技巧

**如何在表演中求新：**

- 表演有时候会形成惯性，演员应求变，尽量避免重复。
- 在表演中，表演者节奏非常重要，演员可以适当打破表演节奏，寻求新的表演感觉。
- 熟记台词，是演员应该具备的基本技能，但演员创作的是台词背后角色思想的外延。
- 艺术源于生活，高于生活。表演者需在日常生活中，不断积累素材，再运用于表演之中。

**表演小技巧：**

- 有时，无声的表演更能渲染气氛，通过眼神及肢体表演，达到情绪点。

**梁　　植**　我们今天的关键词是“弥新”，两位对这个词是如何理解的?

**赵 立 新**　在自己的成长过程当中，一点一滴地积累，寻求到最后，把自己身上的经验、感受和思考都汇聚起来，通过表演让它焕发出更多的光彩，这是我理解的历久弥新。

**周　　迅**　就是说经验积累到一定的量，它就会有一个变化，这就是一种自然而然的弥新。

## 接受艺术表演的理性与感性

**梁　　植**　看到两位坐在一块儿，我想尝试去做一个比较。两位都是非常好的表演者，但是走向表演和体验表演的路好像完全是不同的两条。

**赵 立 新**　那肯定是很不同的。我在学校待的时间长，有点变成书呆子了。可能读的书太多，现在就好像在不断地在实践中回炉一样。

**周　　迅**　我是从小在电影院里长大的，所以我其实是受了全世界各个地方很多电影、很多演员的影响。那时候我看的有印度电影、德国电影和法国电影（包括法国新浪潮电影运动时的影片），我看了很多这类的电影。这跟我在学校学到的肯定是不一样的。我的成长方式是比较感性的，跟这些电影演员学习，也跟着各个剧组学习。

**梁　　植**　所以说周迅通过看片对表演有了最初的感知，这其实是在不经意间完成了一种专业素养的熏陶。

**赵 立 新**　就是她在不经意间接触了一堆大师。

**周　　迅**　因为我没上过专业学校。

**赵 立 新**　在专业学校学习有时候其实就像做游戏。

**周　　迅**　那具体是怎么做的呢？

**赵立新**　莫斯科国立电影学院的课堂就是一个舞台，舞台上你可以尽情挥洒、天马行空。当时课堂上是九个人，根据不同的情境要求，做不同的练习。因为这是一个国际留学生班，班里的学生来自不同的国家，表演中呈现的东西也完全不一样，特别好玩，一点也没有只学习理论的枯燥感。

## 科班学习的合理性

**梁　　植**　既然我们说到这儿了，有一个问题，是很多家长以及年轻人都会关心的问题。学习表演最主要的途径是否就是上科班的院校？虽然刚刚我们也提到了实践，不过不是每个人都能获得许多实践的机会。

**赵立新**　我还是有点资格聊聊这个话题的。我一开始就是戏剧学院的学生，后来又返回戏剧学院当老师，接着又从戏剧学院离开。我其实经常打击我的学生，让他们留下很多噩梦般的记忆。这是真的。我当时教表演系和导演系两个专业的学生，上两种课。我记得第一天上课的时候还说过这个话题。我对学生说，要搞清楚一件事，表演这个东西，百分之八十是学不来的，剩下的百分之二十，脑子灵光一点的，学多少是多少。有百分之十是我们所谓的技巧或者经验，那是死的东西，像拉琴一样，多锯锯就会了。还有百分之十是悟性，你在成长过程中所遭遇的事情，那些向你扑面而来的东西，决定你可以理解到哪个层次上。

**周　　迅**　对的。我同意表演天赋是非常重要的，有表演天赋的人，他的表演会比较容易打动人。

**赵立新** 巨大的差别在于有些东西是学不来的。周迅身上就有表演天赋，只需要有人稍微点一下，她的表演灵感“哗”一下就会被打开。不具备天赋的人，有时候你把他扎成蜂窝也没有用。但是表演还是有技巧的，演员可以学技巧，这也正是我们广大演员还有饭吃的前提。

**梁　植** 赵老师经历了很长时间非常专业的训练，而且跟我们常说的主要的表演体系都有过接触，一个是中国的戏剧教育，另一个则是俄罗斯的戏剧教育。

**赵立新** 对。世间的天才太少了，屈指可数。那剩下的人怎么办？我们有这么多电影、电视剧需要演员来演。正是基于学习、培养、提高的诉求，学校就诞生了。

**梁　植** 大家会好奇您的选择，您在咱们国家学完，又在俄罗斯深造。为什么接下来又去了瑞典？

**赵立新** 我是被英格玛·伯格曼吸引过去的。我在上戏剧学院的时候，就非常膜拜他，我知道瑞典是诞生大师的地方。而且当时伯格曼还活着，他在瑞典皇家剧院执导话剧，后来还拍了剧情片《萨拉邦德》。除了伯格曼，还有大戏剧家斯特林堡，也是瑞典的。当时我就觉得那片土地很神奇，跟欧洲大多数国家不太一样。因为隔了一片波罗的海，它位于斯堪的纳维亚半岛。瑞典就像是众多北欧国家中的一个另类。后来，偶然的机缘下，我有机会去瑞典，相当于也是圆自己年轻时的一个梦吧。2007 年，伯格曼过世了。在他过世前，我非常有幸见到了这位大师的真容，也看过他生命中最后几年排的几部作品，主要是话剧。

英格玛·伯格曼（1918—2007），瑞典的国宝级编导，20 世纪电影大师之一

## 舞台表演、银幕表演和荧屏表演的区分

**梁　植**　赵老师前期的梦想似乎跟舞台戏剧的关系会更紧密，当然这些都属于表演。

**赵立新**　对，这是因为我是从中央戏剧学院出去的嘛。在中央戏剧学院的时候，我还比较排斥影视表演。

**周　迅**　是的。戏剧表演和电影表演在当时看来是有很大区别的。

**赵立新**　记得当年，我们的师姐巩俐刚拍完《红高粱》，《红高粱》在获奖之前，大家都说她不好好上课，跑去拍电影，对她感到很不屑。后来，这部影片在柏林电影节上拿了金熊奖。大家都跑到实验剧场看她演的电影，一下子全都沉默了。从那时起，这种排斥影视的观念开始慢慢发生转变。这之前，戏剧确实处于高高在上的位置，跟现在是截然不同的状况。那时候，没有一个人敢出去拍戏。

**周　迅**　原来是这样子的。

**梁　植**　赵老师，在面对戏剧表演、电视剧表演和电影表演的时候，您会有区分地对待和设计角色吗？比如说您会考虑这是一个什么样的镜头，它会在多大的画面上呈现，或者说会考虑自己要传递给现场观众什么样的情绪，相应地做不同的调整吗？

**赵立新**　我来谈这个话题在周迅面前有点班门弄斧了。

**周　迅**　不会，我没有演过舞台剧，我不知道演舞台剧的感受是什么。但是对于电影和电视剧表演，我完全不会去区分画面大小。刚开始我也不懂这些东西，也没有人教过我该如何去区分。但我会被问到这样的问题——你怎么区分电影表演和电视表演呢？我说，我没有区分啊。作为一个演员，我就努力去演

赵立新主演话剧《父亲》

好我那场戏里要演的角色，除非是有特别大的情绪、动作，可能需要夸张地去演。

**赵立新** 在一开始的时候，我认为舞台表演与影视表演确实是有区别的。因为舞台表演相对来说要夸张些，这也是“观演关系”造成的。因为在剧场里，一个平面的大舞台，大的剧场是十五米到十八米的台宽，小剧场也有八米到十米的台宽。演员在表演时，会有很强的灯光打到舞台上，想要用一些细微的动作吸引住成千上万的观众很难，因为没有办法用摄影机帮到你。摄影机对准了你一只手，整个屏幕上都是一只手，大家可以好好看，但是在舞台上是没有办法这样操作的。所以舞台表演有一个放大的特点。我开始演影视作品也是有这个困扰的。刚开始，我只会闷着头演。因为在舞台上，你是不用去顾及机位的。如果把机器看成是一个人的话，你跟这个人没有交流，这确实是我开始的困扰。但后来，因为我正好在莫斯科电影学院学的也是电影专业，我慢慢去接受镜头，发现通过这个小孔，它捕捉到的东西是特定的。在这个特定的画框里面，装进去的内容也是要有修饰的，这也是一个技术。这个小技术你知道了之后，在它规定的范围内，像刚才周迅讲的那样，你就要尽情地去发挥你对人物和作品的理解和热爱。

所以我现在确实是没有刻意区分，自己是在演电影，还是在拍电视剧。我感受很强烈的一大区别就是电视剧的量太大了，耗时太长，它甚至是一部电影的几十倍长。比如遇到一个剪完之后七八十集的戏，我们一集按四十五分钟来算，就是很要命的一个长度，演员有大量的词要背，大量的戏要演。电影的话，一小时两小时的长度，拍再多的镜头，时间还是那么多。所以我会更加珍惜电影里的每一个画面，电视剧有时候就顾不上了，因为太长了。

**周　迅**　明白，确实力不能及。

**梁　植**　所以赵老师您对电影、电视剧表演是没有区分的，但舞台表演和银幕表演、舞台和镜头上的区分肯定还是有的。

**周　迅**　但是现在舞台上的演员都会戴话筒吧？

**赵立新**　小剧场我们一般还是不戴的。

**周　迅**　小剧场有多少人呢？

**赵立新**　人数在一百五十人到四百人之间。

**周　迅**　那也不少。

**赵立新**　对，所以是需要演员练好台词基本功的。我们上学的时候还没有国家话剧院，但是人民艺术剧院、中央实验话剧院的前辈给我们很大的压力，他们说谁戴麦克风表演谁丢人。这句话给我造成的阴影一直延续到现在。一到剧场的时候，该戴麦克风了，我就觉得不好意思。可在大剧场就没办法不戴，大剧场有上千人。早期的舞台，老艺人为了让观众听清台词确实是靠喊。

## 背台词是演员的职责所在

**梁　植**　赵老师有一个话剧作品《大先生》，当时我朋友圈里好多人都发了剧照。他们说看完您的表演感觉全身都酥了，整部戏您需要讲三万七千多字的台词。

**周　迅**　那些台词您是完全背下来的，还是偶尔有提词？

**赵立新**　没有提词器。话剧再有提词器，演员就别在江湖上混了。

**梁　植**　赵老师，对于台词，您有特别地训练自己吗？

**赵立新** 经常会有人问我是怎么背台词，我说背台词是对一个演员的最低要求。我们干这一行，背台词是我们的分内之职，没啥好讲的。但我们不是复读机，得把台词化成自己的话演出来，这个难度是很大的。我估计周迅拍完《如懿传》也有这个感觉。古装剧，尤其古装正剧，我们开始大量地引入文言文，这些是我们现在这个语境下不习惯的。

**周　迅** 我也不是那种有古文喜好的。

**梁　植** 周迅觉得哪部戏的台词对您的挑战最大？

**周　迅** 《大明宫词》。虽然我的戏份不多，但台词很难记，词与词之间总连不上，所以我只能靠硬背。我的方法是，对每个词进行联想，再把它们串联起来，形成我自己的一个画面。

**赵立新** 这也是一个诀窍。

## 赵立新塑造角色的经验分享

**梁　植** 赵老师在《全民目击》当中和余男有一场对手戏，在第一次开庭的时候，您是作为第四位证人出场。当时在准备这个角色的时候，您都有哪些自己的考虑和设计？

**赵立新** 这个人是来顶包的。因为感念他老板对他的好，他愿意顶这个包。加上他身患绝症，不久于人世了，所以做了伪证。但是余男把伪证当中的疑点给拎出来了。他是个司机，也没有受过多好的教育，心理素质一般，不是内心特别强大的人，他已经认命了，反正要死，不如把这个钱挣到，替老板消灾，这是他给自己预想的任务。但是对于一个普通人来说，谁天天上法庭啊，在特定环境下，他还是心里有点发怵。他话又少，基本没话，总共就说了三五句，所以这个人在现场的反应有很大的不确定性。在面对余男大段语言攻击的时候，他前面积累的所有的胆怯、恐惧、紧张、自我犹豫都汇总到一起，一下子就爆发了，所以他表现出一种冲动、气急败坏的样子。

刚才我们讲到了演员要背很多台词，其实演员说台词的时候，不难，难就难在没有词说的时候，镜头又一直对着你。当两个人都不说话，对视着的时候，实际上是很考验人的：你有没有定力，你的眼睛里有没有内容。那场戏大概就是在这样一个情景下进行的。接着余男在探监的时候，有一段她来刺激我说出真相的戏，本来也有台词，我跟导演商量说不要台词了，全部拿掉，我一个字也不说了。我就听她说，然后根据我当时的感受做出反应。这段戏呈现出来就还挺舒服的，因为我觉得说那几个字特别多余。不说台词的表演是很

赵立新在《全民目击》（2013）中饰演顶包的司机孙伟

难的，因为你无力可借，或者说没有抓手，所以这场戏也是我在体会人物内心后得到的一个灵感吧。

**梁　　植**　除了刚才我们说到的《全民目击》，赵老师在《我不是潘金莲》当中扮演的前县长因为拦车的事情，被撤职了，但是在片尾，在北京李雪莲的小馆子里您又出现了，那一个片段，给大家留下的印象也很深。应该说李雪莲对您的影响其实挺大的，让您断了仕途，又去做木材生意。

**赵立新**　对，去了木器加工厂。

**梁　　植**　所以我们看到那场表演的时候，作为观众会觉得您特别冤枉，但是您的反应又是相对平静的。当时您对角色有什么特别的设计吗？您跟冯小刚导演，就这场戏做过什么样的探讨？

**赵立新**　那一场戏拍得特别艰难，而且那是一场全剧杀青的戏，在北京拍的。剧本占了将近三页纸，对于一场电影里的戏来说已经很多了。我记得范冰冰准备得特别充分，台词背得特别好。我们刚演了一遍，冯小刚导演就过来说，不要了，改了，说把这三页剧本全废了。然后刘震云老师也过来，说跟冯小刚商量了这样演不合适，要换内容。他就在现场改台词，冯小刚导演也就在现场直接说要怎么改，他想到哪儿就说到哪儿，场记就在旁边录音，录完之后又调整了一遍。现场也没法打印，就直接放给范冰冰听，跟她说要怎么调整。因为需要重新背台词，我们又等了她一个多小时。准备好之后重拍，拍的时候导演又喊停，过来说效果不好，不是范冰冰演得不好，也不是我演得不好，是他自己的感觉没找对。他说这段不要了。不要了怎么办呢？说回到原来的吧。所以我们又回到原来的剧本，重新拍了一遍。

**梁 植** 赵老师刚才在分享《全民目击》和《我不是潘金莲》这两部戏的时候，我都有种很强烈的感觉，就是演员在准备表演的时候，其实都是在去理解这个角色，他当时的想法是什么，然后把自己放进去。比如说《中国式关系》里的老沈，他肯定不是个典型意义上的正面人物，他有他的问题，他生活上的，以及后来工作上的，所以赵老师当时塑造老沈的时候对这个人物加入了特别的设计吗？

**赵立新** 就是展现他内心的苦。他很不易，一路走来，我觉得他比马国良不容易多了。他追喜欢的女人追了二十年，又不敢明着追，明着追不道德，人家是有夫之妇，他只能远远地看着，存着这份念想，等人家离婚了，他终于抱得美人归，又背了一个骂名，人家说他把他朋友的老婆给抢走了，这些流言蜚语把他的生活搞得一团糟，他觉得亏欠这个女人很多。他又觉得这个女人的前夫对她没有那么好，他想补偿这个女人，给她更好的生活，可他又没有这么大能力。因为他想做的事情太多又不能够做到，所以就很难受。

**周 迅** 很憋屈。

**赵立新** 所以我给他设计的出发点，就是爱情，就是要补偿那个女人，他要告诉那个女人“我是最好的，到我这一站停下，我俩可以携手往前走”。所以当他转天要被带走时，他预感到要出事，就喝得醉醺醺的。凌晨两三点他坐在月光下，老婆突然出来，问他说“你怎么了，大半夜坐这儿也不回去”。他面前摊着他们中学时候的那张合影，是一张集体照，他很感慨，一路走到今天，其实自己爱的人也娶到家了，结果自己没做好，可能要把这个家给毁掉了。

赵立新在《我不是潘金莲》（2016）中饰演前县长

**周　迅**　好辛酸。

**赵立新**　蛮感慨的，所以他就用这句诗回答了他媳妇，“你眼睛深处，燃烧着千万霞光”。他拿了离婚协议书让老婆签，不想让她受牵连。他老婆把离婚协议书撕了，他就觉得很感动。

**周　迅**　值了。

**赵立新**　坏人也有权利感伤，把这个权利赋予了人物，那他就会变得真实而丰富，其他东西交由观众去判断吧。

# 表演者寄语

表演首先是要真诚，要少一些私心杂念。一个演员如果杂念太多，关注的都是“光打到脸上怎么样”“哪个角度拍最好看”这些。你都能感觉出来他和角色是两张皮。他虽然嘴上说着台词，但你感受不到这个人物的存在。另外我觉得演员时常会被一种惰性或惯性缚住手脚，我也是这样。我经常提醒自己，作为演员，要敢于去试一试自己不太拿手的表演方式。有时这样尝试了之后，你会豁然开朗地发现，还可以这样表演，呈现出的效果也挺好的。

——赵立新

# 表演的品格

# 不畏浮云遮望眼，自缘身在最高层

表演者：陳坤

陈冲，著名演员、编剧、导演。

1976年，因出演电影《青春》而崭露头角，开始涉足电影。1979年，参加了电影《小花》的拍摄，凭借影片中的“小花”一角，成为中国影坛的一位新星，并获得了1980年第3届大众电影百花奖最佳女主角奖。此后又在影片《苏醒》《海外赤子》中扮演重要角色。

1988年，主演的电影《末代皇帝》获得第60届奥斯卡金像奖包括最佳影片在内的9项大奖。1994年，凭借《红玫瑰与白玫瑰》获得第31届金马奖最佳女主角奖。1997年，执导的电影《天浴》入围第48届柏林国际电影节主竞赛单元，并囊括第35届台湾电影金马奖最佳剧情片、最佳导演等6项大奖。2007年，凭借电影《意》获得第44届台湾电影金马奖最佳女主角奖。

在内地导演的影片中，她所扮演的角色形象也丰富多样。主演电影包括《向日葵》《茉莉花开》，以及姜文作品《太阳照常升起》等。

“我是表演者陈冲，‘马路是热闹的，但并不是被人爱的’。一个人是需要出去锻炼的，毕竟演员是需要反复磨炼的职业。回过头来想想，人生当中如果没有遭遇过拒绝的话，你怎么可能成为一个好演员呢？”

# 陈冲的表演笔记

**提升演技非一日之功：**

- 演员需要多出去锻炼，反复磨炼自己，这样才能更好地胜任理想角色。
- 没被拒绝过的演员不是好演员，挫折反而会成为一种激励。
- 感到痛苦时，完全没有必要回避它，好好地去体验一下这种失去，让它成为养分和力量。

**如何面对年龄的压力：**

- 演员成熟后的这段时期，在经验、学识和经历方面，都是人生中最好的阶段。
- 年龄对演员而言，是压力也是阅历。每个年龄段的人，都有他们想要看的东西，各个年龄段的演员，都有广阔的创作空间。

**表演小感悟：**

- 保持持续的好奇心，拒绝惰性，是演员保持精力的一种重要方法。
- 所有的角色都是在借用演员的人生，演员的生命也因各种各样的角色而变得丰富。

**陈　　旻**　我们今天引用的核心诗句是，“不畏浮云遮望眼，自缘身在最高层”[①]。很多时候表演者身在“浮云”的包围之中，坦途与困境都会影响内心的笃定，如何做到不被名利遮眼，又如何能够不被浮华裹挟呢？首先我们想听一听两位表演者对于这句诗是如何理解的？

**陈　　冲**　恐惧、害怕、畏，其实是一种力量，我们要学会去正视它。正视了它，我觉得就可以做到无畏。

**周　　迅**　演员这个职业是比较容易接触到名和利的，但是在这个行业久了就会慢慢了解到，最终你根本就抓不住这两个东西。在这个过程当中，你会不会害怕失去，我觉得一定会的。但是，当你知道有一天名利会过去，你会发现拥有初心还是最开心的。

## 身为演员的幸运

**陈　　旻**　北京国际电影节的闭幕式上，陈冲老师现身红毯，我记得当时穿一身黑衣，配一个白色的披肩，很多观众看了以后都说小花又回来了。这么多年过去了，再听到别人用小花来称呼自己，您是什么感觉呢？

**陈　　冲**　我当然特别高兴。他们叫我小花其实也是唤起了他们自己的一段回忆吧。一个演员一辈子能够演这样一部电影，真的挺幸运的。

**周　　迅**　对，除了电影之外，你还能回忆起那时候生活的一些影子。

**陈　　旻**　看这张照片，这就是身为演员的幸福吧。

---

① 不畏浮云遮望眼，自缘身在最高层：出自王安石所作诗歌《登飞来峰》，寓意为人不能只为眼前的利益，应该放眼大局和长远。

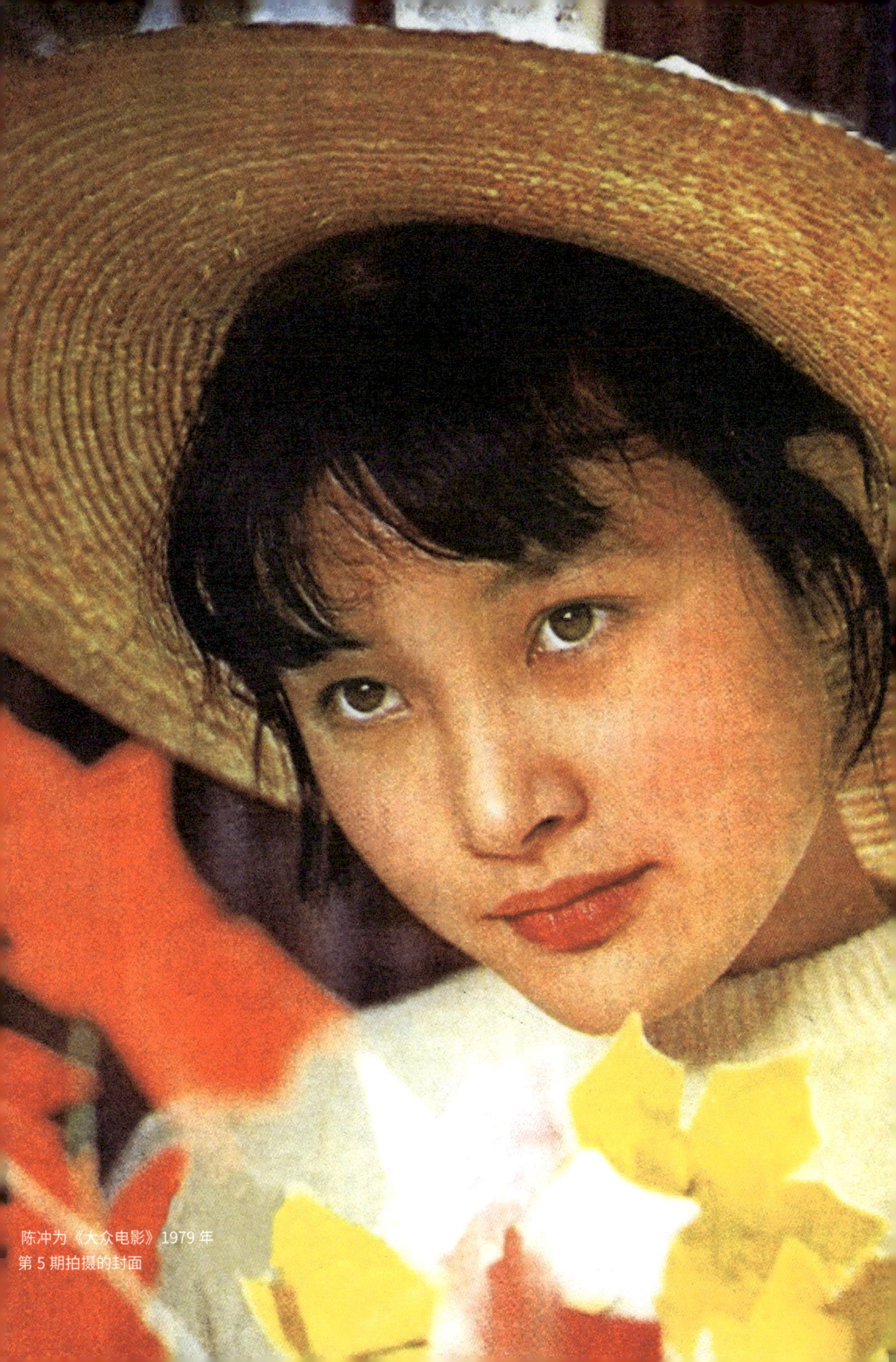

陈冲为《大众电影》1979 年
第 5 期拍摄的封面

**陈　冲**　这是我当时拿出了最妖娆的表情拍的封面!

**陈　旻**　1979 年，您接受采访的时候说，因为小花这个角色拿奖，您感到兴奋，但随之而来的马上就是一种不安。

**陈　冲**　对，那是一种非常简单的快乐，因为大家肯定了你的成绩，随之而来的的确是一种不安。因为我觉得这个事情缺乏逻辑，非常不可靠。

**周　迅**　是因为不安就出国了吗?

**陈　冲**　有那么一点关联吧。也是当时我们有一个大学生演出会，一个上海其他学校的大学生送给我一本泰戈尔的诗集。我无意中翻到一页，上面写着“马路是热闹的，但并不是被人爱的”。我一看，很有共鸣。奖项确实只是一种热闹而已，它跟我没有更深的关系，所以我觉得这个时候出国留学可能是一个更好的选择。

**周　迅**　我特别能理解您说的那种心虚，电影《如果·爱》当时拿了一些奖，他们来告诉我的时候，我都不敢相信，怎么可能是我呢?为此，我迫切地想要看更多的电影，希望自己下一部电影能够演得更好。我清楚自己的性格，只要一受到表扬，我就会很开心。

**陈　冲**　也挺自然的嘛。

**周　迅**　嗯，但是就怕自满了嘛。

**陈　冲**　开心是很正常的，人总要有开心的时候，关键在于开心之后的一种思索。

**陈　旻**　这个过程是不是越短越好?

**周　迅**　也不是，有时候不安也能成为一种动力。这种内心的不安与焦虑，会激励你去多看、多学。我们都希望自己的演技是实心的，而不是像一棵竹子一样，是空心的。

陈冲在《小花》（1979）中的剧照

## 演员需要反复磨炼

**陈　昊**　当时在国内的时候，陈冲老师已经是盛名之下，随后去了美国，但在美国想要出演一个配角，可能都需要您去试镜。

**陈　冲**　一个人是需要出去锻炼的，毕竟演员是需要反复磨炼的职业。不可能说，我在家待个十年，一旦我的理想角色到来了，我立刻就能胜任。表演的功夫是在与其他演员交流的过程中提升的，还是要不断地操练。因此，即使没有碰上梦寐以求的角色，我也会去锻炼一下，也是会有收获的。在现场的每一分钟，其实都可以是学习的机会。

贾樟柯导演找我拍《二十四城记》的时候，我特别好奇他想让我演一个什么角色，他那时候的电影里用的大多数是非专业演员，而且演的都特别像，特别贴环境。读了剧本发现他是想让我演一位即将关闭的军工厂里的女工——一个老去的厂花，她年轻时大家觉得她长得像电影里的小花。我觉得挺有趣的，便立刻答应了。拍摄那天，我走过比较杂乱的弄堂，来到一个理发店。他让我坐在店里的理发椅上，我坐好了。他说“我们现在开始拍”，他就真的拍了。后来，拍到一半，“嘭”一声，一块反光板倒地了。我们扶起反光板，又接着拍。我当时有点紧张，觉得好像还没有完全进入状态。等我看完成了的电影的时候，发现贾樟柯这样拍，是帮助了我表演这样一个人物，一个女工向一个陌生人叙述自己的事情，应该有些不适和生涩。我当时的状态和心态跟“小花”是吻合的，这样一气呵成给予了人

陈冲在《二十四城记》（2008）中饰演小花

物一种新鲜的生命力。这是我从跟贾樟柯导演合作两天得到的启发。

**周　迅**　其实我也很想演小花这样的角色。我印象很深，您坐在椅子上一直搓手，这在旁观者看来是非常动人的一个状态。

**陈　旻**　而且，拍摄感觉特别像纪录片。像理发店这一段戏，如果给很多人看，不告诉他们这是一部电影，他们会觉得这是陈冲在接受一个采访。

**陈　冲**　即使我们工作那么长时间了，有时也会遇到新的东西。在拍《二十四城记》前，我也没有用这种方式去拍过戏，真的应了那句老话——活到老、学到老。

**陈　旻**　你要时刻保持学习的状态，不能跟社会脱节。

**陈　冲**　更确切地说，是不能跟自己的专业脱节。

## 没被拒绝过的演员不是好演员

**陈　昊**　有一次，您收到了一位副制片人送来的一束花，里面有一张卡片，打开以后写的是什么呢？

**陈　冲**　上面写着“对不起，这次实在不能跟你合作”。不要误会，不是每一个演员失掉一个角色后，都会有人送花安慰的。那一次是因为我为他们这个戏已经试镜了无数遍。其实我也被拒绝过，大多数情况下是没有花收的。回过头来想想，人生当中如果没有遭遇过拒绝的话，你怎么可能成为一个好演员呢？

**陈　昊**　周迅被拒绝过吗？

**周　迅**　当然，陈凯歌导演拍《风月》的时候，不是带我去剧组待了很长时间吗？他本来想让我演巩俐那个角色的，但后来再三斟酌，我还是不行。我当时知道这个消息的时候，挺难过的。后来，陈凯歌导演知道了，给了我一颗安眠药，说睡一觉就没事了。我现在想起来，他可能只是给了我一颗鱼油。那一刻，我想通了，是我的就是我的，不是我的就不是我的。这次不行，那我下次再好好努力。当一个演员一帆风顺的时候，比较容易觉得自己什么都对。有时候，挫折或者拒绝反而会成为一种激励。失去那个角色后，我就发愤图强，比如我会常常看巩俐和张国荣演戏，向优秀的演员学习。

**陈　冲**　我看过《风月》，周迅演的那个小舞女非常动人。虽然只有一点点戏，却让人过目不忘。

**陈　昊**　命里有时终须有，命里无时莫强求。尤其对于演员来说，这个心态是特别重要的。

**陈　冲**　有时候，我读了剧本以后，觉得自己很合适这个角色，觉得

周迅在《风月》（1996）中的表演片段

我就是她啊，但导演最后还是把你给拒了。我会想不通，就在自己身上寻找各种问题。那天穿错袜子了？又或者是我摸了一下哪里，给人感觉碎动作太多了？你特别想要的一个东西，失去它之后，感到痛苦是正常的。我觉得完全没有必要回避它。为什么不允许自己痛苦一下呢？好好地去体验一下这种失去，你认为的不公也好，你认为的梦想破灭也罢。

**陈　昱**　其实这些都是养分，都是力量。

**周　迅**　对，有些时候难受带来的养分反而更多。我们常说，当你失去一件东西，你会在某处得到另外一件事物。

**陈　昱**　是的，不论迟到多久，机会总是会来的。就像陈冲老师，后来也是给您送花的那个选角副导演，给了您另外一个机会，是吗？

**陈　冲**　对，就是《末代皇帝》中婉容的角色。她跟我混了半年以后，贝纳尔多·贝托鲁奇找她做选角副导演的时候，她就说心中已经有人选了，让他不用再找了。回过头来想，其实每一份努力，别人是看得见的。

## 把配角当作主角来演

**周　迅**　您接到婉容这个角色，是做演员的第几年？

**陈　冲**　已经很长时间了，15 岁演第一部电影《青春》，26 岁那年演的《末代皇帝》。

**周　迅**　那跟小花或者是后来的那些戏比，您在准备角色的时候，有什么变化吗？举个例子，比如对人物的体会是不是更深入了？

**陈　冲**　说实话在演小花的时候，我还不懂怎么准备。就是不知道往哪里去使劲儿，基本上是凭着本能，听导演在现场的安排，让我干什么我就干什么。演《末代皇帝》的时候，我已经知道有意识地去了解那段历史。但是，当时的历史资料中关于婉容的记录真的太少了。我需要通过照片去想象她是一个什么样的人。看她的照片，会发现她是一个美丽的女人，不到二十岁，就跟溥仪结婚，但婚后基本上就是一个人生活。连她丈夫的自传里，都不怎么提她。就是这样一个女人，她的孤独和悲哀，在历史阅读当中的那种“被省略”，提醒了我，给了我演戏的灵感。其次，就是导演在一部戏中很重要。导演给你的灵感，导演对你的爱护，包括导演的学识都会对你产生影响。其实，我在跟贝纳尔多·贝托鲁奇的交流当中，发现他的阅读量特别大。他想跟我说《老子》，我说我没读过。鲁迅的作品，他都读过。所以，像这样一位导演，他关怀你、要求你，你跟他在一起的时候，是一种踮着脚的感觉。我天生是一个驼背，但是在那段时间，背一点也不驼。在导演关爱的眼神下，你在自然状态下是踮着脚的，这是他给你的一种敏感。

**陈　晏**　导演看着您，您自然而然就拔高了。

**周　迅**　其实您还是感受型的演员。

**陈　冲**　有时候写得越丰富的角色，演员其实越容易演出来。如果演一个配角，实际上比主角难演，因为矛盾焦点都在主角身上，这个时候，你就要想出自己的方法。

**周　迅**　分享一下。

**陈　晏**　我们都特别想知道。

**陈　冲**　比如把这场戏想象成自己是主角，那么，现在连着我以前的那些戏都是以我为中心的。不管周围的人在干什么，我肯定是有心理活动的。在我心里，我的那条线一直在延续着，完

陈冲在《末代皇帝》（1987）中
饰演末代皇后婉容

陈冲在《太阳照常升起》（2007）中饰演林大夫

全就是把自己当成主角来演这个配角。我觉得这个方法对我来说挺有帮助的。

## 探索身体里的多面人格

**陈　　旻**　我们看到陈冲老师后来出演了很多深具女性魅力的角色，比如《红玫瑰与白玫瑰》《太阳照常升起》，尤其是《太阳照常升起》中的林大夫。我们在开策划会的时候，中央戏剧学院的教授说："一定要让陈冲老师聊聊这个角色，这个角色太适合她了。"姜文导演当时是怎么跟您说这个角色的？

**陈　　冲**　他在工作室里聊过他对整部电影的看法，他不给看剧本，就单纯聊剧本。我也不知道我会演什么。后来，他给我寄了一个剧本，说里面有一个非我莫属的角色。我上了飞机，就开始看。我一看是林大夫的角色，非常诧异，难道我平时给人的印象是这样的吗？我自己一点儿也不认同。

**陈　晏**　但是，您在飞机上把自己说服了，是吗？

**陈　冲**　因为我特别崇拜姜文，他要让我演一个角色，我觉得合适也好，觉得不合适也好，我都会去。

**陈　晏**　您就一切听他的，相信他。

**陈　冲**　对。我在试妆的过程中，慢慢地在自己的心里、身体里、头脑里找，体会到某种我下意识一直在抑制的欲望，找到了这个角色的影子。其实，这些人都是在我们身体里面的。我们愿意呈现给大家的那一面，可能只是很窄的一面，但是有些人，可能看透你了，知道你还有怎样的一面。

**陈　晏**　姜文导演是把您给看透了，知道您有那一面？

**陈　冲**　我不知道，反正就是他觉得有，后来我觉得我自己能找着。

**陈　晏**　那个时候他说您就是林大夫，是吧？

**陈　冲**　对，因为你不会永远有一面镜子在自己面前。你的很多表现，你说话时候的那副腔调，你自己是不知道的。你以为自己是某种人，实际上还隐藏着很多其他的面。因此，当你看到角色的时候，的确会在身体里面把她的一面找出来。

**陈　晏**　陈冲老师，当时这个角色，后来跟姜文导演在对戏的时候，您觉得是在什么时候抓住这个角色了，您找到了？他怎么跟您讲戏的呢？

**陈　冲**　他让我尝试用一种特殊的呼吸方式。在当年特别单调的生活当中，（偷情）这件事情对林大夫来说实在是一件很兴奋、很好玩的事儿。戏里有一个动作——用腿把椅子往边上一踢，其实是他建议的，所以他是个很会说戏的导演。

## 年龄是压力，也是阅历

**陈　昊**　周迅在挑角色的时候会更注重什么东西？

**周　迅**　以前小的时候，只要看到这个故事，或者这个角色的一个闪光点，我就会接。

**陈　昊**　能够击中你的点，击中一下，你就会接。

**周　迅**　对。但是随着年龄逐渐增长，你会关注整个的制作，还会考虑跟你搭戏的是谁。有些时候因为对手演员的不同，你呈现出来的戏完全是不一样的。现在接角色，考虑的因素会宽泛一些。有些演员自发能力特别强，但我不属于那种，我有的更多的是一些感觉上的东西。我是一个比较需要导演的演员，导演对于我来说是非常重要的。

**陈　昊**　我们刚刚谈到了一个演员在成长的过程中，比如会遇到名利的诱惑，或者是独在异乡的一些困境，这些如同浮云，我们可以凭借自身的强大和努力去解决这些问题。但是，有些客观存在的事情，我们可能无法解决。比如，时间是一直向前走的，您二位如何看待年龄这件事，尤其是演员的年龄，它是不是一种阻力？在进行角色选择的时候，会出现选择范围变窄，或者说一些相应的问题吗？

**陈　冲**　绝对的。在崇尚青春的文化氛围当中，成熟的女人要得到更多的选择，非常困难。选择的确会越来越窄，令人惋惜，但现状就是现状。

**周　迅**　从演员自身的角度来讲，年纪越大，累积的情感会越来越深，而且越来越广。

**陈　昊**　但是可能没有相应的本子和角色。

**周　　迅**　也不是说没有相应的，而是没有特别的。你可以演的角色不外乎阿姨啊，妈妈啊，外婆啊，奶奶啊……

**陈　　旻**　外婆、奶奶可还行？

**周　　迅**　时间是不断地在前进的嘛。

**陈　　冲**　如果有特别好的外婆的角色，也挺好的。其实，外婆这个角色是可以很丰富的，我自己的外婆如果能搬上银幕一定是多彩多姿、令人难忘的。

**周　　迅**　相对来说还是比较模式化的，没有脱离开模式化的写法。

**陈　　冲**　很多时候是自己把自己给否定了，因为成熟后的这段时期，恰好是人生中最好的阶段，无论是从经验、学识，还是经历来说。前一段时间，我老听周围的人说什么中年油腻男。我觉得这种说法真的是丧失自信。我不太能理解这能成一个热议的话题，那么多人去写相关的文章，还有那么多人特别害怕说，怎么做了是不是就“油腻男”了。这其实是一种缺乏自信的表现，是这一个年龄阶层的人不应该有的。你完全可以很自信地、很有信念地去生活。

**陈　　旻**　您一直是这么过的？

**陈　　冲**　我差不多就是这么过的。

**周　　迅**　从小时候到青春期、青年、中年，你必须要面对因为年龄增长随之而来的一些问题，比如体力的转变。这是作为人最基本的成长规律。但这个问题到底有多大呢？现在是我们在观念上把它放到那么大而已。

**陈　　旻**　周迅现在遇到这样的问题了吗？

**周　　迅**　我现在还没完全到那个阶段，我觉得马上就要到了。

**陈　　旻**　那你有没有未雨绸缪？

**周　　迅**　我也一直在思考这个问题。好在当下这个时代，网络比较发达。你东西拍得好，不一定非要在电影院上映。观众可以通过网络、电视台等其他途径看到你的作品。

**陈　　旻**　渠道多了。

**周　　迅**　对，渠道多了，而且，我相信每个年龄段的人都有每个年龄段想要看的东西。演员碰到一个好的角色也是需要运气的，要天时地利人和。演《红高粱》那段时间，其实恰好是我人生不如意的时期。不如意的人生经历，给演员带来的创作灵感其实是很多的。所以，在《红高粱》这部戏里，我基本上表达了自己四十岁之前的人生感悟吧。

## 永远保持好奇心

**陈　　旻**　其实两位应该都是执行力很强的演员。

**周　　迅**　一个冲，一个迅。

**陈　　旻**　陈冲老师，据说您在跟姜文导演合作的时候，姜文导演对您有一段这样的评价，说您身上有一股劲儿，有男子的英气，最为难得的是他认为您身上的野性和冲劲儿没有随着环境的改变而改变，那您是怎么一直葆有这股冲劲儿的呢？

**陈　　冲**　我觉得可能是一个持续的好奇心，还有持续的好学心。人不能有惰性，你不懂的东西，你必须好奇，而不是你不懂的东西，你去回避，我觉得这是保持精力的一种很重要的方法吧。

**陈　　旻**　周迅呢？你是这样性格的人吗？

**周　　迅**　我很容易无聊，很容易不知足，这是我另外的一个动力，督促着我会一直去爆出来。所以，我还想向陈冲老师请教呢，比如说有一些角色，没有机会让你呈现那种人生感受的，您是怎么处理的呢？当然，我很幸运，正好碰到这个九儿。

**陈　冲** 所有的戏都是在借用你的人生。其实，我演的戏哪用到我人生的十分之一。

**陈　旻** 从演员的角度来说，也许那个角色的生活跟你们的生活不一样，但实际上你们的生活已经远比那个角色还要丰富了！

**陈　冲** 也不是，其实我们的生命反而因为许多角色而变得丰富了。因为要演各种各样的人，你可以去尽情体验各种各样的行业，体验各种各样的情感。这些情感你可以去宣泄，然而宣泄结束以后，下班卸妆可以回家。有这样一个行业逼迫你去探险，我觉得很幸运。因此，不管到了什么年龄，每一次工作，我们都是在收获新的东西。

**陈　旻** 我觉得这也是作为演员的一种幸福吧。

陈冲在《末代皇帝》（1987）中的表演片段

# 表演者寄语

表演的功夫是在与其他演员交流的过程中提升的，演员还是要不断地操练。因此，即使你没有碰上梦寐以求的角色，也要抓住机会去锻炼一下，收获总会有的。在现场的每一分钟，其实都可以是学习的机会。

——陈冲

石可破也而不可夺坚，
丹可磨也而不可夺赤

表演者：

陈建斌，中国影视、话剧演员，电影导演。1998 年从中央戏剧学院表演系研究生毕业，2002 年进入国家话剧院。

2003 年，主演电视剧《结婚十年》，夺得第 24 届电视飞天奖优秀男演员奖和第 22 届金鹰奖最受喜爱男演员奖。

2006 年，凭借《乔家大院》蝉联中国电视金鹰奖观众喜爱的电视剧男演员奖。

2010 年，在历史剧《三国》中饰演曹操。

2011 年，在高收视热播大剧《甄嬛传》中，饰演雍正一角，备受热议。

2014 年，凭借自编、自导、自演的电影《一个勺子》，获得第 51 届台湾电影金马奖最佳新导演奖、最佳男主角奖和第 30 届中国电影金鸡奖最佳导演处女作奖，同时凭借电影《军中乐园》获得金马奖最佳男配角奖。

2019 年，执导剧情电影《第十一回》。

"我是表演者陈建斌，当演员成熟后，他就知道改变世界是不可能的，他能做的是改变自己。人要学会独处，要保护好生命里一些弥足珍贵的东西，比如赤子之心。"

# 陈建斌的表演笔记

**演员如何自我培养：**

- 养成读书的生活习惯，有利于提升演员的内在修养。
- 增加阅片量，可以让演员加深对不同题材影片的理解。
- 经常与真实的自我相处，才能呈现出最纯粹的表演。

**如何鲜活地塑造人物：**

- 多查询与人物相关的历史资料，可以更加立体地塑造人物。
- 思考角色的职业和生活状态，演绎角色身上最重要的特质。
- 用方言进行表演，能够让演员呈现出最鲜活真实的一面。

**演戏有时像“出家”：**

- 演员进入剧组，往往只有放下了生活中的牵绊，才能全心投入，演员其实是特别需要呵护的群体。
- 演员拍戏，不归家是常有的事，以免脱离演戏的情境。

**陈　昱**　今天我们的主题是“石可破也而不可夺坚，丹可磨也而不可夺赤”[①]，从表演者的角度，我们该如何理解这句话？

**陈建斌**　也就是说我们在生活的过程中肯定要经历不同的环境，环境会改变我们。有些成长是被迫的，不是我们主动选择的。但是人要学会独处，尤其是表演者，要保护好生命里一些弥足珍贵的东西，比如赤子之心。

## 话剧相当于长镜头的电影

**陈　昱**　说起陈建斌老师的表演生涯，还要从话剧舞台开始。在 1998 年前后，陈建斌老师进行了一系列话剧的演出，尤其是《一个无政府主义者的意外死亡》，就有很多外化的，或者说像舞蹈肢体语言的一些表现，这种表演是酣畅淋漓的、幸福的。小周姐对舞台剧的表演还挺感兴趣的，但是到现在为止她还没有尝试过。今天建斌老师能不能给我们讲一下舞台剧和影视剧这两者的区别。如果周迅想要尝试舞台表演的话，您会提醒她哪些事情是需要注意的？

**陈建斌**　我觉得差别不大。对她这样的演员来说，应该没有什么障碍，最大的障碍可能来自她自己。会觉得自己没有演过，心里没底。我碰到好几位像她这样的演员，他们都是这样说的。要想学会游泳，站在岸上，肯定是学不会的，必须得下到水里，而且你要亲自下到水里边去。一旦你演了以后，会觉得还挺享受的。舞台表演是连续的，而且演员跟观众有一个互动，剧场里所有观众的情绪最后都会被你掌控。那个感觉是

① 石可破也而不可夺坚，丹可磨也而不可夺赤：典出《吕氏春秋·诚廉》，意为坚硬是石头的本质，红色是丹砂的本色，因此，它们不会因为外力而改变固有的本性。

在镜头前表演感觉不到的，因为镜头前的表演都是一段一段的。

**陈　　昱**　是碎片化的。可能进组第一天拍的，是最后离别的那一场戏。演话剧的话，情绪是一脉相承的。整个故事的起承转合是一路下来的，而且你是带着观众一起来感受这样一个过程。

**周　　迅**　拍戏时我就比较喜欢拍长镜头，我不喜欢被打断。

**陈建斌**　是，我不相信有人会喜欢拍短镜头。

**周　　迅**　表演会碎掉的。

**陈建斌**　在一个长镜头里，情绪到那儿了，演员就自然地哭出来了。从本质上来说，话剧等同于长镜头的无限延伸。如果它延伸成九十分钟了，你说那演得有多过瘾？

**周　　迅**　最好拍的时候都用斯坦尼康[①]，或者用肩扛着摄像机来拍，那种拍摄方式我很喜欢。就一步一步走位，跟镜头互动。

**陈　　昱**　但是，演话剧也会存在问题。我们经常说在影视剧表演中，演员要保护自己的情绪。一个话剧巡演那么多次，多的甚至有上千场，可能走过几遍以后，演员就很难再给出那个情绪了，这种情况该怎么办呢？

**陈建斌**　在话剧排演和演出的过程中，最重要的就是把话剧分成“见观众时”和“见观众前”两个阶段。在你见到观众之前，话剧实际上并不算真正的开始。斯坦尼斯拉夫斯基说过，“真正的话剧演出是从第二十场开始的”，刚开始的时候，你一直在跟现场的观众进行互动，你在试探观众，观众也在试探你。在你演了二十场之后，你跟观众之间达成了一个默契，

---

① 一种轻便的摄像机机座，可以手提。

你才能把握这个角色、这个舞台、现场的氛围。但是，我们现在好多戏，实际上演到二十场就结束了，顶多演三十场就结束了，根本没有机会体会到这样一个过程。对于舞台剧来说，如果演员没有跟观众互动的话，那他的表演就没有意义。舞台剧和电影、电视剧最大的区别就是，舞台剧的表演是人和人之间的，电影和电视剧的表演是人和机器之间的。为什么说演话剧对演员是一次水平上的提高，因为在表演的过程中他会根据观众的反应，不断地修正自己的表演。

## 演员如何培养专业素质？

**周　迅**　我特别想知道，作为演员，您平常是怎么培养自己的专业素质的？

**陈建斌**　我上完本科，又继续读了三年研究生。研究生期间没有特别多的课，主要就是读书。

**周　迅**　表演系的研究生主要就是读书？

**陈建斌**　对，因为我研究的方向是表演理论和表演教学。老师会给你列一个书单，列出这个学期你得读完的书。

**周　迅**　是理论知识类的书吗？

**陈建斌**　有表演理论方面的书籍，还有剧本方面的。实际上我读书不是说为了学表演或者其他的什么目的，它是我的一个生活习惯。

**陈　旻**　要不您给大家推荐两本书？

**陈建斌**　斯坦尼斯拉夫斯基讲表演训练方法的那本书——《演员的自我修养》特别难读，所以我推荐他的另外一本书叫《我的艺术生活》。那本书就是记录斯坦尼斯拉夫斯基带着他的剧团，去他们家在黑海的庄园排话剧，在排话剧的过程中，他谈自己对艺术、生活的一些感悟。那本书特别通俗易懂。

**周　　迅**　除了读书，您觉得从开始拍戏到现在最受益的一个生活习惯是什么？

**陈建斌**　看电影算不算呢？

**周　　迅**　算啊。

**陈建斌**　我是一个职业影迷。

**周　　迅**　您是什么类型的片子都看吗？

**陈建斌**　我什么电影都看。比如科幻片《头号玩家》，再比如日本导演是枝裕和的片子，我也看。而且，我看的时候都是以一个观众的心态在看。你们看过《追捕》吗？我特别喜欢电影《追捕》里的配乐。有一段是弹吉他，那段特别好。有一天，我在看另外一部电影，我惊喜地发现《追捕》里的那段音乐是从这个地方学来的。那部电影非常经典，叫《第三人》，由奥逊·威尔斯主演的。你听过《第三人》里面的配乐，你就会知道《追捕》里的那个吉他的旋律是来自哪里了。

**陈　　昊**　这得有一个好大的阅片量，才能够把这些事情给联系在一起。

**陈建斌**　如果我们不提高自己对生活、艺术和电影的理解，那我们拍出来的电影永远都会在同一个层次，永远也不可能达到真正好电影的那个高度。

**周　　迅**　那您是怎么想到当演员的？

**陈建斌**　这个问题问得好。一个影迷如果能导戏，能当演员，还能见到周迅这样的大明星，那我该有多幸福。我还是希望自己能努力地站在影迷这边。

**陈　　昊**　周迅是怎么看待做演员这件事情的？像刚才建斌老师说，他把拍戏作为自己的兴趣爱好，在你眼里，这是一件什么样的事呢？

**周　迅**　这几乎就是我一半的生命吧。我的兴趣爱好不够广泛，我除了看电影，最爱看的就是纪录片，像《动物世界》。纪录片中动物呈现出的情感真实、自然，特别打动我，突然有一天，我发现这跟演员不挺像的吗？你看动物保护自己的孩子，是出于天性，人也是一样啊！

**陈建斌**　其实纪录片的核心就是真实。像动物保护孩子，都是基于它们的原始本能。所以周迅在银幕上的表演让我们觉得特别鲜活，特别真实，可能就跟她的这种感受力有关。

**周　迅**　的确是，看纪录片你自己感动不感动，情绪是马上就会反映出来的。

**陈建斌**　对，她演的不是人的表皮，而是人物血液里的东西。换句话说，她演的是灵魂，是精神层面的东西。我想问周迅，在《荆轲刺秦王》里面，你演一个盲女，虽然只有一场戏，但我觉得你演得特别好。荆轲不是拿剑对着你吗？然后你就往前走，但你是睁着眼睛的，你是怎么演的？

**周　迅**　就是靠一直练啊。那时候体力又好，我站在镜头面前，可以站两个小时。而且她的台词也很感人，说“如果我不杀了你，我就要跪下乞食”。这么多年了，我还记得。

## 相信自己就是角色本身

**陈　旻**　除了在话剧舞台上的成就之外，建斌老师也尝试了非常多的影视剧的表演，从 2003 年开始饰演《结婚十年》当中的成长一角，到 2006 年的时候演《乔家大院》里的乔致庸，大家就已经非常熟悉您了，当时您是怎么把握这个角色的呢？

**陈建斌** 我演《乔家大院》之前，从来没有演过古装戏。乔致庸是个农民，他一直住在村里。我六岁之前都生活在我外婆家，也是在农村。所以说我太理解他了。他不就是我吗？另外，他想当个读书人，但后来因为家里遭遇变故，没有办法，只能被迫当一个商人。要演绎出读书人的气质，我觉得这个我也很拿手，因为我本身就是读书人。这两个点我抓住了，这个人物就没有太大的问题了。

**周　迅** 说到底还是真实。

**陈建斌** 对，真实真的特别重要。

**陈　昱** 这个角色，实际上他的年龄跨度挺大的，您要饰演他漫长的一生。在不同人生阶段中那些细微的变化，您是怎么把它演绎出来的？

陈建斌在《乔家大院》(2006) 中饰演乔致庸

**陈建斌** 印象深刻的是，我第一次粘上那个胡子，拍了一张照片，我一看，照片里的人特别像我爷爷。

**周　迅** 还是要对角色有感觉，服装、化妆、道具的选择都挺重要的。你衣服选对了，就已经成功了一半。

**陈　昱** 它能帮助到你。

**周　迅** 是的，首先你得相信你自己就是那个角色。一个因素是真实，另外一个因素就是相信。相信特别重要。我后来演戏的时候，我也一直相信我和角色是一体的。我就顺着自己当时的感觉，感觉到什么就是什么了。

## 留给自己独处的时间

**陈建斌** 但是，你有没有觉得随着年龄的增大，拍过的戏增多，要达到这些反而越来越难？

**陈　昱** 要做到真实和纯粹，确实越来越难了。

**陈建斌** 比如，随着你的阅历的增长，再纯粹的人也会被生活改变很多。如同堆积了一些灰尘，在不知不觉中，你的灰尘越积越多，到最后，对生活的感知就没有一开始那么敏锐了。你看纪录片里或者手机视频里出现的小孩，你一下子就被抓住了，为什么？因为他太真实了，他从来不会想，我还要照顾镜头照顾谁。他不是在表演，其实就是赤子之心。所以我们一直强调人要有赤子之心，要有童真，特别是对于演员、艺术家来说，这一点尤为重要。像我们这些普通的演员都背负着什么呢？你得吃饭你得挣钱，这些思想久而久之就会在无形中改变你、扭曲你、异化你。它的可怕之处在于它对你产生作用的时候你完全不自知。

**陈　　旻**　那拿什么对抗它呢？

**陈建斌**　就是一定要有自己独处的时间。比如我开车的时候，我走在路上的时候，我特别的真实。如果我要听音乐，我可以听我自己最想听的。我随便听，不用顾虑其他人，我放多大声都行。

## 拍戏时就像“出家”

**陈　　旻**　周迅有自己的方法吗？比如你在塑造某个角色的时候，你会需要离开某一个气场？

**周　　迅**　我不大喜欢在大城市里拍戏。比如在北京拍戏，我也不在家里的。好多演员都这样，都不住在家里。如果在家里住，好像又会回到你原本的生活，你的情绪就散了。我通常都会住在剧组，或者住在公寓里。尤其是当我进入办公室的环境，我会有点脱离演戏的情境。我情愿你在棚里搭一个办公室，我会进入棚里，那会有一种像打开开关的感觉。

**陈建斌**　她说的这一点特别对，我能够理解。我以前每次出去拍戏，都感觉好像出家了，你必须要把你生活里的一些东西放下。你放下了你的家人，放下了牵绊你的事物，到了片场之后，你就拿出为数不多的几样东西，突然间你就会发现你成了那个角色，我一般都把这个过程叫作“出家”。这个过程让我既享受又感到痛苦。很多时候，演员就像女人和小孩，特别需要被人呵护。

## 抓住人物一个真实的点，深挖进行塑造

**陈　昱**　建斌老师刚才讲会寻找一种真实，去找表演的抓手，以曹操这个角色为例，因为时代发生了变化，大家对于曹操这个人物的看法也发生了一些变化。您在饰演曹操的时候，也非常清晰地把您对这个角色的理解或者说不同于以往的理解表达了出来，当时是怎么去准备和塑造这个角色的呢？

**陈建斌**　我读研究生的时候，宿舍里就挂了一幅字——《短歌行》。我觉得写这首诗的诗人很棒。但是，让我感到奇怪的是，人们在评价曹操这个历史人物的时候，会说他是一个奸雄，记得的是他挟天子以令诸侯等一些不光彩的事迹。我经常读那首诗，那首诗里边的诗意不是人们口中的那个曹操能够写出来的，毕竟诗为心生嘛！我觉得这就很矛盾。后来，我有这个机会要去演他的时候，我就认真查阅了一些他的相关资料。曹操本人写过很多诗词歌赋，比如“白骨露于野，千里无鸡鸣。生民百遗一，念之断人肠”。最后一句就是说一百个人之中只有一个人活了下来，他看到这一切，心都碎了。能写出这样一首诗的人，他会是一个坏人吗？奸雄不可能呀。他临死之前，撰写了一个遗诏，是写给他老婆的。他说他死了以后如果办葬礼，那些蜡或者香千万不要扔掉，太浪费了，把它们带回去之后还可以再用。他写遗诏都能留意这些，显而易见，他不是人们想象中的那样，只是一个白脸。他一定是个鲜活的人，跟我们一样，对妻子、对孩子、对他周围的环境有爱。但是老有人想要算计他、谋害他，他因为这份爱才生了恨。菩萨心肠配以霹雳手段，才算得上是一个真实的曹操，但人们往往看不到他的菩萨心肠，人们看到的

都是他的霹雳手段，人们不知道他这些行为的根源是从哪儿来的。我记得我当时有做这一部分的准备，我是这样来理解这个人物的。

**陈　　旻**　准备得很充分了。我们了解三国，主要通过看《三国演义》，《三国演义》又是以蜀国为正统，所以对魏国的描写，尤其是对曹操的描写，肯定是负面居多，曹操被脸谱化以后，一千多年前传到现在，让大家误以为他就是那样的人。而您从曹操的诗句出发去理解这个人物，还有根据他的书信做出这样的一个判断，其实也是在还原一种真实，表达一种真实。

**周　　迅**　我看到建斌老师在《甄嬛传》里演皇帝，呈现得最多的一种状态就是“烦”。演一个皇帝，他能抓到这一点，其实是很好笑的。不过仔细想一想，他确实是烦哪，国家大事，后宫这么多人、这么多事，他都要操心。他能抓住这一点，我觉得特别厉害。

**陈　　旻**　所以您抓的是那个点吗?

**陈建斌**　周迅说得非常准确。好多人都看过那部戏，他们说了好多其他的一些看法，但是说到这个愁和烦，她还是第一个，我觉得她剖析得特别精准。那个烦的情绪再真实不过了。雍正作为一个皇帝，光妃子就有几百个，他不可能跟每个人都认识。甚至在片场碰到某些演员，我有时候会吃惊地问一句“你也是咱们组的吗”，在戏里，当这些人都聚集在一起的时候，他真的挺烦的。他没有可倾吐的对象，所以为什么后来他总在戏里念叨一个角色——纯元皇后，就是因为纯元皇后不会总在他面前出现。如果纯元皇后还在他身边的话，我估计他也不会对纯元太好。

陈建斌在《三国》(2010)中饰演曹操

“曹操并不是人们想象中的那样，只是个白脸。他一定是个鲜活的人，跟我们一样，对妻子、对孩子、对他周围的环境有爱。”

陈建斌在《甄嬛传》(2011)中饰演雍正帝

**陈　　旻**　也烦了。

**陈建斌**　只要是在眼前的人，他都觉得很烦。他只会想念一个不存在的人。我特别能够理解雍正，我可以给你举一个例子。我们在现场拍戏，整间屋子里只有我一个男人，其他都是女人。开拍的时候还好，她们都得磕头行礼，我坐在那儿觉得还很享受。但是一拍完，她们同时开始说话，我在那儿如坐针毡，就觉得特别烦，特别郁闷。我只能默默地走出现场，去找导演郑晓龙，跟他坐一块儿聊会儿天。在这种情况下，我终于能够理解一个皇帝在日常生活中的烦恼。

**陈　　旻**　愁和烦是雍正的一种真实表现。

**陈建斌**　剧本不写这点，导演也不会跟你说这一点，你自己准备的时候也不可能说准备一个愁和烦的情绪。不可能，因为你根本就体会不到，都是到了现场之后，看到那样的场景，真是觉得如坐针毡，很烦。

**周　　迅**　有些东西设计出来就是这样的，在古代，皇帝每天四点就要起床，你想想他一整天该有多累啊。我演《听风者》的时候，我不知道该怎么演。但那阵子我整个人的情绪非常低落，身体也非常累，我就直接把这种状态和情绪放进电影里了。

**陈建斌**　你那样演就对了。

**周　　迅**　而且仔细一想，确实是这么回事。她干了这么多年的特工，每次都要面临肾上腺素上升的工作，能不累吗？

**陈　　昱**　刚才建斌老师说到古装剧有挺多问题的，您觉得主要的问题在哪儿？

**陈建斌**　最主要的问题就是假。古代人怎么了？古代人也是人，对不对？皇上怎么了？皇上也是人，肚子饿了也得吃饭，对不对？他烦了他也会发脾气，对吗？但是，我们老有一个固有的概念，皇帝就得端出一个架子来。

**陈　　昱**　非要演出一个大家认为的皇帝的样子。

**陈建斌**　对，他们说皇上就一定是那样的，妃子一定是那样的。不是的，这些都是什么呢？这些都是名字。

**陈　　昱**　我们在演一些古代的角色时，经常会一叶障目。我们总是预先有一种设想，他应该是怎样的。很多人在演绎的时候，也是这样去完成的，毕竟符合大家的一种心理预期。但这种呈现其实是不真实的，它是没有力量的。

**陈建斌**　大家对这个角色的预期，我们一定要达到。但是我要告诉观众的是，人物是怎样成为大家心中那个样子的，他经历了什么样的过程。比如，曹操是怎么样变成你心目中的奸雄的，他并不是一生下来就是那样。他原本是一个普普通

“方言的表达非常真实，因此我一直有一个梦想，就是用我们新疆的方言去演一部戏。很高兴这个梦想实现了。”

陈建斌自导自演《一个勺子》(2014)

通的人，后来慢慢在生活中遭遇各种变故，最后变成了那样一个人。

## 一直想做的事

**陈　昱**　建斌老师有自己一直想做的事情，在遇到《一个勺子》之前，好像那几年您一直在寻找这样的题材或者是故事。关于边疆生活，关于一个小村子，人们找水、打井这样的故事，为什么这么想做这件事情？

**陈建斌**　我看那些好的香港电影，大多数都是用粤语演的，实际上他们就是在说他们的方言。我觉得那样的表达非常真实，因此我一直有一个梦想，就是用我们新疆的方言去演一部戏。我导演第一部电影的时候，就想先完成我的梦想，用我家乡的方言去呈现这部作品。一旦开始说方言，别说我了，片场的所有男演员，当时都成了新疆的小伙子。那种特别真实、鲜活的东西立刻就呈现出来了。演员身上以前的那些烙印没了，统统都没有了。

**周　迅**　我有同感，你会喜欢方言作品中角色的节奏，喜欢看角色之间用方言去对话，也喜欢这部电影里的有地方特色的拍摄地。我现在回去跟初中同学聚会，就好像回到初中时的那个我了。因为我跟他们的交流就是那样子的，所以还是回归到最开始说的，其实就是真实。除了真实，还有相信，相信特别重要。

# 表演者寄语

以前，一个年轻的演员练好了一身的技艺，来到剧组后，他准备用他所有的热情去改变剧组，改变这个世界。当演员成熟了以后，他就知道改变这个世界是不可能的，他能做的事情是改变自己。不要忘记你的初心，仍然努力去实现你的梦想，我觉得这就是面对现实最好的做法。

——陈建斌

学所以益才也，
砺所以致刃也

表演者：

董子健，中国内地男演员。

2012 年，主演个人首部电影《青春派》，从而正式进入演艺圈，并凭借该影片获得第 16 届上海国际电影节之第 10 届电影频道传媒大奖最佳男主角奖，入围第 50 届台湾电影金马奖最佳新演员奖。

2014 年，获得第 21 届北京大学生电影节最佳新人奖。

2015 年，主演青春校园喜剧电影《少年班》；随后，在剧情电影《山河故人》中饰演张到乐；同年，获得第 15 届中国电影表演艺术学会金凤凰奖学会新人奖。

2016 年，在校园喜剧电影《脱单告急》中饰演男主角何晓阳；同年，主演剧情电影《乘风破浪》。

2018 年，完成了个人首部电视剧作品，主演了年代剧《大江大河》。

“我是表演者董子健，对我来说，每一次表演，每一个不一样的角色都是一次磨炼。每一个角色都会被慢慢遗忘，但既然做了演员，就要做到自己问心无愧。”

# 董子健的表演笔记

**如何激发表演潜能：**

- 从居住环境到生活模式，深入贴近角色，让自己完全活成另一个人。
- 塑造与自己反差大的角色，要多了解人物的情感世界，深入观察，揣摩角色心理。
- 演员是雕塑家，角色是作品，每一次塑造角色都是重塑“自我”的过程。

**表演小感悟：**

- 初级表演者应抛开杂念，建立自信。
- 体验生活使演员的阅历增强，对角色的理解更深刻。
- 从周围人身上汲取表演灵感，多观察生活，对于演员非常重要。

**陈　　昊**　“学所以益才也，砺所以致刃也”[1]，我们应该如何看待这句诗对于表演的含义？

**董 子 健**　我觉得演员经过一段时间，就需要去打破自我，这种打破很舒服，就是你被打碎了、击碎了，你已经不是董子健，你已经变成子董健了，然后你再重新组合。对我来说，每一次表演，每一个不一样的角色都是一次磨炼、一次挫折，我要不停地在这些挫折之中找到自己最光彩的那一面。

## 年轻人要有拼搏劲儿

**董 子 健**　再看我第一部作品《青春派》的时候，我还蛮感动的，很想念当时的自己。当时的表演状态是无法再找回来的，虽然很青涩，却也很珍贵。

**陈　　昊**　每个人的处女作只有一部嘛。

**周　　迅**　对，因为当时的感受是最直接的。我有次在某个地方拍戏，电视上在放《大明宫词》，我都看哭了，你能懂那种感觉吗？就是再也回不去了，再也没有当年的那种青涩了。那个时候，我对人物的了解其实没有那么多，因为年龄的限制，还有生活阅历上的限制，我并不能把一个角色演绎得特别完整，那时候的我就好像拿着刀上战场，心里只想着“就这么着吧，来吧”！

**陈　　昊**　子健第一次到片场，镜头对着你的那一瞬间，是什么样的状态？

**董 子 健**　我当时觉得特别受挫。《青春派》这部电影里，侯孝贤导演来客串一位老师，那场戏主要是拍侯导，我在底下帮他搭

---

① 学所以益才也，砺所以致刃也：出自刘向《说苑·建本》，意思是想要增加才干，就要努力学习；要使刀刃锋利，就得勤加磨砺。

董子健在《青春派》(2013)中饰演高三学生居然

戏，但是也有个机器架在我的面前装装样子。我刚想演，结果发现侯导根本没有管我在演什么，我有点受挫。我觉得演戏真的不适合我。那段时间，我不停地受挫，导致我一直处于一种情绪紧绷的状态。那时我也不会演戏，导演有时候跟我说拍戏的要有节奏，我那时也不知道节奏是什么。导演就让全组的人都不理我，把我孤立在一个地方，我那段时间非常难受，所以我也从来没有感觉到大家对我演技上的认可。直到后来电影《青春派》在上海国际电影节放映了，我第一次得到观众反馈的时候，我才知道，其实表演很伟大，它让你沉浸其中，会特别享受。

**周　迅**　这就是演员的自信，它就是这样慢慢建立起来的。

**陈　昱**　周迅，你还记得自己初到片场的时候度过的那些日子吗？

**周　迅**　我拍的第一部电影是《古墓荒斋》，我记得我第一个镜头很简单，就是趴在地上，然后转头说台词，仅此而已。但我特别紧张，担心自己说台词的时候结结巴巴。大脑里充斥着各种杂念。因为当时年龄小，会害羞，但是好在我学过舞蹈，积累了一些舞台的经验。那个镜头拍完之后，我的紧张大概就消掉了百分之八十，原来拍戏没有我想的那么可怕。其实，演员刚开始演戏的时候，碰到什么样的剧组、什么样的导演是非常重要的。

## 为了准备角色，完全活成另一个人

**陈　　旻**　子健后来又接了一个更加沉重的片子——《德兰》，这部戏吸引你的地方是什么？

**董子健**　那部戏最吸引我的是，让我去演一个之前我完全想象不到的角色。因为我本身是在城市长大的。

**陈　　旻**　你演一个八十年代农村的信贷员。

**董子健**　对，他还是一个非常穷的人。他最开始的目标是要找到他的父亲——一个老的信贷员。周围的人都认为他爸爸携款私逃，不可能再回来了。影片的结尾是，他终于找到了自己的父亲，不过父亲已成为一具尸体。就是这样一个简单的故事。我很好奇藏区是什么样子，我如果去了那里生活会怎么样。

**陈　　旻**　你是对这个跟你生活差别特别大的角色充满了好奇，才想要去演的吗？

**董子健**　对，当时也没有剧本。而且，我在美国看了非常多的影片，我早已下定决心，这辈子我要演电影了。我想要做的事情，就要去做。

**陈　　旻**　你从美国带了一腔热情回来。

**董子健**　对，拍摄之前导演说要带我去看景，我说没问题。然后我们就去藏区看景，到了以后他要我一个人留在那儿，我说没问题，但没想到他们真的走了。

**陈 旻** 当时是把你一个人留在了云南，是吗？

**董子健** 对，我们要坐飞机到昆明，从昆明转机到香格里拉，在那里住一晚上，第二天再坐十小时的车，翻两座雪山，才能到一个很小的村子里，那里经常没电，又没水，没地方洗澡，大概要拍三个月的时间，不洗澡、不洗头。我们有时候住在藏区的居民家里，有时候住在一个震塌了的危楼里，每个人都裹在睡袋里睡觉，感觉跳蚤就在睡袋里面跳。我全身都是被跳蚤咬的包。我的袜子永远都是湿的，因为我是敏感体质，跳蚤咬的包每天都在流脓，从肚子上到腿上一直往下流。一翻开袜子，"嘭"，就跳出来好多跳蚤。

**周 迅** 你现在能活着，也是命大。

**董子健** 当时真的感觉挺苦的。

**周 迅** 但是也是一种爽，是不是？

**董子健** 是，拍完我觉得太爽了，到现在都很怀念那段日子。后来我就觉得不洗澡是一件特别舒服的事。

**周 迅** 村里的当地人其实也没地方洗澡，对吧？

**董子健** 对。他们有招待所，但是导演不让我住在招待所里面。刚好拍摄中角色需要的那种头发油油的感觉，是化妆弄不出来的，后来我干脆就不洗澡了。

**陈 旻** 就是把做发型的时间省了。你当时那三个月里面，不洗头发是一个什么样的状态，最后实拍的时候就是什么样吗？

**董子健** 是的。脸上的颜色就是真实的肤色，可能要稍微加深一点，模仿晒伤的感觉。那段时间，我大概瘦了三十斤。就是在不停地磨炼，后来慢慢变成了剧本中我要演的那个角色。

董子健在《德兰》(2015)中饰演信贷员小王

“我早已下定决心，这辈子我都要演电影了。我想要做的事情，就要去做。”

**周　　迅**　他这次拍戏是真正意义上的变成了另外一个人，不管从住的地方，还是生活的方式上来看。没有太多人有这样的机会。我试过不洗澡，但也没有到三个月。你不敢想象，如果在北京家里待三个月不洗澡，等三个月后出门，你会是什么样。

**陈　　旻**　这三个月的历练其实是一堂特别好的表演课。

**董 子 健**　我会跟着藏区的居民上山挖虫草、摘松茸、放羊、锄地，跟他们吃一样的饭，揉糌粑，学习怎么样吃。曾经有一个藏区的人告诉我说，“你可能现在觉得这里很美，但这是我从小到大每天都要看的风景，我已经没有那种新鲜的感觉了”。就是在得到这些讯息之后，我才突然打开了属于那个角色的世界。我才明白“哦，原来我要演的人是这样的”。

**陈　　旻**　我发现表演者自己觉得很满意的作品，比如说可以成为他代表作的，往往会经历前面子健所说的这样一个过程。

**周　　迅**　好的作品都是需要付出心力的。

**陈　　旻**　周迅在演《恋爱中的宝贝》的时候，在拍摄前也会有这样一个体验生活的机会，对吧？

**周　　迅**　我去了精神病院，但是去的是比较轻度的精神病患者病房。他们没有让我去重度的，重度的好多病患都是需要被绑住的。我跟他们在一块儿，待了一阵子。

**董子健**　有住在那里面吗？

**周　　迅**　没有。我就是白天去，他们都把我当成病友了。

**陈　　旻**　你可以随便跟他们聊天？

**周　　迅**　对，但他们几乎不大跟我聊天。

**陈　　旻**　他们会认识你是周迅吗？

**周　　迅**　不认识，他们当我是新来的病友。我后来发现其实轻度的精神病患者，他只是停在某一种思维里面，不往后退，也不往前走，就停在那儿。比如有一个人每天在那儿做鱼，可能做鱼这件事情曾经对他有过很深的刺激。还有一个人，他插了一根筷子在上衣的口袋里，在每一个角落不停地耸肩。他不伤害你，也不打扰你，只是每天不断在重复相同的动作。

**陈　　旻**　观察到这些东西之后，对你拍摄《恋爱中的宝贝》有帮助吗？

**周　　迅**　患有精神病的人，就是在自己认定的世界里面生活。你说电影《恋爱中的宝贝》中的女孩子有精神病吗？我不觉得她有精神病，她只是比较极端而已。你去看那个人的感受，是多么的固执啊。那个角色给我的体验就是让我完全变成了另外一个人！

**董子健**　我觉得演员需要这样一段经历，打破此前固有的状态。经历过之后，你会觉得很舒服。

## 演员的自我营造能力

**陈　　旻**　子健后来还被击碎过吗？

**董 子 健**　我拍《六弄咖啡馆》的时候，演了一个台湾人，他也是一个很封闭的人。他的脑子里只有妈妈、爱人和兄弟三个人。他只有在面对这三个人的时候才会笑，面对其他人都毫无表情。最终，他的妈妈离去了，他选择去自杀。有一场戏，我记得是在海边，我说“我们还能再来一次吗？我们之前不是说好可以一起上学，一起放学”那场戏，现场周围的人都哭了，我也在哭。那时候，我也被打破了，我已经完全忘记了董子健是什么样子。

**周　　迅**　你的自我营造能力好强。

**董 子 健**　我拍每部戏都会有一点难抽离的感觉。

**陈　　旻**　子健在拍《六弄咖啡馆》的时候，说一口台湾腔，可其实你是在北京土生土长的孩子。

**董 子 健**　我也很别扭，但我演的是一个台湾的外省人，他出生在高雄，爸爸妈妈都跑去内地了。

**周　　迅**　是你自己觉得这个角色更适合台湾腔？还是导演要你说的？

**董 子 健**　导演要我说的。因为大家都是台湾人，女主角是香港人。你知道北京人说话的风格，会给人感觉比较懒一点，香港人学台湾话就相对容易。我是北京人，试着用台湾腔说话，总感觉很别扭。但我一直在努力地去找那种感觉。我们北方人生气，会骂对方“神经病”等乱七八糟的话，会非常直接地说出来。台湾人就会转个腔调说“你神经病啊”或者“你到底要怎样啊”。

董子健在《六弄咖啡馆》(2016)中饰演小绿

**陈　昱**　你说了这样一种语言，它会让你有意识地做出很多属于那个角色的行为，帮助你更好地塑造这个角色。

**周　迅**　我记得在拍《巴尔扎克和小裁缝》时，我用的是四川话。刚开始拍第一个镜头的时候，我真的觉得太别扭了。但是其实我的发音还算准确，因为陈坤那时候说的也是四川话。你会被带动，用心地去找正确的发音。

## 熟悉剧组里的各个工种，有助于演员表演得更加自由

**陈　昱**　我听说过小董在片场的一些习惯。小董在拍《少年巴比伦》的时候，他的导演也是我的一个朋友。导演说对于小董的印象，就是他到了片场以后，如果不是他的戏，他会跑到各个

工种那儿去帮忙。他一会儿干点这个，一会儿干点那个，说明他一直没有出这个戏，他做的都是跟这个戏相关的东西。

**董子健** 这么一说，其实我特别想念那种状态。跟全组人都住在一起，而不是去住更好的酒店。没有人把我当成明星，我跟每个人在玩，甚至是场务。我发现其实每个人心里都有自己的梦想，每个人都对这个剧本有自己的理解，这是让我觉得很有意思的地方。

《少年巴比伦》里面有一场奔跑的戏，我在追那个女孩，她要坐火车走了。在拍摄前我曾跟场务聊天，他说“我以前去火车站追过一个女孩，我知道车已经开了，但我还是在不停地跑，希望能见她一面”。他的话给了我很多灵感。

《少年巴比伦》是一本我很喜欢的小说。我看完小说，就已经完全融入小说的情节中了。我在工厂待了大概一个星期，跟工厂里的人已经很熟悉了。我就问工厂里的那些老阿姨，她们已经有五六十岁或者快要退休了。我说“要不要一起出去吃个饭”，她们说“我们从来不出去的”。她们甚至连过年也不回家。感觉工厂就是她们的小世界，里面有澡堂，她们什么东西也不缺。当时就给我一种很压抑的感觉，很难从那种情绪里走出来。

当我接收到这些讯息的时候，也不是别人在告诉我该怎么演，其实我听到的都是一些无关于表演技巧的生活上的东西。比如这个阿姨告诉我，她这一辈子的世界就是工厂。每个人都是非常丰富的，我觉得去聆听不同人的生活对于演员来说非常重要。

**周　迅** 很好啊，很自由的一种创作。

**董子健** 我当时的想法是，我想要学更多的东西。我真的是太喜欢电

董子健在《少年巴比伦》(2015)中饰演路小路

“每个人都是非常丰富的，我觉得去聆听不同人的生活对于演员来说非常重要。”

影了，但是我又没学过电影，我就特别想学。我会好奇这个镜头是什么镜头，这个光是怎么打的，因此，我会去跟每个人交流。

**陈　昱**　就是充满了好奇心嘛。

## 想象正常人会做出的反应

**陈　昱**　我们下面要讲《山河故人》了，这可以说是周迅对子健印象最深刻的一部作品。

**周　迅**　我第一次注意到你就是看了那部戏。当时我就想“这个孩子，厉害啊”！我是从那部戏开始知道董子健这个名字的。

**陈　昱**　当时你觉得他哪里厉害？

**周　迅**　看那部电影的时候，我被他演的角色感染、触动。而且我很喜欢他在戏里的眼神，原来好演员就是这么简单，他传递给我的情感，我接收到了，就是这样。

**陈　昱**　那一段回忆母亲的戏，跟你的家庭相去甚远，你的情绪支撑是什么？

**董子健**　我演戏的时候基本上什么都不想。我也不知道拍这条我会不会哭，我会有怎样的情绪反应。我真的不去想这些。我只知道我这场戏要说这些话，到了现场拍摄时呈现出的就是真实的感受。对手给我什么，我就回馈什么，完全是处于一种很放松的状态。导演给了我非常大的自由发挥的空间。我饰演的那个角色，他可能活得无忧无虑，他好像什么都拥有了，那他缺失的是什么？他缺失的是感情，他缺失的是爱情。他没有见过他的母亲，他只有一把钥匙。那把钥匙就代表着他的母亲，那是他唯一的感情寄托。我知道这些就好了。后来很多人问我那个角色到底听得懂中文吗？我说他肯定听得懂一些，只是不想跟他爸说出来。反正知道这些之后，所有的感觉就会很自然地表达出来了。

**周　迅**　那你这个角色的沉稳是怎么来的？你在画面里有一个定力在那儿的。那种感觉你是怎么找到的？

**董子健**　正常人说话是这样，那我就这样说话。比如她问我“你见过你妈妈吗”，我要怎么回答呢，我在想人正常的反应，比如人最开始是掩饰。我怎么说呢？我在拍的时候想，那我该说吗，还是我不该说？我还是说了吧，“她应该还活着吧”。大概是这样一个思考的过程。

**陈　昱**　假设跟你对戏的这个搭档，她的表达方式跟你不一样呢？你要怎么办？

**董子健**　那就顺着她来演。她跟我说什么，我就回答什么。很多人觉得表演是飙戏，但我觉得表演更像是一种合作。一旦你想着要演过别人，那这个表演就完蛋了。

## 保持对创作的激情

**陈　昱**　《脱单告急》跟之前子健接拍的那些片子不太一样，这也是你拍的第一部喜剧片。据说一条台词就录了四十条，这是你在改变自己现阶段的状态所做的一种选择和尝试吗？

**董子健**　《脱单告急》是 2016 年拍的。你说那条台词录了有四十条，我觉得不止。我都不记得录了多少条了，至少有七八十条。导演跟我有同样的想法，我们都希望可以找到一种新的方式，把这部喜剧给演绎出来。我们更希望我饰演的这个角色给人的感觉是真诚的，大家会相信这个人物，不是说我刻意

董子健在《山河故人》(2015)中饰演张到乐

给你讲一个笑话。

**周　　迅**　不是刻意做出来的。

**董 子 健**　对，而是让你感受到这个人物按他的本意认真地说了这一番话，而这番话真的能博你一笑。

**周　　迅**　就是情节的幽默或者说事件的幽默。

**陈　　昊**　当时录了七八十条的是哪一段？

**董 子 健**　其实只有一句话，“我没穿裤子”，就这一句话。但是我一直强调正常人在这种情境下不可能说出这样的话。我们当时一直在纠结到底要怎么样呈现。我和导演两个人在现场都听到旁边的工作人员在叹气了，因为那时已经是夜里四五点了，天都快要亮了，但是，我和导演探讨得非常开心。

**周　　迅**　那挺好的，你们有创作的激情。

**董 子 健**　我们非常开心地在创作这个东西。

**周　　迅**　的确不容易，现在那么多的电影，要出个全新的东西，确实很难。

**陈　　昊**　我觉得你的表演者之路就是不断地把自己击碎。周迅你对此时此刻的子健有没有什么建议？

**周　　迅**　跟着你的心走吧！

**董 子 健**　我有大的压力，我在重新找自己的兴奋点，让我重新审视表演这件事。我需要保住自己的底线。每一个角色都会慢慢被遗忘，每一个演员也会慢慢被遗忘，但既然做了演员，就要做到自己问心无愧。

# 表演者寄语

我特别希望自己可以很自由地活在镜头里面，我不希望自己去饰演什么，就算我在饰演什么，我也不希望别人看出来。我一直渴望找回那个状态，找回我最早爱上电影的那种感觉。演员在饰演每一个不一样的角色的时候，其实都是在表现自己身体里的某一部分。你要把那一部分拿出来，再做无限地放大，你才能演好那个角色。

——董子健

# 临渊羡鱼，不如退而结网

表演者：

黄觉，中国内地男演员。2002 年出演电影《恋爱中的宝贝》而走上演艺之路。

2004 年，在徐静蕾导演的电影《一个陌生女人的来信》中扮演军官。

2009 年，在电视剧《倾城之恋》中饰演范柳原。

2013 年，凭借电影《萧红》获得第 5 届中国电影导演协会年度男演员提名和第 20 届北京大学生电影节最佳男演员提名，同年凭借电影《倾城》获得第 29 届中国电影金鸡奖最佳男主角提名和第 20 届北京大学生电影节最佳男演员提名。

2015 年，参演徐浩峰执导的武侠电影《师父》。

2018 年，与汤唯搭档主演毕赣第二部剧情长片《地球最后的夜晚》。

2019 年，主演的《雪暴》《妈阁是座城》上映。

“我是表演者黄觉，演员这个职业，让我们更多地去定格别人可能会忽略掉的瞬间和情感。人生并不只是一直在往前走，可能你后退一步，反而能看到更美好、更全面的世界。”

# 黄觉的表演笔记

**以职人之心对待表演：**

- 表演需要仪式感，对待表演应怀有敬畏之心。
- 以工作的态度对待演戏，不虚荣、不浮华、不骄不躁。
- 演员要塑造立体的、多侧面的真实的人，而不是“完美”的角色。

**在表演中找到乐趣：**

- 通过拿捏人物的细节，抛去杂念，拾回纯粹的表演乐趣。
- 拍戏需要剧组里各个工种的相互配合，彼此默契产生的愉悦，会让演员放松戒备，专注于角色本身。
- 演员如何“留存”自我？多多培养自己各种兴趣爱好，保持对世界的好奇心。

**如何看待重复饰演同类角色：**

- 面对同一类型的角色，不必着急突破，反复中更能排除表演的杂念。
- 表演是积累的过程，可以通过反复训练放松自己。

**表演就像“爆破”：**

- 表演的工作方式就像“爆破”，时刻摸索着可能性。
- 表演的本质与生活相通，有过经历之后的表演更加动人。

**瑶　　淼**　“临渊羡鱼，不如退而结网”[①]。这句诗与表演者之间是什么样的关系？

**黄　　觉**　就是体现在一个“退”字。我觉得人生并不只是一直在往前走，可能你往后退一步，你就可以得到你想要的东西，或者是你能看到更美好的、更全面的世界。

## 表演的仪式感

**瑶　　淼**　化妆师准备给黄觉化妆的时候，黄觉特意斜着身子，我问他为什么这样做，他说他不想被人看见他穿的鞋。

**周　　迅**　怎么又来了。我小时候就被他说过，说我鞋土。所以这件事在我心里面一直是个阴影。后来他送给我一双他认为很好看的适合女孩子穿的鞋。就是绑带子的那种罗马鞋，我觉得穿起来太麻烦了。

**黄　　觉**　我还是直男审美，其实我反思过，不应该评论别人，说别人胖、瘦，鞋穿得好看或者不好看，头发长、头发短，等等。这是一种不礼貌的行为。

**瑶　　淼**　男女的审美本来就很不一样。不过通过看黄觉的微博，就可以大概知道他的审美是什么样子的。好多人都是因为看了黄觉的微博喜欢上他的。而且我第一次搜索黄觉的微博，看了之后，我想这应该不是那个演员黄觉。因为您的身份认证有舞蹈艺术家、摄影艺术家、音乐人、画家，唯独没有演员。

**黄　　觉**　只能证明我对演员这个职业是最在乎的，我觉得我还够不上这个称呼。其实我跟很多演员不一样，我是一个天性没有被

---

① 临渊羡鱼，不如退而结网：语出《淮南子·说林训》，意思是站在水边想得到鱼，不如回家去结网。比喻只有愿望而没有措施，对事情毫无好处。

释放的人。比如，现在去见一个导演，导演说你试一段戏吧，我做不来。表演是一个非常有仪式感的东西。你说开机，我可以投入，如果面前没有机器，我就演不出来。当演员久了，会产生越来越多的敬畏感。我觉得我要能够得上“演员”这两个字的状态，真的不容易，我还有一段距离。

## 把演员当作普通的职业来对待

**瑶　淼**　周迅是从小就看了特别多电影，可以说是在电影院里长大的，黄觉是经常在台下看爸爸演戏。

**黄　觉**　对，我父亲是一个粤剧演员。他经常演一些《林海雪原》里坐山雕那类角色，或者是演眉宇间会涂块白色颜料的角色。

**周　迅**　京剧里面丑角会有那种白色的小方块。

**黄　觉**　我看别人的爸爸都特别的亮堂，就我爸脑袋那儿总有一块白，走路步子又迈得小，这可能就是我一开始抗拒演戏的原因吧。

**周　迅**　所以你小时候从来没有想过要当演员？

**黄　觉**　没想过。

**瑶　淼**　那周迅当时怎么会想到引荐黄觉去演《恋爱中的宝贝》？

**周　迅**　我看剧本的时候，脑子里就出现了他的样子，我就觉得他很好。

**黄　觉**　当时可能李少红导演就问周迅“你身边有没有一个男孩，就跟这个城市很贴切，青苔一样，你扔在哪儿，他都能够存活”，现在回想起来，那部戏真的是演得挺横的。

**瑶　淼**　你们在电影里第一次相遇的镜头，周迅就像一个从天而降的天使，降落在这样一个在城市中奔忙的很疲惫的人的面前。

周迅那个时候有要带着黄觉演戏的感觉吗？

**周　　迅**　因为我跟他认识太长时间了，所以我们在拍的过程当中，我没有意识说要去带他演。我们就是很自然地在一起表演，但是这部电影本身的故事其实是挺让人难受的。

**黄　　觉**　那部戏对我的影响挺深的。就像外界说的那样，很长一段时间我没有走出那个角色。那是我第一次拍戏，我是全情投入的，我只能把我能够做到的做到最好。我想得非常纯粹，至于这个角色会不会对我的职业生涯或者对我走上演员的这条道路有帮助，我当时完全没有意识到，拍完《恋爱中的宝贝》，我的人生完全变了。在演员这条道路上，我走了十五年，一直没有停下来过。刚开始的两年我有点受不了，因为我二十八岁才开始做演员，我的生活、我的内心状态其实都已经挺成熟的了。虽然我希望自己能有个按部就班的生活状态，但这也太疯狂了。

**瑶　　淼**　说到按部就班，我想起李少红导演说过，黄觉一开始拍戏的时候都不说这个圈里的术语。您管开工拍戏叫上班了，收工了就是下班了，管李少红导演叫老板，管公司叫单位。

**黄　　觉**　对。拍戏的状态其实跟工作很不一样，比如说你有经纪人，有助理，这跟一个平常的工作完全不一样。如果我一直听这些词，比如说助理，我担心这会让我有一种莫名其妙的优越感。我希望能用一些很具象的词把自己从那个语境下抽离出来，就还是把它当作一份普通的工作来对待。我们常常说匠人精神，那这种匠人心态怎么去塑造？你就得用一些东西去标识它。虽然说表演是一个艺术创造的过程，但它归根结底还是一份工作。你还是得早起晚归，也是很辛苦的。

**瑶　　淼**　对，今天我才知道原来您的“上班下班”是这个意思。拍

《地球最后的夜晚》的时候，您每次也管出工了叫“去下矿”。

**黄　觉**　因为我每天去拍戏的时候，都会经过一个很长的人工凿出来的隧道。一座山里有七十多个这样的隧道，都是犯人用手凿出来的。如果有人患有幽闭恐惧症，那他走到一半就不行了。假如他在车里，他会想要跳车，会觉得受不了。

## 找到表演的乐趣

**周　迅**　你曾经说拍《恋爱中的宝贝》的时候，一直抓不到进入角色的感觉，是从什么时候开始转变的呢？肯定有一个转折点，这是怎样的过程？

**黄　觉**　那时候我和陈坤合作拍一部电视剧，我演一个皇帝，那个皇帝叫朱棣。导演说想给这个角色设计一些细节。我想了半天，说“嗑瓜子怎么样”？导演说“好啊，特别好”，一瞬间，我突然就打消了那些顾虑。过段时间，我又慢慢找到了表演的乐趣。

拍戏是一个需要各方配合的工种，演员与摄影、灯光、化妆等各个部门的默契度很重要。当我站在机器前面，我很快能知道摄影大哥要拍什么东西，就会产生一种默契的愉悦。我不再抗拒这份工作。这样子一放松下来，我就开始对角色的研究了。

**周　迅**　找到表演节奏了。萧军这个角色你当时是怎么准备的？

**瑶　淼**　我在看那部电影的时候，给我印象最深的就是二萧分别的那场戏。我记得宋佳说，让黄觉哭其实不是一件简单的事。

**黄　觉**　我在现实生活中基本没哭过。

書店
新書上架
現代版畫
新書上架

黄觉在《萧红》(2012) 中饰演萧军

**瑶　　淼**　如果在现实生活中不太会哭，那演哭戏的时候心里会紧张吗？

**黄　　觉**　拍这场戏之前我儿子刚出生。儿子出生那天，我真的哭了。当我把脸贴着产房的玻璃，听到孩子发出第一声啼哭的时候，似乎有一种很神奇的电波传递出来，眼泪就流下来了，这是我无法控制的。等我老婆生完了孩子，我就回去演那场戏了。

**瑶　　淼**　塑造的人物也跟着变得柔软了。

**黄　　觉**　导演也是这么说的，但是我个人认为其实整部电影给到萧军的只有这场戏。前面的全是铺垫，萧军是一个什么样的人，他内心最柔软的感受是什么，都没有呈现。演员很容易给自己找点戏，就是想让自己的角色丰满一点。有时候一个角色本身带的瑕疵，表演者会很主观地想把这个瑕疵像橡皮擦一样给抹掉。但是这样做可能会损失掉这个角色的多面性。我是不大愿意这么做的，也不好意思这样做。演员过度地设计角色，会在阐述一个人物时注入太多理想化的东西。

## 在重复中排除表演的杂念

**瑶　　淼**　刚才黄觉说他不太愿意过多地给自己加戏，周迅也一样吗？

**周　　迅**　差不多吧。角色有些时候自己就会出来的。

**瑶　　淼**　后来我们看黄觉演《倾城之恋》《长恨歌》或者是《师父》这些作品，一种是很儒雅的小生的角色，还有一种就是穿制服的军官角色。您是不是挺想突破的，或者能够换一种类型角色？

**黄　　觉**　我出演的第一部年代戏叫《风吹云动星不动》。拍了那部戏之后，很长一段时间里我就没离开过横店，就一直接拍

黄觉在《风吹云动星不动》(2005) 中饰演齐彻

民国戏。穿了一次军装之后，就饰演了一连串的军人角色。

**周　迅**　你想突破吗？

**黄　觉**　没有。我是这么理解的，其实你越是重复一个机械的动作，你越会排除心中的杂念。那段时间正好给了我这个机会。

**瑶　淼**　这也是我们今天这个节目的一个主题，就是“以退为进”。有的时候，你不如就停在原地。我们还会看到黄觉塑造的另外一种角色，比如在《麦田》这部电影里面，您饰演的角色跟以往又很不同，经常有大段大段的台词。

**黄　觉**　《麦田》里面最重的一场戏就是我们进到那个城寨里，我跟杜家毅两个逃兵开始吃东西、喝酒，喝多了之后我就开始吹牛。整场戏台词量很大。进组的前三天我都在拍那场戏，拍完之后，我觉得好像整部戏都拍完了。特别长的台词，还得醉着念。

**瑶　淼**　当时看那场戏的时候，我就在想黄觉是真的喝酒了吗？因为您表演得特别像喝过酒之后的那种状态。

**黄　觉**　我喝了两瓶盖。

**瑶　淼**　还真的是喝了，但其实您是不能喝酒的。

**黄　觉**　对，所以拍完那场戏，我是被扛回去的。而且那天喝的是那种特别烈的伏特加之类的酒。那场戏有一个情节是我饰演的人物突然站起来，开始往前走，一边走一边说话，一路手舞足蹈，那是我真的喝多了。

**瑶　淼**　这也太冒险了，因为您本身对酒精过敏。我听说您喝完酒以后，整个脸会变得通红。

**黄　觉**　对，你能看到那个人物脸就是通红的，跟小龙虾一样。其实在 2008 年拍那部戏的时候，我发现我已经可以离开自己本

黄觉在《麦田》（2009）中饰演秦国士兵暇

“有时候，演员越是重复一个机械的动作，越会排除心中的杂念。”

身的性格，去演绎这样一个角色了，我还挺欣喜的。而且我觉得我完成得还不错。

**瑶　　淼**　如果去演一个跟自己本来状态差得比较大的角色，要做什么更多的准备吗？

**黄　　觉**　我的方式就是，早几年我不停地工作，尝试各种环境、各种角色，演各种性格的人物，只要给我台词，我一开机就能演，这是我对自己的一种训练。

**瑶　　淼**　所以那个积累的过程、一次一次训练的过程是可以让自己先慢慢地放松下来。在放松下来的前提下，才敢迈出去下一步。

**黄　　觉**　你才敢在这种非自然的环境下，把你的对立面表现出来。

## 表演有时像爆破

**瑶　　淼**　接下来我们说一说《地球最后的夜晚》。周迅说您在电影里说的凯里话，会让人听了以后心里面一颤。

**周　　迅**　他那部戏的片花一出来，我就觉得这个台词厉害了。

**瑶　　淼**　凯里话其实也花了特别多心思去学吧？

**黄　　觉**　那时候我每天睡醒之后，就开始拿出一本外国小说练，练到中午，吃个午饭，去锻炼，接着又开始练台词。每天都这样。我发现我们的工作方式其实跟爆破一样，我相当于在前面探路的，包括如何表演、如何配合运镜，我会把拍戏中的所有可能性事先全摸索一遍。

**瑶　　淼**　我还看到电影当中，最让我们觉得不可思议的一件事就是有一个长达六十分钟的长镜头。

**周　　迅**　这是真的手工做出来的吗？

**黄　　觉**　对呀，我们是真的长镜头，只要你错任何一小步，这个镜头就废掉了。

**周　　迅**　那很好玩。拍了多长时间？

**黄　　觉**　三天。

**周　　迅**　三天能完成也是奇迹了。

## 高空戏注意安全防范

**瑶　　淼**　我听说，您其实是有恐高症的。拍这部戏坐缆车下来的时候，离地面有十几米的高度，您就为这个事情感到非常不安。在这个戏拍成功之前，您每天晚上都会觉得非常没有安全感。

**黄　　觉**　开始其实我已经成功地麻痹自己了，我对自己说没事，肯定没事的。后来，我有一个台湾的朋友去贵州参加一个真人秀，在贵阳的时候，他说他离我拍戏的地方近，就想来看看我。他看我排练，看我坐缆车轨道，就问我“你就这么坐吗？那你突然间摔下来怎么办”，他这么一说，我心里面有点慌了。他说“你早就该恐慌了”。他人特别好，等到他回到台湾，就给我设计各种安全措施，研究各种安全扣，几乎把他所有的专业知识全用上了，给我寄了一大堆的东西。

**瑶　　淼**　这样做其实反而放大了您心里面的恐惧，但是他确实是好心。

**黄　　觉**　因为我恐高，如果我在半路上晕倒的话，万一手松了，有他的这些安全措施我不会掉下去。我确实挺感激他的。

## 表演中的无立锥之地

**瑶　　淼**　所以付出这么多来拍这部电影，前后大概花了九个月，为什么会沉浸在里面这么长时间呢？

**黄　　觉**　印象最深刻的是，我们站在拍摄现场，面对群山，感到很气馁的时候，毕赣导演就说，“我拍这些电影，其实是想与神对话。我在拍《路边野餐》的时候实现了。我希望能够在这部片子里面也触碰到神”。所以，他留给我们的创作空间非常大，却也非常窄。我不知道周迅有没有过一种感觉，就是在表演上有一种无立锥之地的感觉。

**周　　迅**　什么叫无立锥之地？

**黄　　觉**　我们算是专业演员吧。我们给出的一个眼神，说话的语气或速度会很精准。有时候过于精准，就会让观众觉察到是在演戏。对于毕赣这样的导演，他对这种东西会很敏感。

“我们的工作方式其实跟爆破一样，我相当于在前面探路的，我会把拍戏中的所有可能性事先全摸一遍。”

黄觉在《地球最后的夜晚》（2018）中饰演罗纮武

“演员可以通过培养小兴趣，留存住自我。”

黄觉在摄影

**瑶　淼**　他不要这种东西。

**周　迅**　这就是纪录片式的表演，要求演员情感的真实流露。我拍岩井俊二导演的电影，大概也有一点这个意思。因为我也跟非职业演员一起搭戏。他演一个老先生，就是老先生的样子。当演员不在角色里的时候，在生活里，其实你也不知道你是谁。你想过什么样的日子就过什么样的日子。

**黄　觉**　对。导演这么跟我说，“我每天写完剧本，就爬上小山去找你。我们一起聊剧本，一起讨论角色，其实我挺享受的”。一部电影能创造一种氛围，让所有人都专注创造这件事情，我觉得是一个特别享受的过程。我特别希望拍每部戏的时候，都能够有一些这样的时间，那才是真正的不一样的生活。

## 培养属于自己的小兴趣

**瑶　淼**　黄觉特别喜欢拍演员，是吗？我看您拍了好多演员在片场的照片。

**黄　觉**　我以前不拍的，后来拍戏拍得多了，在我面前出现最多的是演员，于是我就开始拍了。以前，我尽量避免拍主要演员，我宁愿拍群众演员，我也不拍跟我对戏的演员。因为我不知道他们愿不愿意让我拍。

**瑶　淼**　是在顾虑他们愿不愿意把那一面展现给大家？

**黄　觉**　后来，我拿相机拍照的次数越来越多，大家对我都没有那种警惕意识和防备感了。我觉得这挺好的。

**瑶　淼**　对，所以您定格下来的就是那一个瞬间，但是看到这个瞬间的时候，就会想到当时的很多情景。我们有时候觉得演员是一种特别消耗自己的职业，每一个角色、故事可能都在消耗生活中你积累起来的那个自己。那两位觉得一个演员怎么样能够留存住自我呢？

**黄　　觉**　可以培养各种各样的小兴趣，无论有用的还是没用的。而且我并不认为演员这一职业带给我们的只是消耗，它也让我们更多地去关注这个世界。演员其实跟照相机的作用是一样的。因为是演员，我们才有义务去定格一些可能美妙或者微妙的细节。如果我们不是演员，可能就任由它从我们身边流淌过去了。

**瑶　　淼**　所以每一次非常认真的演出，绝不只是一种消耗，它一定是会带给你很多收获的。

# 表演者寄语

演员这个职业，让我们更多地去关注这个世界，去定格别人可能会忽略掉的一些瞬间、一些情感。你感知世界的天线从一个很小的接收器换成一个大的接收器，而且是肆无忌惮的。我是演员，我得去吸收，我得去感受。

——黄觉

# 风物长宜放眼量

表演者：

舒淇，华语影视女演员。

1996 年，出演剧情片《色情男女》，包揽第 16 届香港电影金像奖最佳女配角奖及最佳新演员奖。1998 年，出演了漫改黑帮电影《古惑仔情义篇之洪兴十三妹》，由此获得了第 18 届香港电影金像奖、第 35 届台湾电影金马奖最佳女配角奖。

2001 年，主演了爱情电影《千禧曼波之蔷薇的名字》，由此获得了第 2 届华语电影传媒大奖最佳女演员提名。2004 年，主演了爱情电影《美人草》，凭借该片获得了第 5 届华语电影传媒大奖最佳女演员提名。

2005 年，主演了爱情电影《最好的时光》，因此获得了第 42 届台湾电影金马奖最佳女主角奖。2008 年，主演了喜剧电影《非诚勿扰》，凭借该片获得了第 13 届中国电影华表奖优秀境外华裔女演员奖。

2011 年，主演了爱情电影《不再让你孤单》，凭借该片获得了第 48 届台湾电影金马奖最佳女主角提名。2013 年，主演了古装神话电影《西游 · 降魔篇》，由此获得了第 50 届台湾电影金马奖最佳女主角提名。

2015 年，主演了古装武侠电影《刺客聂隐娘》，凭借该片获得了第 10 届亚洲电影大奖最佳女主角奖。

“我是表演者舒淇，对我来说，表演就是不断地在纠结之中寻找更纠结的地方，同时又要跳出来看大的格局。现在时代改变，演员要懂得静下心来，不忘初心。”

# 舒淇的表演笔记

**演员与导演的互动：**

- 导演是镜子，是引导者，是挖掘者；演员是矿山，身上的奇珍异宝通过导演被挖掘出来。
- 有时，导演看似毫无要求，实则需要演员去激发他的灵感。
- 要求严格的导演，可以帮助演员形成良好的创作习惯。

**演员如何实现自我突破：**

- 演员在积累一定表演与生活经验之后，归零的过程会更加艰难。
- 表演者可以通过观摩以前的作品，来思考和突破当下的表演方式。
- 在每一次表演之前，都需放空思想，体会团队意识，重新揣摩和演绎角色。
- 拥有成熟经验的演员，在做足功课的前提下，同时需要保护好角色的“心境”。

**时代变化对演员的要求：**

- 表演经验的积累不能依赖于言传身教，更多的体悟来源于生活本身。
- 演员不能与时代脱节，要随着观众审美的改变调整表演方式，但又不可以盲从。

**陈　　旻**　今天我们的主题是“风物长宜放眼量”①，想问一下三位觉得这句诗和表演者之间是一个什么样的关系？

**周　　迅**　就是心胸一定要大。决定做演员，这是一个非常长久的事情。我现在发现，如果演员故步自封，那只能是死路一条。

**舒　　淇**　一方面，对于演员来讲，就是不断地在纠结之中寻找更纠结的地方，才会有很多不一样的层次可以表现出来。另外一方面，你要跳出来看大的格局。

**张　　辉**　表演是人演人的艺术，生活是创作者的源泉。生活是变化的，是永远前行的，你不可能停留在当下。无论过去的创作是成功还是失败，你都应该放眼未来。

## 好演员需要伯乐

**陈　　旻**　周迅和舒淇作为表演者，起步阶段都遇到了特别好的导演。周迅遇到了谢铁骊导演、李少红导演，舒淇遇到了侯孝贤导演。张老师印象特别深刻的是侯孝贤导演跟舒淇合作的《刺客聂隐娘》。

**舒　　淇**　其实我真的蛮幸运的，因为刚开始拍戏一年半，我就跟侯孝贤导演合作了。他对你看似毫无要求，但是他需要一些有新鲜感的东西，才可以激发出他自己的灵感。做到这一点真的挺不容易的。最难的是什么？比如你拍动作片，你要铿锵有力，但是你的脸部不能用力。他说“大师杀一个人的时候，其实就像片个豆腐一样，就这么简单”，拍他的戏时我每天就练习挥匕首，挥到我的右手受伤，看了一年的医生才看

---

① 风物长宜放眼量：出自毛泽东的诗作《七律·和柳亚子先生》，意指抛开暂时的困境，不去计较眼前暂时的得失。

好。我要做到挥匕首时完全是面无表情的状态。

**陈　　旻**　周迅呢？

**周　　迅**　少红导演、谢铁骊导演其实都是很正统的，要求非常严格。如果没有少红导演对我的严格要求，我可能无法养成现在的创作习惯。拍《大明宫词》的时候，我跟舒淇一样，完全是懵懂的。她就让我在现场像一个公主一样，我爱去哪儿去哪儿，我衣服弄得乱七八糟也没有关系，实际上当时我心里还没有专业性的概念。

**陈　　旻**　一个好的演员真的要遇到一个好的导演。舒淇，有人说侯孝贤导演是最懂你的，他最清楚你身上的特质，并且能把它发掘出来。你认为是这样吗？

**舒　　淇**　应该是说导演把我“吃”得很透。拍《刺客聂隐娘》的时候，我已经是第三次跟他合作了。本来特别抗拒，我不知道还能不能给他带来新鲜的东西。虽然有剧本，但实际拍摄的时候不一定是照着剧本走的。我每天被吊在树上、屋顶上、屋梁上，就那么吊着，感受风、感受太阳、感受黑暗。

**周　　迅**　这是剧组帮助你进入角色的方法吗？

**舒　　淇**　因为这个角色是一个刺客，她每天都待在暗处跟高处。找到一个对的时机，一招毙命。那段时间我每天凌晨三点起床，四点就要被吊到一棵四米多高的树上。我需要从四米多高的地方迅速跳下来，奔跑，去跟另外一个人对决。每一次跳下来的那个动作本来应该是很酷的，但是因为我害怕，每次跳下来前我都会踌躇，落地的姿势也很不像一个侠女。吊到第四天的时候，我有些胆怯地经过侯导的旁边，突然听到他跟副导演在讲话。他们的对话很小声，副导演就悄悄跟他说：“导演，如果舒淇今天跳下来，还像以前那样怎么办？”侯

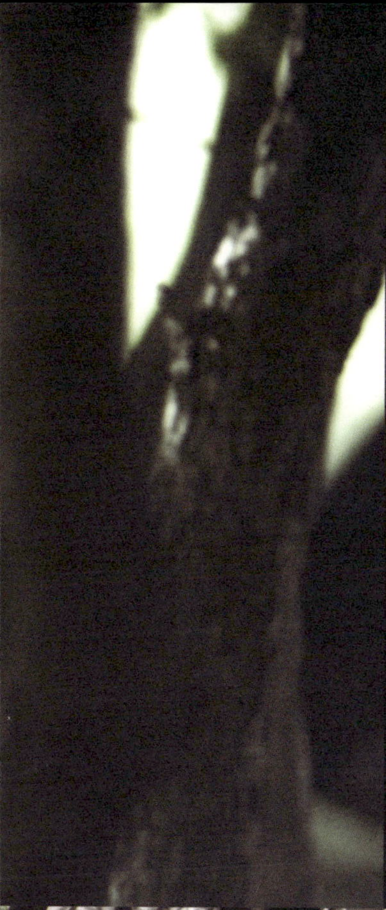

“那段时间我每天凌晨三点起床，四点就要被吊到一棵四米多高的树上。我需要从四米多高的地方迅速跳下来，奔跑，去跟另外一个人对决。”

舒淇在《刺客聂隐娘》（2015）中饰演聂隐娘

导说："没关系啦，总有一天她会像侠女一样跳下来的！"他很有耐心地等我，直到我习惯了，我能像一个侠女一样跳下来了。

**陈　昱** 你花了多长时间才开始像一个侠女一样？

**舒　淇** 我听了那句话之后，当天我就像侠女一样跳下来了。我不想要再一遍一遍地重复试了。

**周　迅** 这方法很有趣。

**张　辉** 有的时候，一个好的演员需要碰上一个好的导演。这个导演选定演员之后，我觉得最重要的不是让这个演员出演一个什么角色，而是尽可能地帮助演员寻找那个角色的感觉。

## 演员不要给自己设限

**舒　淇** 我拍刘伟强导演的戏的时候，最好玩的一件事情就是要随机应变。因为他是用手提摄像的方式拍摄，他永远都是用这种方式。而且，他的镜头是三百六十度旋转的。你并不知道你在讲这句话的时候，是否站在镜头里面。很多演员都很懂得走位，拍他的戏的时候你就要一直保持一个好的状态，跟上节奏。这是蛮好玩的。要讲对白的时候，你还得在镜头之内。跟他一起拍戏，你会很快学会镜头的走位、镜头机器的移动规律，等等。然后你会忘了镜头的存在，开始跟其他演员互动，感觉比较生活化一点。每一个人的身上都有很多不一样的特质，有很多不同的面。侯导可以发现你的极限是到哪里。在拍戏的时候，我可能要做一些我从来没有在现实生活中做过的事情。我年轻时做演员的时候，曾有一个机会，人家问我会不会游泳，我硬着头皮说"会啊"。等到真正要拍的那天，我跟导演说，“我快昏过去的时候，你要找人下水救我”。导演才知道我不会游泳。

**周　迅**　还是胆大啊！

**舒　淇**　对。导演那时候才恍然大悟，我说“但是我可以尽量做好”，这也是侯导常常讲的，你不要去设定你自己是一个什么样的人，你要去幻想在你的设定之外，你可以怎么样。

**陈　旻**　周迅是这样的吗？

**周　迅**　我觉得我小时候开拓力会比较大。

**舒　淇**　是因为那时候的你胆子够大。

**周　迅**　对，我也曾演过跳河的戏，现在想起来会觉得后怕。

**陈　旻**　你现在不会再去做这些事情了，是吗？

**周　迅**　我现在觉得不是一定要去做这种危险的事情，而是多考虑你的思想层面要怎么往下走。不是逞一腔孤勇，“我现在还能跳，拍戏的时候我来”，我觉得没有必要，因为你是一个人，你总是有缺点，有害怕的东西。

**张　辉**　电影演员是有局限的，虽然有无限的可能往外去展示，但是你会发现我们每一个人，尤其是对于电影表演来讲，角色对我们都是一种限制。

**周　迅**　对，演员的成长必须要有土壤。

**舒　淇**　但是我们可以走很多条不一样的道路。

**张　辉**　这就靠你们的经验和你们对自我的认知了！

## 从过去的作品中汲取新经验

**陈　旻**　你们会返回去看自己以前的作品吗？好像周迅不太爱看自己以前的作品。

**张　辉**　我觉得一般人都不会看自己过去的作品。

**舒　淇**　我会看。但我不喜欢看首映，不会拍完片子后当下立刻就看，我喜欢隔几年再重新回头看我拍的电影。我会思考，如果是现在的我，会怎样去诠释这个角色。因为我们常常会接到同类型的角色，你会想要挑战一下，去做出不一样的诠释。我会想一下曾经的我是怎么演的。看完片子后发现“哦，原来是那个样子”。现在，遇到一个类似的角色，我会用另外一个不一样的心态去演。所以，我会看自己以前的作品。

**陈　旻**　拿过去的自己做现在的自己的一个阶梯。

**张　辉**　舒淇这个办法很好，过一段时间再看自己的作品。你不能马上看，如果你马上看，看完之后遗憾会大于借鉴。总觉得这个地方不完美，那个地方有一些瑕疵，还可以做得更好。

**舒　淇**　拍完立刻回看自己的作品，你会不断地叩问自己的内心并产生自责：当初我怎么没有那样演？如果你在当下看自己的作品，大部分情况都是看缺点会多于优点，你不会关注一部电影的完整性。等过了几年再看，那时候，你已经没有办法回头了，心态也就完全不一样。

**陈　旻**　而且，过一段时间，自己多多少少会听到大家对于影片的看法。这相当于一个心理建设的过程。你已经了解了大家对于这个角色的看法，返回去看的时候，可以更加客观地或者是站在一个观众的立场去看自己之前塑造的角色。

**舒　淇**　对，会比较像观众一样去看。而且，你在当下看的时候，如果人家说你哪个地方演得不好，你会激烈地反驳他，因为当下的反抗性会比较强。但你过了那个阶段，当你云淡风轻的时候，这种抗拒的情绪会缓和很多。

舒淇早年表演片段

"我喜欢隔几年再重新回头看我拍的电影，我会思考，如果是现在的我，会怎样去诠释这个角色。"

**周　迅**　因为每一部戏，你肯定都是拿最好的状态去演的。

## 如何诠释与自己反差大的角色？

**陈　旻**　舒淇曾经在《最好的时光》这部电影里演绎了三个角色，她们过着三种不同的人生，里面的第三个故事——震与靖的故事，你饰演的角色跟现实中的你反差非常大。早产儿，心脏不好，右眼渐盲，只能够看到色块，每天都要服用癫痫药，你当时是怎么塑造这个角色的呢？

**舒　淇**　那时候拍这段戏是没有剧本的，我只知道有欧阳靖这个人。我去跟她聊天、喝茶、喝咖啡，她都不讲话，我只能去观察她。我不知道她是早产儿，也不知道她的眼睛有问题，我什么都不知道。我只知道我的造型是她这个样子，我要戴蓝色的隐形眼镜。侯孝贤导演擅长长时间拍摄，你在场景里面，你就必须是那个人。拍摄是在一个大房间，他把所有的灯都打好了，你就随便演，随便走，他就一直这样拍，到最后再剪辑。他是用一种环境去让你进入这个角色。我第一次拍他的电影《千禧曼波之蔷薇的名字》的时候，早上起来就要喝酒。

**陈　旻**　你需要活成那样的一个人。

**舒　淇**　对，而且他们还打架。

**周　迅**　这就是表演中的实验性。

**舒　淇**　我感到很震惊，两个人真的打起来了。我还看到宾哥（李屏宾）正扛着一架机器在拍，他还很专业地在那边找角度，找镜头。我想，他们真的在打架，那我到底是拉还是不拉呢！侯导一直都是靠真实的东西去将你的情绪引导出来。

舒淇在《最好的时光》（2005）中饰演了形象迥异的三种角色

**周　　迅**　挺有拍纪录片的感觉的。

**舒　　淇**　对，他让我知道怎么样去做一个演员，怎么去体验生活。我会很喜欢在酒吧门口看人，幻想着等一下他会怎么样，酒吧里的这些人的性格会是什么样。

**张　　辉**　这是非常好的职业习惯。刚才我们也说了表演艺术是人演人的艺术，表演的核心还是要了解生活、了解人。你需要在生活中随时随地去捕捉那些你认为有价值的东西，像这些习惯就是我们说的作为一个演员的自我修养。尤其是电影演员在创作的过程中，创作之前的准备要大于创作当下。

**周　　迅**　张老师所说的其实就是演员要时刻准备着，是吧？

**张　　辉**　对，时刻准备着。

**舒　　淇**　有时候，我在看一个戏，突然之间流眼泪了，我就会赶快拿起手机，记录下自己哭的时候是什么样。

**张　　辉**　这就是一个演员的习惯。有的人也会天天触碰到一些值得记录的东西，但是他不会从职业的角度，从提升自己创作的角度来考虑。

**舒　　淇**　但是，每一次的演出，你都要把自己当作一张白纸，然后谁在上面画呢？是导演、编剧、摄影师，还有你自己，慢慢地去把这一张图给描绘出来。

**陈　　旻**　把自己重新归零的这个过程，是不是也不那么容易？比如有一些新晋的演员会觉得通过自己的努力，如果能够成为周迅那样的演员、舒淇那样的演员，就会感到很满足，这是他们追求的目标。但是，你现在就是周迅，你就是舒淇，那接下来你们给自己设定的目标是什么？如何对自己进行归零？

**周　　迅**　归零说的其实是一个态度。比如说，小时候，所有的东西对你来说都是新鲜的。假如你是婴儿，你站起来走路，第一次吃柠檬、第一次吃苹果，这份记忆一定会存在你的脑海深处，不可能磨灭。你知道这个就是柠檬、这个就是苹果。我现在这个阶段，就是要再吸收，这是一个更艰难的过程，因为你对好多东西都已经不再有新鲜感了，它不能够再轻易地打动你了。

**舒　淇**　这也是我们演员走到现在最难的一步。到了现在这个阶段，你拿到一个剧本，这个剧本一定要特别的好，才会吸引到你，想要去接这部戏。因为你已经看过了无数的剧本，你对剧本的要求也会越来越高。

**周　迅**　好的剧本会把你的能量充分调动起来。当时拍《红高粱》的时候，我完全没有看剧本，只看了一个大纲。我那时候还在香港，就觉得自己像被打鸡血了一样。所以，能量的推动是很重要的。

## 演员在片场如何与导演沟通角色？

**陈　旻**　我们下面可以聊一些方法论的东西，我们进入一个片场，首先肯定要适应片场的节奏。在片场的时候，演员怎么跟导演沟通自己的角色呢？有自己的一些方法吗？

**舒　淇**　每个人看故事的感受都不一样。比如，我看这个剧本，我的感受可能是这个样子，但是换作其他的演员，想法可能大相径庭。所以，当我拿到剧本的时候，我不会做太多的功课。我比较喜欢去现场，跟演员去碰出火花。刚开始演戏的时候，我试过先想好所有的东西，但是导演并不喜欢我这样做，因为我的表演跟其他演员没有办法结合在一起。所以那时我必须打破预期，重新再来。

**陈　　昊**　你没有想过去说服他们吗?

**舒　　淇**　没有用的，因为这个角色不是我创造出来的，导演有自己的想法。你和导演的分歧僵持不下，到最后你还是必须得听导演的，你得服从他。可是，后来我就想到了另外一种方法，就是在服从导演的要求这个大前提之下，在细节上做出改变，更好地塑造这个角色，总不能把自己的心情给弄坏了。

**陈　　昊**　但是现在会不会有一些变化。像你们两位在片场，话语权会跟年轻的时候或者刚进入到演员这个行业的时候不一样吧?

**周　　迅**　我觉得不是话语权的问题，而是现在有些导演比我们年轻，有些问题也许没有想到。我相信我和舒淇在现场都不是那种强势的演员，我们不会要求大家非得按照我们的意愿来演。

## 演员在生活面前永远是学生

**舒　　淇**　作为演员，平常你需要多看、多听、多学习、多感受。因为别人不可能手把手教你这个戏该怎么演，你要有自己的体验，所以一定要体验生活。我觉得年轻人刚开始演戏，一定是靠自己的天分。一个新演员能把台词说溜了，就已经特别了不起了。

**周　　迅**　你要热爱演员这两个字，它充盈在你的生活当中，不只是名和利。你需要去触碰然后感受。

**舒　　淇**　感受特别重要。即便周迅和我在世人眼中已经算很成功了，但很多时候，我还是蛮喜欢去感受生活，因为我比较想要知道现在的人在想什么。毕竟现在这个年代，和我过去那个年代演戏的方法完全不一样了。不能因为我到了这个年纪，我就只能呈现出这个年纪该有的态度或样子。时代不一样了，人物不一样了，故事也不一样了，我们要跟上时代的脚步。

**陈 旻** 这也是“风物长宜放眼量”，它描述的是人的一种状态，一种保持前行的状态，它是伴随我们一辈子的，不是说人生的这个阶段需要，下一个阶段就不需要了。但是，两位刚才讲的事情有时候是一个悖论。当我们刚开始做一个演员的时候，我们跟生活是滚在一起的，我们可以体验每一个普通人都可以体验到的生活。但是，随着知名度越来越高，反而是一个渐渐脱离生活的过程。

**周 迅** 其实，现在也有很多的机会让你接触到生活，有那么多的直播，你点进去看，就会发现“哦，原来他是这样想的”。

**舒 淇** 别人会觉得演员都过着不现实的生活，但其实很多人身处现实的生活中却活得不现实。

**陈 旻** 能不能具体给我们讲讲？前半句我能听明白，就是很多人觉得像你们两位这样的人活得不现实，那后半句呢？

**舒 淇** 现在这个时代，大家的注意力都在网络、微博、手机上面，太多的东西让你忽略了你的生活。正因为这一代人接触的东西不同于过去，他们对生活的感悟也不一样，才会有一个新的时代被创造出来。即使是流量明星，他们也有本身该有的担当。我跟很多新人演员一起合作过，他们都非常认真，也很想有一番作为，想要演一部好电影，或者是创作出好的歌曲，只是他们的方法可能跟以前不一样了。我们以前不会受到太多网络的影响。

**周 迅** 其实表演的核心是不变的，不管你有多大的流量，你还是要回到这个核心来。

**舒 淇** 这就是做演员不断要思考的问题：我要怎么进步，怎么提升自己，怎么提升自己的社会价值和责任感。

**陈　昱**　周迅就讲过演了这么多年戏，慢慢发现有了一些变化。

**周　迅**　现场规矩不一样了。我们拍李少红导演的戏，拍侯孝贤导演的戏，现场是有规矩的，一旦现场的规矩被破坏了，是很让人心痛的一件事。我最近看了一个画册，叫《候场》。就是说演员在上台之前，都会有预留的空间。但是，现在受大环境的影响，我们可怜到连这个空间都没有了。

**舒　淇**　这可能是时间的问题，时间逼迫你的脚步突然之间必须得加快了。

**陈　昱**　但是这种快实际上是无助于表演的。

**周　迅**　对我们来讲，是不太能适应的。就像张老师刚才说的那样，一个演员必须要碰到一个好的导演。他帮你调整，你就像盆景一样，他帮你修剪，那个时候你可能还是无意识的。但随着年龄的增长，你会慢慢体悟到原来以前自己受到过这样的训练。

**张　辉**　谢铁骊导演就是我们那儿的老师，李少红导演就是从北京电影学院毕业的。如果有学院派这个概念，周迅也是学院派的一分子，因为你已经在潜移默化之中受到熏陶。现在的学生经常会觉得机会比学习重要，这对他们影响很大。我觉得你们俩有一点非常值得学习，就是你们对生活的态度以及你们对创作真诚地投入，这是我回到学校要跟学生们强调的。没有一种真诚的态度，对生活没有一份真正当学生的心态，是当不了好演员的。

# 表演者寄语

我们以前都吃过苦，吃饭都吃不饱，现在很少会有这种情况发生了。生活不一样了，创造出来的东西也就不一样了。演员在这个行业，在这个时代，对自己的要求和对这个行业的需求是怎样的，这个事情要自己想明白。想要做一个好演员，那你就得静下心来。

——舒淇

# 见画一色，不知其美

吕潇然
Lv Xiao Ran
AFADT
空军八一飞行表演队
表演者：

宋佳，中国内地女演员，毕业于上海戏剧学院表演系。

主要作品包括：电视剧《闯关东》《悬崖》《四十九日 · 祭》《少帅》，电影《好奇害死猫》《萧红》《师父》《陆垚知马俐》《风中有朵雨做的云》《我和我的祖国》等。

2012 年，获得中国电视金鹰奖及上海电视节白玉兰奖双料最佳女演员奖。

2013 年，获中国电影金鸡奖最佳女主角奖；同年 11 月 3 日，夺得第 9 届中美电影节“最佳女演员”奖。

2015 年，担任第 21 届上海电视节电视剧单元评委。

2016 年 1 月 5 日，联合国正式授予“联合国环境署可持续消费项目倡导者”称谓，宋佳成为首位被联合国授予官方身份的 80 后公众人物；同年 9 月，获第 20 届华鼎奖最佳女主角奖。

2018 年 5 月，担任第 21 届上海国际电影节亚洲新人奖评委；12 月，宋佳当选中国电影家协会第 10 届理事会理事。

“我是表演者宋佳，演员在塑造角色的时候，不可能只表现他的优点。演员的任务，是要完整地把一个活生生的人演出来，至于美丑和所有的感受都留给观众去体会。”

# 宋佳的表演笔记

**演员一定程度上是受虐狂：**

- 面对有独特韵味的台词，演员之间唯有勤加练习，才能达到统一的台词节奏。
- 演员完全沉浸在角色中后，会无视周边的环境，在片场做到全情专注。
- 好的角色，背后往往蕴含起伏的故事线，人物可塑性大，会让演员产生创作的冲动。
- 演员将自己的热情注入角色当中，会使人物塑造更加丰富。

**如何诠释“珠玉在前”的角色：**

- 这种角色不是用来比较的，而是让观众看到更多的可能性。
- 演员需排除杂念，演绎出自己心中最想诠释的那一面。

**演员需常怀敬畏之心：**

- 做一个有敬畏之心的演员。尊重自己的专业是一种基本的职业素养。
- 演员可以在角色中审视自我，关怀社会群体。
- 演员的职业具有社会意义，创作优秀向上的作品是每一位演员的初心与责任。

**陈　　昱**　首先想听一下两位觉得“见画一色，不知其美”① 这句诗和表演者之间有什么样的关系？

**周　　迅**　演员本身跟他选择的角色、他的表演是息息相关的。

**宋　　佳**　作为演员，当你在塑造角色的时候，不可能只表现他的优点，他一定还有很多不想让别人知道的方面，需要你把角色立体地呈现出来。

## 演员某种程度上是“受虐狂”

**陈　　昱**　我们都知道周迅和宋佳在生活当中是好友，你们俩认识多长时间了？

**宋　　佳**　我认识她的时间比较长，她认识我的时间比较短。那会儿看《橘子红了》，我记得特别清楚，夜里一两点播，我熬夜看到三四点。我特别喜欢那部戏。

**陈　　昱**　后来两位还成了好朋友。说明性格上还是有相互吸引的地方。

**周　　迅**　太吸引了，我太喜欢她了。整体来讲，她就是一朵“奇花”，是一个很疯狂的人。

**陈　　昱**　说到宋佳的疯狂，在她拍的电影《好奇害死猫》里就有体现。

**宋　　佳**　那时候也小，我当时看完剧本就给我爸打了一个电话，说我特别喜欢这个角色。我大学毕业后一直都没有遇到过那样的角色，我接的都是打扮得漂漂亮亮、谈个恋爱的那种戏。突

---

① 见画一色，不知其美：出自《尸子》下卷，其意在说，只见到画上的一种颜色，是不能知道图画之美的。比喻只了解事物的局部而缺乏宏观把握。这种认知上的片面性，只能导致人偏于一隅，而暗于大理。

宋佳在《好奇害死猫》(2006)中饰演梁晓霞

“我第一次为一个角色哭得如此难受。我觉得我演成那个人了，跟那个角色通了气了。我是受虐狂的人格，尤其在拍戏上。”

然看到了一个活生生的人，就特别喜欢。那是我第一次感受到表演带给我的不一样的感受。

**周　迅**　是这样的。

**陈　旻**　你们都同意演员是“受虐狂”这样的一个概念吗？

**周　迅**　对，痛并快乐着。我在拍《李米的猜想》时也很痛快。每天都是如鱼得水的感觉，当然某些部分的表演会卡住，就是我下桥追方文的那场戏。这段来回拍了三次，我记得我跪在那个桥上面，桥上有栏杆，我跪在那儿不停地敲头，曹保平导演就过来安慰我。我一看，旁边有两个乞丐正坐在那儿要饭，我心想自己也成乞丐了。这部影片带来的百分之九十的快乐，在那一瞬间全部崩塌了。

**宋　佳**　演得太好了。看到你在那部戏里的表演，我觉得你都变样了。

## 好剧本可以在第一时间打动演员

**陈　旻**　你们俩身上其实都有一股侠气在，饰演过的很多角色也是可以找到共同点的，比如《龙门飞甲》和《师父》，你们所扮演的角色除了有风情之外，还有风骨。宋佳饰演的师娘这一角色给人的感觉也特别帅。徐浩峰导演当时找你演这个角色的时候，也是先把剧本给你，然后你被剧本打动了吗？

**宋　佳**　对，我在读剧本的时候非常畅快，很喜欢，内容很简洁但是特别有力量，而且里面的人物都特别好看。再加上我之前看过徐浩峰导演写的那些有关武打的作品，我其实对武打没什么兴趣，但是他的武打写得很不一样，有中国武术的元素在，不是单纯的打架。所以我特别喜欢。

**陈　旻**　我在电影节上采访他的时候，当时还专门问过他，巷战那一段，他设计了很多在以前的功夫片或者说动作片里没有出现过的兵器和兵器的使用方法。廖凡就像闯关一样，使用这些兵器，这其中包括那把特别笨重的刀。它不像一般的武打片，刀剑在演员手里面，而他是在挪那件兵器。虽然动作看上去好像很笨拙，但是他一旦碰到你，结果可能会很恐怖。

**宋　佳**　他的很多武打设计就是“啪啪”两下，你看廖凡那段巷战，我当时说他怎么没打就过去了。徐浩峰导演的拍摄手法就是很快，也很简单。

## 提前磨合好台词，有助于拍摄过程更加顺利

**陈　昊**　因为台词已经写得这样极简，而且有风骨了，所以你跟廖凡在对戏的时候，说话的节奏也特别的重要，不能快半拍也不能慢半拍，得恰到好处，你们俩对词了很多遍吗？

**宋　佳**　当然，我们对词对了挺多遍的，因为廖凡也是出了名的较真的人，老拉着我对词。我也喜欢他的那种工作状态，就是不断对词。因为那些台词有时候看着是一种感觉，但说出来就感觉不对，有点奇怪，像端着的姿态。大家说台词的劲儿得特别统一。所以在私下里我们会对好多遍台词，找到那个节奏和感觉。

我跟廖凡拍《师父》，第一场戏他就把我给骂了。我们俩在那站着，正对着镜头，突然现场有人说灯倒了。我走过去说“怎么没人扶，赶紧扶一下啊”，等我再回来的时候，廖凡就用他那种要杀人般的眼神盯着我说“都这时候了，你还有心思管这个”！我当时特别不好意思，真的，因为在拍戏这件事上，我自认是一个比较认真的人。但他当时说这番话的时候，我挺愧疚的，我觉得自己跟廖老师还是差一大截。

**陈　昊**　在片场应该是这样的一种氛围。比如演员在没有开拍的时候，就应该拉着对手不停地磨合台词。

**周　迅**　对，我们以前拍戏的时候，开拍前大家要一起吃个饭，互相了解一下。

“别看我平时这么女汉子，穿上旗袍后，我觉得自己特别女人。穿上旗袍后走路，马上就变了一个姿态。”

宋佳在《师父》（2015）中饰演师娘赵国卉

## 服装的暗示作用

**陈　　旻**　我们再说到周迅身上的侠气，周公子这个称呼恰好是拍完《龙门飞甲》以后，才开始流传出来的。当时塑造这个角色，对你来说有难度吗？

**周　　迅**　我本身很矮小，但我演的又是个大侠，要想与角色融为一体不太容易。那时候我和范晓萱演对手戏，刚开始就有一种卡通感，我们私底下开玩笑说我俩是“阿呆阿瓜闯江湖”。后来剧组帮我设计了一件胖袄，我觉得自己穿上那件袄还有点大侠的风范，要不然真是太瘦小了。

**宋　　佳**　服装是有暗示作用的。别看我平时这么女汉子，穿上旗袍后，我觉得自己特别女人。穿上旗袍走路，马上就变了一个姿态。我也偷偷地模仿了一个周迅的动作，就是在电影《风声》里，她从房间里出来，让小弟弟帮她寄信。我模仿了她走路的姿势。

**陈　　旻**　你们真的是好朋友了。两位在《闯关东》和《红高粱》中的角色，分别是鲜儿和九儿，这两个角色身上都有一种英姿飒爽之美。

**宋　　佳**　当时好多人说《闯关东》是一部农村戏，都没人愿意去演。我一看剧本，这太像老师在学校给我们讲过的好剧本的样子了，角色的命运大起大落，有厚重感！我很喜欢，就想演。

**陈　　旻**　在《闯关东》里，你穿的是一件红色的大棉袄，女土匪的劲儿立刻就出来了。

# 表演现场该听导演的还是靠自己发挥？

**宋　佳**　《闯关东》里的角色，我当时也没太细想要怎么诠释，反正就是跟着剧本走，听导演的要求。

**陈　旻**　导演说什么，你就完全去执行。

**宋　佳**　我一直就是这么认为的，但有时候会根据情况调整一下。

**周　迅**　我觉得要看阶段，我们年纪小的时候，没有思维和能力去判断；等到现在再拍戏的时候，不是说会违逆导演，而是会加入我生活中的一些感悟。

**宋　佳**　对，你可以给导演提供更多的可能性。

**周　迅**　而不是说只有我们才是对的。

**陈　旻**　比如在《听风者》中，梁朝伟在抱你的时候，你那种手足无措的感觉，手臂垂下，没有任何反应给他，这是导演给出来的，还是你的表演发挥？

**周　迅**　我演的时候其实没多想，就自然而然地演出来了，但确实挺符合人物性格的，不管是从她跟男人接触的方式看，还是从她作为上级，不想在外人面前暴露出对下级的喜欢来看。好多时候就像你说的，并不是演员有意地设计，而是剧情演到那了，很自然地就发生了。

**宋　佳**　当然前提是你要准备得很充分。准备对演员来说太重要了。如果你对剧本的熟悉已经到了在现场不需要看剧本的程度，当你忘掉剧本的时候，你的心理依据是很充分的。

**陈　旻**　会很扎实。

**宋　佳**　对，你才能够有底气说，这时候我怎么演都对。

## 如何诠释珠玉在前的角色?

**陈　　昊**　聊两个珠玉在前的角色，小周姐演的九儿，小花演的玉墨，其实之前别人也都演过，这就是所谓的珠玉在前。而且因为前辈演得还真的挺不错的，你们在重新演绎这个角色时，会刻意去和之前的角色区分，还是会从之前的角色里汲取营养，你们会去看别人饰演的这个角色吗?

**宋　　佳**　玉墨这个角色，我看过。看的时候我并不知道以后我会演她。你要演这个人物，就不要想太多，就按照自己的想法来。根据你对剧本的理解，还有你自己的准备去演就行了。

**陈　　昊**　那不是一个必要的事情。

**宋　　佳**　我觉得这种戏不是用来比较的，而是要给大家看到更多的可能性。

**周　　迅**　这要看你选择的这个人物，你想要突出她哪方面的性格，比如你选的是她刚烈的一面，我选的可能是这个人物比较小气的一面，一切都要看你的取舍。不用去比较谁演得更好一点。拍《红高粱》的时候，大家肯定会拿我和巩俐比，对吧? 但是，不管是从时代还是从表演来讲，巩俐的演绎就是一个经典。经典就放在那儿，我为什么要去打破这个经典呢? 如果让宋佳来演九儿，肯定是不一样的感觉。所以没有去比较的必要。

**陈　　昊**　就是要去寻找这个角色，你希望把她演绎出来哪一面，你想突出她性格的哪一个特点。

**周　　迅**　因为每个人看同一个角色的反应是不一样的。所以，你的侧重点肯定也是不一样的。

宋佳在《悬崖》（2012）中饰演特工顾秋妍

## 选择诠释某个角色，也是选择传递一种力量

**陈　昊**　我们来说说《悬崖》和《听风者》这两部戏，你们演的都是特工人员，但实际上身份还是有点差别的。

**宋　佳**　我演的那个角色是一个笨蛋女特工，特别笨。

**周　迅**　那你是怎么进入特工局的呢？

**陈　昊**　这就是组织的负责人提到的问题，说“你是怎么进入我们这个组织的”。

**宋　佳**　我有热情，我有信仰，我愿意为这个事业献出我的生命。

**陈　昊**　所以你是拿这几点在诠释这个角色。

**宋　佳**　差不多吧。因为我演的那个角色，老给张嘉译惹事，张嘉译骂我骂得挺狠的，说你怎么演这么一个人。还好后来有一场戏，被我牢牢地把握住，这个势头就扭转过来了。就是一场我在雪地里爬的戏。我把我的军官证拿出来，把上面的字全抹掉了，因为不想让自己的身份暴露。而且，我也不怕死，我拿出一颗手榴弹，准备点燃。那一刻，大家突然发现原来顾秋妍是这样的人。

**陈　　旻**　我们再来聊下现代戏。小周姐讲到《撒娇女人最好命》和《我的早更女友》，她当时是特别想去演这两个角色的。

**周　　迅**　在生命中的那个阶段，我觉得演《撒娇女人最好命》也是一种缘分。因为我确实是不会撒娇，这也给我在两性关系方面带来一定的困扰。

**宋　　佳**　所以，有时候演员真的会从她所饰演的角色身上学到东西。

**周　　迅**　我身边的朋友，很多都不会撒娇。我有好多女性朋友都讨论过这个问题——要不要撒娇。我心想，如果一个女人不会撒娇，那她就不能有男朋友了吗？

**宋　　佳**　那个人物身上，其实也有点撒娇女人的那种劲儿。

**陈　　旻**　“兔兔”那一段戏非常火，后来网上有各种配音秀视频，大家全都在模仿那一段“你怎么能吃兔兔……”当时你们在现场拍那一段的时候，是一遍完成的吗？还是说那段拍了很多遍，整个片场也会忍不住不停地笑场吗？

**周　　迅**　没有笑场。

**陈　　旻**　你们当时在拍的时候，是非常平常的一段吗？

**周　　迅**　对，因为那时候我们看剧本看得已经很熟了。但是隋棠演得确实特别好，她跺脚那一下，我跟黄晓明都惊住了。

**宋　　佳**　男女看那段，可能感觉会不太一样。

**周　　迅**　我演的那个人物本来就是比较较真儿的性格，那个女生还抢了我的座位，我心想“你到底是要怎样”。然后我还特地去找了一套粉色的衣服穿上。开机那一天，我说导演我真的不

宋佳在喜剧电影《陆垚知马俐》（2016）中饰演马俐

会演。导演说“我们拍个纪录片吧”！我说“好啊”，一下子就心安了。

**陈　昱**　当纪录片那样去拍，你一下子就知道该怎么演了。

**周　迅**　就是立刻放松了嘛。

**陈　昱**　但实际上并不是真的像一个纪录片那样拍，对吧？

**周　迅**　有一部分吧，比如我在学撒娇的一些反应也都是即时的，临场发挥的。她们教给我什么，我就跟着做什么。其实基本上就是纪录片，《我的早更女友》也是。因为我妈妈，我忽然有一天知道，原来女人还有更年期。那个时候，我还跟她吵架，惹她不高兴，我心里特别难受。女人早更的时候，希望大家都能体谅一下。我拍那两部戏的初心就是这样。

**宋　佳**　传递一些正能量。

宋佳在《萧红》（2012）中饰演萧红

## 演员要对自己的职业有敬畏感

**陈　　昱**　听你们聊了这么多，我觉得有一件事情特别的重要，就是这个剧组是一个什么样的氛围很重要。

**周　　迅**　太重要了。这就像种一颗种子，一片好的土和里面全是化学药物的土，种出来的效果完全不一样。

**陈　　昱**　但是，我们无法选择剧组，那如何做好自己呢？小花以前说自己在片场有老艺术家的范儿。

**周　　迅**　啥叫老艺术家的范儿？

**宋　　佳**　我在片场挺严肃的，别人吵架或者聊天什么的，我会去制止。因为我待过那种现场特别安静的组，每个工作人员都戴着耳机。你真觉得自己是在做一件特别体面的事情。比如有的现场工作人员大声喧哗，我就会去制止他，说“拜托你小点声

宋佳在《风中有朵雨做的云》（2018）中饰演林慧

宋佳在《师父》（2015）中的表演片段

宋佳在《我和我的祖国》（2019）中饰演飞行员吕潇然

儿，对面的演员正在准备开拍，你这样会影响到他的。你有对讲机为什么不用呢”，我觉得演员应该受人保护。

**陈　　旻**　因为他们情绪很脆弱。

**宋　　佳**　演员真的很不容易，他得怎么折腾自己，才能流下一滴眼泪。

**陈　　旻**　刚才小花讲体面这个词，说得特别好。体面是什么？像电影《师父》里面，人做事是有分寸的。上海话叫“老克勒”，这在我看来其实不是一个贬义词。那就是一种体面。

**宋　　佳**　体面就是讲规矩。

**陈　　旻**　在影视这个行业，对于各个工种来说，我们都应该做体面的人。这样大家才会尊敬这个行业。

**宋　　佳**　集体作战。有时候我觉得咱们拍戏特别像游牧民族。

**周　　迅**　是啊，而且是无中生有的游牧民族，特别好笑。

**宋　　佳**　对，而且大家都相信这点。

**周　　迅**　比如，在两三个月之内，棚里边搭了一个房子，演员在里面哭、在里面笑。最后拍完一下子就给拆了。

**宋　　佳**　这就像你造的一个梦，你做这事的经历也像一个梦。

**陈　　旻**　这个梦说醒就醒，说拆就拆。

**宋　　佳**　你让这个人怎么正常？

**陈　　旻**　这说明你们真的是投入进去了。

**周　　迅**　说明我们想象力不错，是吧？演员肯定是要有想象力的。

**宋　　佳**　要不然你不相信啊。比如你旁边蹲着一个人拍你，如果你不想象，根本没有办法演。一旦进入角色之后，你就无法从那个状态中脱离出来了。

**陈　　旻**　确实如此，表演的艺术就是这样，一旦沉浸，便难以自拔。

# 表演者寄语

我觉得演员要做的是去演人，人有各种各样的人，不只是美的，也有丑的。你的任务是要完整地把一个活生生的人演出来。至于美丑和所有的感受都留给观众去体会。

——宋佳

博学之，审问之，
慎思之，明辨之，
笃行之

表演者：

田壮壮，中国电影导演、制片人，1982 年毕业于北京电影学院导演系，与陈凯歌、张艺谋等人是同学，是第 5 代导演之一。

2005 年，执导个人首部纪录片《茶马古道 · 德拉姆》荣获第 5 届华语电影传媒大奖最佳导演奖。

2007 年，凭借第一部人物传记影片《吴清源》斩获上海国际电影节金爵奖最佳导演奖。

2014 年，与张艺谋、十庆联合执导历史古装影片《王朝的女人 · 杨贵妃》并兼任艺术总监。

2017 年，主演的电影《相爱相亲》和 2018 年主演的刘若英导演处女作《后来的我们》，分别获得第 54 届金马奖最佳男主角提名、第 37 届香港电影金像奖最佳男主角提名和第 55 届金马奖最佳男配角提名。

“我是表演者田壮壮，也是一名导演，作为非职业演员，我在表演上的能力是有限的，但是我必须得给到导演我最好的东西，做到用心感受、用心体现。”

# 田壮壮的表演笔记

**如何准确诠释角色：**

- 将生活经验赋予人物，才能贴近角色。
- 充分准备角色，充分消化角色，和角色融为一体，形成“无表演的表演”。
- 演员要榨干自己，对角色毫无保留地付出情感，贡献自己最完美的表演。

**如何快速找到表演的状态：**

- 通过对手演员的表演，找到人物的关系，更真实地进入表演状态。
- 演员可以通过营造信念感，实现情感的真实。
- 学会发现角色的闪光点，演员也会从角色中得到启发。
- 放下焦虑，跟着你的心走，放松地去表演。

**表演小技巧：**

- 观察导演的工作方式，学习其他演员的表演，能更好地提升自己。

**陈　　旻**　我们今天的主题是“博学之，审问之，慎思之，明辨之，笃行之”[①]。那么从一个表演者的角度，我们又该如何理解这句话呢？

**田壮壮**　这句话说得很精要，但是实践起来非常之难。这些如果能做到了，一定可以成为一个好的表演者。

## 表演归根结底从生活来

**陈　　旻**　之前，壮壮老师主演了《后来的我们》，很多网友说，您是这部影片最大的催泪弹。您趴在桌子上面写信的那场戏，特别有感染力，可能很多父亲都是这样的吧。

**周　　迅**　当您的头刚低下去的时候，我已经哭了！我也不知道为什么。

**田壮壮**　还是规定情景吧，剧本里规定这个老人后来眼睛坏了。我有一个舅舅就有眼疾，他原来是空军。我从小就跟他在一块儿，每个礼拜都会见他，看他的视力一点一点地减退，然后就剩光感，最后连光感都没有了。整个过程有十几年，伴随我的成长。他所有的动作我都能看得到，我能够感受到那个人的状态。我觉得有的表演可能还是来自生活里的提示吧。我自己跟舅舅的感情又特别好，能够感受到他从心里往外涌的那种眼神不好的感受。而且，他也有一个儿子和一个女儿。所以，我的表演归根结底还是从生活里来的。

**周　　迅**　有些事真是要到那个年纪才会懂。比如我二十几岁看这个画面，可能没有那么大的感触，但是现在当我看到您的头低下

① 博学之，审问之，慎思之，明辨之，笃行之：出自《中庸》，意思就是要想博学多才，就要对学问详细地询问，彻底搞懂；要慎重地思考，要明白地辨别，要切实地力行。

田壮壮在《后来的我们》（2018）中饰演林父

去的时候，我的整个情绪就被勾起来了。

**陈　昊**　您那一段信，音色一出来多感人啊！

**周　迅**　充满了情感在里边。

**田壮壮**　读那封信的过程是这样的，我拿着手机念，一听声音感觉不太对，就找了俩枕头垫在身后，吸着一口气，然后录。快的、慢的，一共录了三条给剧组寄过去了。宣传的工作人员说，壮爷没喝酒。其实是说我读信时咬字太清楚了。于是我喝了大概半杯威士忌，又开始录。录完了以后，我说你们挑吧，我只能做到这样了。这是我写给儿子前女友小晓的信，其实我觉得很奇怪。我也问过刘若英导演，他们俩也没有结婚，我为什么要写信给她？导演说“你把她当成家里人了”，我说好吧，我就信了，就把她当家里人了。

在拍戏的这一段时间里天气特别冷，可大家都特别开心，在一起互相照顾。我常常会想到在大连那一段时间，我跟孩子们在一起的那些经历。我给他们包饺子，他们开心得不得了，都不走，就在那儿等着煮饺子吃。想到这些总会油然而生一种温暖的感觉，就是人和人之间的那种温馨、牵挂。其实，我演的时候是自然而然的，我也不会在念的时候区分哪个地方要重读，哪个地方要弱读。我会想一下大概应该在哪里空拍，大致的节奏，但是不会把它当作一种表演朗诵出来。那种自然的感觉，就像是想要跟小晓聊天一样。

## 演员如何平衡工作和家庭？

**田壮壮** 就说过年这事吧，我记得我从学电影开始，几乎没在家过过年。印象很深，拍《盗马贼》的时候，我在玉树过的年。很长一段时间，我都因为拍戏忙，没能在家过年。感觉自己像一个游子似的漂在外面。拍《鼓书艺人》时也是在外面过的年。跟一群人过年，他们到最后就都喝醉了，为什么？其实就是想家，特别想回到家里，但是又因为工作的关系走不开，内心挺矛盾的。我念信的时候，会想到我那个时候的心情，现在的情况是反过来了，现在家人在外面，我在家里，我会想我那个时候的感受。我一直说我其实不是一个演员，我不是能够演好什么戏的人。但是，如果这个人物我在现实生活中接触过，我就能知道他，当我把自己所有的经验赋予他的时候，这个人物我可能会演得有三五分像。另外，我长得也挺诚恳的。

**周　　迅**　我小时候都在外边过年。

**田壮壮**　你应该有很多这种情况吧？

**周　　迅**　对。作为女儿，我现在比小时候要明白一些，知道要珍惜了。小时候，碰到家里有事，我会说“我要好好工作，你们先顶着”，但后来我觉得这个观念不太好。

**田壮壮**　所以你调整了一下。

**周　　迅**　对，现在只要有事，我肯定要先回家，因为家只有一个。

**田壮壮**　我特别同意你说的。比如我要出差，离开北京超过一周的时间，我会不停地给我妈妈的保姆发信息，询问我妈妈怎么样了。以前不会的，我可能一两个月就打一个电话而已。

**陈　　昱**　当儿子的都这样。

**田壮壮**　回来以后，我差不多隔一天就要去看望她一次。现在我确实和以前不一样了，完全变了。就是拍着拍着电影，人就变柔软了。

**周　　迅**　其实就是学会珍惜了。《后来的我们》也说的是一个让我们学会珍惜的故事。演员有些时候也会被你演的人物或者故事所启发。

## 把生活的经验变成角色的经验

**陈　　昱**　据说到了东北，壮壮老师什么都可以不吃，但是黏豆包是一定要吃的，尤其是过年的时候。听说您为了演这个角色，当时是专门到东北那边去生活了一段时间。

**田壮壮**　去了几天，因为我插队的时候是在东北。我自己家里有很多亲戚也在东北生活。刚才我说的那个舅舅是二舅，我大舅就在东北。我已经很多年没去东北了，不知道现在东北老爷们儿都长什么样儿，就想去看看，看看他们穿什么样的衣服，

田壮壮在《后来的我们》（2018）中的表演片段

“我得去到那个地方，把它给梳理清楚，让这些已经有的经验变成我要演的角色的经验。”

状态是什么样的。因为每个地方的男人的风格是不一样的。我到那儿之后，跟大师傅聊聊天，聊到怎么烧柴，怎么使用锅灶，怎么颠勺……还跟他探讨过黏豆包怎么做，我以前在东北的时候也包过。

**陈　　旻**　您会做饭吗？

**田 壮 壮**　我插队的时候做过大锅饭。

**陈　　旻**　小时候做过大锅饭。

**田 壮 壮**　其实生活里面都经历过，但我还需要把它归置一下。我得去到那个地方，找个地儿，把它给梳理清楚，让这些已有的经验变成我要演的角色的经验。去感受一下还是挺重要的，对我进入这个角色会很有帮助。到那儿熟悉一下餐厅，包括油啊、柴火啊……

## 最厉害的表演是没有表演

**陈　　旻**　壮壮老师在聊到这个角色，聊到这部电影的时候，总是兴高采烈的。有人评价您的表演是没有表演，是一种无痕迹的表演，您怎么看待这种评价？

**田 壮 壮**　我真的总结过我的表演风格，我把它称之为一种本能。本能并不是说你什么都不用准备，事实上你要把所有的资料、所有的东西都准备好，都消化到你的身体里面去，当你感觉你跟这个人融在一起的时候，就是一个本能的反应，就不会有表演的状态了。全部都是下意识的行为。这样的表演可能就会很好。你知道我最怕什么吗？就是对着镜头，导演说拍一个笑的特写，我就完全不会了。

**陈　　旻**　您不能拆开演。

**田壮壮** 为什么要笑呢？我对着摄像机笑什么呀？上次张艾嘉就说“你拍一个试试看”。我说“你坐那儿行吗？你不坐那儿，我笑不出来啊。你总不能让我看李屏宾[①]笑吧”。这就是我的本能，如果有人在那儿，我能找到跟人的关系。因为我不是专业演员，我没有那么强大的想象力，能够把规定情境想得那么清楚。

**周　迅** 其实我也不大行。要是拍电影的话，镜头那么大，你还是真得瞧那个真实存在的东西才演得出来。纯靠想象的表演和实境表演，那感觉完全是不一样的。

**田壮壮** 她那个时候拍《橘子红了》，跟少红导演两人讨论，少红导演就给我打了一个电话，说“赶紧过来，陪周迅聊会儿天”。

**周　迅** 我那时候轴。

**田壮壮** 你也很挑剔，就是很专注的一种状态。

**周　迅** 我记得有一次我真不知道该怎么演了，您还记得我给您发短信吗？

**田壮壮** 记得。

**周　迅** 拍《苏乞儿》的时候，我不知道该怎么演了。那时候也没有什么放松的方法，我就只是一个劲儿地往里钻。那时候，您回我的短信内容是“跟着你的心走”，至今我还清楚地记得。

**田壮壮** 我那会儿就这么有尚师感了。

**陈　旻** 最后这句话解决你的问题了吗？

**周　迅** 我在琢磨，跟着我的心走，那我就不想了。我现场怎么感受，我就怎么样演了。《苏乞儿》拍到中段的时候，我拿了奖，那时候我的压力挺大的，因为我希望每一个角色都会有一个新的面貌。

---

① 李屏宾，知名摄影师。

## 好的状态一条即过

**陈　　旻**　壮壮老师演过两个父亲的角色，让人印象深刻，大家也会把这两部作品作为您的代表作，一个是刚刚提到的林父，一个是张艾嘉导演的《相爱相亲》里边的父亲老尹。有一场戏，老尹买了一辆新车，太太坐在旁边，老尹和太太两个人的那段台词一定是有相似的生活经历的人才写得出来。

**周　　迅**　在这个地方，我原本想象的应该是两个人落泪，但完全不是，变成了一种会心的笑和暖。

**田 壮 壮**　我觉得张艾嘉挺有意思的，她就说绝对不能让我们俩和镜头之间隔一个东西，不能从正面拍，正面拍一定有玻璃，她不能允许我们和镜头之间隔一个东西。她的想法特别直接，两个人必须得没有障碍了，才可能演好这段戏。后来李屏宾说，那只能在后面拍了。她同意了，说那我们就在后头拍吧。而且，我们当时就拍了一条。

田壮壮在《相爱相亲》(2017) 中饰演老尹

**陈　昃**　就拍了这么一条啊。

**田壮壮**　记得我当时先把车开了一圈，试了一遍。张艾嘉说开拍，然后就开始拍。拍到车转弯的时候，唱歌之前，正好是逆光。我觉得逆光特别好看，就往逆光那个方向开，结果还开错路了。李屏宾从车上下来之后就特别感动。他说“不能再拍了”。太阳那几束光线在他的镜头里照得恰到好处，他说绝对不能再拍了。我们就看拍好的这段，看完张艾嘉也觉得不用再拍了。

## 导演不一定会演戏

**田壮壮**　刚才我跟你们聊了好多体会，实际上是在开拍之前，我就开始去想这个戏应该要怎么去演、怎么准备。就我个人经历来讲，任何一个男人，不管他有多野、心有多大，他也希望能有一个温暖的环境，有一个特别懂他的、能够跟他相依为命的伴侣。比如，我就特羡慕那些七八十岁的老人走在街上，挎着另一个白发苍苍的老人。

我真受不了一个人老了以后的那种孤独感，我妈妈就过着那种日子。我爸爸 1974 年就走了，到现在已经四十多年了。每年的生日、忌日、清明，她自己要有一个小的仪式。两个人一个活着，一个死了，就这样四十年了，我说得特别轻描淡写，但是她能坚持这个仪式四十年真的不容易。

岁月让人感动，时间是一个很奇妙的东西，它在催化你。比如你看一部电影，虽然就只有一个半小时，但是在看电影时你是跟着电影里的时间走的，你接受了电影中的时间概念，然后你认知这个时间概念，你的情感随着电影中的时间推进而有起伏。

**陈　昊**　听说壮壮导演在接一个角色的时候，是需要精心去做人物小传的，这功课做得还真挺足的。

**田壮壮**　真的要让我演戏的话，最好提前半年告诉我，我得去准备，不准备我接不了，尤其像我这种非职业的演员，就必须得准备。我觉得我不会表演，我特别不能把自己的东西展示出来。这是职业和非职业演员的一个挺大的区别。职业演员能够很快地把很多障碍放下，非职业演员有时候很难做到这一点。我们上了两年的表演课。现在导演系一定有两年以上的表演课，最后是演一个大戏。为什么呢？就是让你可以和其他演员有一个好的交流方式，你要知道一个角色是怎么诞生的。对我来讲，表演课一直让我有心理阴影。我从上表演课开始，就没得过四分，得过的最高分就是三减。

**周　迅**　五分制？还是十分制？

**田壮壮**　五分制。最后一次表演课，是小说片段改编。这次得分是记在毕业证上的，我心想如果这次要是再得三分，挺难看的。我就去找北京电影学院的副院长了，叫张客的一个老爷子，搞舞台剧的，在延安是特别棒的一个舞台剧导演。我说您得过来看看，我演的是不是就是三分水平。看完以后，他很认真地表扬了我，说我演得好，特别生活化。那是我唯一一次上表演课，得了四分。

## 台前和幕后

**田壮壮**　平常都是站在摄影机后面，我刚开始面对摄影机时确实是不习惯。拍《相亲相爱》的时候，我没事就在张艾嘉的监视器那儿待着。她说“你怎么不过去”，我才反应过来，该轮到我上场了。我喜欢坐在后面。

**陈　　旻**　您会习惯性地往那儿溜达。小周姐爱从监视器里面看自己吗?

**周　　迅**　我以前不看。

**田 壮 壮**　那你现在看吗?

**周　　迅**　如果导演跟我解释不清楚，我就会说那再看一遍。因为我看一遍，我就会很清楚问题出在哪里。但是有一些导演也不给我看，就像我拍岩井俊二导演的电影《你好，之华》，他就不给我看。

**陈　　旻**　那许鞍华导演会给你看吗?

**周　　迅**　她会的。她不是说每一个都给你看，而是她想要跟你讨论的时候，她会让你先看一遍。但我有些时候坐在监视器后面，我不是看我自己，我会看导演的工作方式，其他演员的表演，或者是我想学习的演员的表演。我会坐在那儿看，没我的戏，我也会去的。

**田 壮 壮**　有台词的表演，我不会看。为什么？那都是说话嘛。没有台词的表演，我会去看，因为我要去摸索怎么样把形体的节奏和走位掌握准确，我平常总下意识地晃悠，站不稳似的，我就会去看是不是会影响整个画面。表演的时候我会找一个靠边的地方，在镜头里露半个肩膀，偶尔探个脑袋进去，李屏宾特别喜欢这种有点变化的走位。他说导演系毕业的人别的不怎么样，走位绝对一流。

## 演员要情愿被导演“榨干”

**陈　　旻**　尽管壮壮老师说自己不是一个职业演员，但是您演的这几个角色，拍的这几部戏的方法，是值得所有的职业演员去借鉴的。

**周　　迅**　田导确实有意无意地会影响到我们。我演了那么多年，随着年纪的增长，就少了一股冲劲儿。这也是很要命的，所以现在得想尽办法去突破。可这要怎么突破呢？选择不同的角色吗？还是有什么其他的方式？

**田 壮 壮**　我觉得可以选择不同的导演。其实每个导演都有他的个性、特点，你只要选择对了，你们俩契合了，拍出来的戏就一定会很好看。不过你自己要心里有数，你要训练你自己。

**陈　　昊**　您是第五代导演的代表人物，对于您大家更熟悉的身份是导演。导演的这份工作经历或者是身份，在您塑造角色的时候，它产生的作用是什么呢？

**田 壮 壮**　我觉得导演应该是一个剥削者，就是把所有人的智慧、所有人的能力榨干，用最好的方式将它们融合，呈现在一部电影里。这是最好的导演。哪怕一个照明师、一个小的群众演员，你都要把他给“榨干了”，把他的作用发挥到极致。重要的是，你有没有那个心。因此，当我成为一个演员的时候，我心甘情愿地让我的导演“榨干”我，我会把我所有的想法跟他说。或者我把所有的东西都做出来，有不足之处他尽管提。我永远跟导演说一句话，就是不满意就再拍，咱们不用客气，我会拍到你满意为止。我在表演能力上是有限的，但是我必须得给导演我最好的东西。说到底，最简单的一句话，就是你要用心，真的用心去感受、用心去体验、用心去体现。

**陈　　昊**　要有一种慎独、自省的能力。

# 表演者寄语

演员要不断地去积累、收集各种与表演有关的素材，然后去感受它、发酵它，通过表演的训练把它变成自己的东西，让观众能够相信你，这对演员来说可能是最主要的。

——田壮壮

# 少年辛苦终身事，莫向光阴惰寸功

表演者：

王宝强，中国内地男演员、导演，6 岁时开始习武。因出演《盲井》，他从一名默默无闻的群众演员成为金马奖最佳新人。

2004 年，因参演剧情片《天下无贼》而获得广泛关注。

2006 年，主演 30 集电视连续剧《士兵突击》，成功地塑造了许三多这个角色，赢得了广大电视观众的喜爱。从《盲井》《暗算》《天下无贼》《士兵突击》到《集结号》，王宝强在影视圈一步一个脚印。

2008 年，主演电视剧《我的兄弟叫顺溜》。2010 年，主演电影《人在囧途》。

2011 年，凭借喜剧片《Hello! 树先生》获得俄罗斯、美国纽约、意大利电影节最佳男主角奖及亚太电影奖。

2012 年，与徐峥继《人在囧途》再度合作的《人再囧途之泰囧》刷新华语电影票房纪录。2014 年，相继主演了科幻片《冰封：重生之门》和动作片《一个人的武林》。

2015 年，主演陈凯歌执导的奇幻片《道士下山》；同年 12 月，主演喜剧片《唐人街探案》。2016 年，执导个人电影处女作《大闹天竺》。

2018 年，主演《唐人街探案 2》。

2019 年，主演由周星驰执导的喜剧电影《新喜剧之王》。

“我是表演者王宝强，机会对任何人来说都是公平的，自己努力了，终是有收获的。努力的过程会让你成长，只要心存乐观地面对，就不枉费此生。”

# 王宝强的表演笔记

**演员如何打破固有印象：**

- 具有标识性的角色能让观众记住，但演员也需要勇于撕掉标签，尝试不同类型的角色。
- 对于演员，不管拍动作片、喜剧片还是文艺片，重要的是通过表演把角色呈现出来。
- 演员尝试新的表演风格，想要得到观众的认可，需在台下勤加练习，台上自会熟能生巧。

**感受力是演员表演的基础：**

- 感受力是演员表演的必备基础，演员要能做到对角色感同身受。
- 表演需要拿捏好分寸感，多一分即过，少一分则欠。
- 寻找到准确的人物状态，表演会更加游刃有余。
- 演员在选择剧本时，需感受剧本，形成判断力，看自己是否有创作冲动。

**表演小感悟：**

- 演员初级阶段对表演的判断力和自信心，往往来自导演的肯定。
- 表演需存在发挥的空间：似懂非懂，似清非清。

**陈　　昊** 今天的核心诗句是“少年辛苦终身事，莫向光阴惰寸功”[①]，两位觉得这句诗和表演者之间是一个什么样的关系？

**周　　迅** 演员定型，不是自己给自己定，是要看观众喜欢看你演什么。你说谁不是本色演员呢？本色演员，那你还是得演，因为你刚开始演的时候，你是没有判断力的。只有听到导演说好，你才知道是演对了。这个自信是慢慢建立起来的！

**王 宝 强** 无论是本色演员、功夫演员，还是群众演员，把前面的修饰语都去掉，只剩下“演员”两个字就够了。机会对任何人来说都是公平的。自己努力了，终是有收获的！

## 本色出演，并不是容易的事

**陈　　昊** 有人觉得王宝强一直是一个本色演员，觉得他一直在演自己。我们以前可能会觉得王宝强演的这些角色，门槛很低，他是一个幸运的人。

**王 宝 强** 不管我是本色演员、特色演员，还是其他类型的演员，最重要的是这个角色的设定，你能很自如地表达出来，带动观众走进你的情绪当中，去理解你所饰演的人物，理解你这个角色的命运。

**周　　迅** 我对本色的理解是，本色演员一样得演。比如让我演自己，我不知道，我是什么呢？我觉得大家都是本色演员，因为我感受世界的方式跟宝强感受世界的方式肯定是不一样的。

**陈　　昊** 这里面是有门槛的，而且门槛还不低。

**王 宝 强** 之前我也没学过表演，确实就是原生态的感觉。我拍第一部

---

① 少年辛苦终身事，莫向光阴惰寸功：出自唐代诗人杜荀鹤的《题弟侄书堂》，意为少年时期辛苦学习，将为一生的事业扎下根基，切莫有丝毫懒惰，不要浪费了大好光阴。

戏的时候，那个角色就跟我一模一样，就是说我不需要表演。如果不需要表演，我该怎么呈现呢？你要能把本色搬到屏幕上演出来，也不是一件很容易的事情。比如你会紧张，会感到很蒙。

## 导演的鼓励对新人演员尤为重要

**周　迅**　那你还记得《天下无贼》中第一个镜头你在做什么吗？

**王宝强**　《天下无贼》第一个镜头是我在拉卜楞寺里描金线，当我往下看，看到刘若英在拜佛。拍完这个镜头，冯小刚导演就过来对我说“傻根，你演得好”。导演一夸，我心里就放松了，不再有紧张感了，其实之前我自己心里总是嘀咕，我到底演得对不对。

王宝强在《天下无贼》（2004）中描金线的镜头

**周　迅**　我特别明白你的感受。比如一条拍完，工作人员喊“停”，导演那边没有声音的时候，我心里就开始嘀咕了。

**王宝强** 新人演员最害怕的就是，这样演不行，那样演也不行，心里一下子就慌了。

**周　迅** 因为你刚开始演的时候，你是没有判断力的。你只有听到导演说好，才会心里有底。从导演说好到说不错，演员的自信是慢慢开始建立起来的。

**王宝强** 当你自信了，你才会放松，你整个感觉都会自如一些。

**陈　晏** 那你在《天下无贼》里是什么时候开始彻底扎进这个角色的？

**王宝强** 就是冯导一直夸我，若英姐也夸我，包括华哥（刘德华）也在夸我。他说我演得挺好。别人一夸，我就会自信，就没有太大的顾虑和压力了。

**陈　晏** 周迅是这样的吗？新人演员一开始真的很需要被肯定，是吗？

**周　迅** 当然，我觉得我也是被夸大的。

**陈　晏** 在这一点上你俩还挺像的。

**周　迅** 因为我也没有专业学过表演，也需要导演的支持。导演一夸，我就会知道我演的是对的，就会自如，会思考如何演得更好。之后我再把思考得来的东西放进表演里，又被导演夸奖了，那经验不就越积越多了嘛。

## 演员转型不易，但努力就会有回报

**陈　晏** 2008 年的时候，你们合作了《李米的猜想》，那个时候，周迅是怎么夸宝强的？

**王宝强** 迅姐总是夸我上树上得利落。刚才还一起坐着聊天，一会儿人就不见了，问“宝强呢”，有人说“在树上待着呢”。其实，我正在树上倒挂着练腹肌呢。

**周　迅** 那时候，宝强也不需要夸了。我印象特别深刻的是，我们在拍戏的过程当中，宝强还在不断地练功，他想成为一个武打演员。

**王宝强** 我一直想着拍武打戏，从来没有放弃过。

**周　迅** 所以他第一次拍武打戏的时候，我就想他真的做到了。

**王宝强** 后来我不是又拍了一些功夫片吗？比如拍《一个人的武林》，我几乎是把现有的经验都扔掉，一切又从零开始。

**陈　旻** 那不能说是从零开始吧，就像刚才周迅讲的，你已经准备了那么多年，你就想演这样的角色。

**王宝强** 是，可是观众没看到过。我拍武打片，我知道自己会打，但是从未在银幕上呈现过，观众对这样的我是陌生的。其实有时候演员塑造一个新的角色，尝试新的电影类型时，观众有一个重新认识并熟悉你的过程，就像对待一个新演员似的。《一个人的武林》这部戏，我的角色和我的功夫是结合的，其实我的功夫还说得过去，当我把它和我的表演，和这个人物结合起来，就会让人有一种我很能打的感觉。这是因为我脸上呈现出来了这个人物的疯狂劲儿。

跟甄子丹大哥拍了《一个人的武林》之后，我知道武打片其实没那么容易拍。你感觉人家动作做得出神入化，是因为打的时候他有身法形状，不是光凭拳头硬打的。眼神和表演要相结合，脸不能死板，得知道在什么时候发力，在镜头里呈现出那种力量感，这样的武打表演才会完美。会打和不会打、会功夫和不会功夫，也是有区别的。

**陈　旻** 宝强在《一个人的武林》和《追凶》中饰演的两个角色，和你以前演的角色不太一样，甚至是有些神经质，有些癫狂的。

**王宝强** 《一个人的武林》中的封于修身上有一种对武的痴狂，他觉得功夫是杀人技。

王宝强主演武打片《一个人的武林》(2014)

**陈　昱**　周迅也拍过功夫片——《龙门飞甲》。你接拍《龙门飞甲》的时候，为了演好凌雁秋这个角色，也做了相应的准备吧。

**周　迅**　我们在开拍之前一个多月进行了集体训练。那时我一直在练我的剑。在电影中我要把剑舞转起来，所以有一个类似橡皮筋的东西绑在剑柄上。如果动作不熟练，就可能会打到自己。我耍剑的时候，经常把剑甩到自己的袍子上，所以想要避免这点也是要练的。不拍戏的时候，我就去找老师学招式。就像宝强说的，有些打戏要用腰部的劲儿，你不长期练，你怎么知道要用腰部的劲儿呢？力气使得不对呈现出来的动作就也不会自然。对剑熟悉之后，动作看上去也不会那么僵硬了。

**王宝强**　我那时候拍电影，还没有现在那么多台词。我也怀疑过自己是否适合吃这碗饭。如果碰到一个大的角色，一天要演很多场戏的时候，我怀疑自己是否能够驾驭得了。后来，直到我拍完《士兵突击》，我才真正认可了自己，觉得自己适合吃这碗饭。

**陈　　旻**　《士兵突击》那部片子讲的是一个士兵的成长，那几个月的拍摄肯定对你的影响挺大的。

**王 宝 强**　许三多比较执着，他不能让爱他的人和他爱的人失望。我能够演《士兵突击》，多亏了徐帆老师把我推荐给导演。我那会儿特别希望能从导演那里获得肯定，希望听导演说“宝强这孩子演得不错，挺努力的，也挺认真的”。我那时候进现场都是带着字典的。台词中有的字我不太认识，就立刻查字典。

**陈　　旻**　你是钢七连的第多少个兵？

**王 宝 强**　第 4956 个。

**陈　　旻**　到现在还记得呢，厉害！

## 演员的强感受力有助于其快速进入角色

**陈　　旻**　宝强在饰演许三多之前，其实还演过一部戏，那部戏跟周迅也算是有联系。宝强在《暗算》里演的那个角色，就是《听风者》里面梁朝伟演的那个角色。

**王 宝 强**　那是我第一次出演电视剧中的重要角色。拍《暗算》的时候，我花了两周时间和盲人在一起生活，一起吃、住，也一起去菜市场买菜、做饭。我还跟盲人打扑克，他们打扑克牌是靠摸。

**陈　　旻**　扑克牌上面有浮点。

**王 宝 强**　对。几个人带着我一起打升级，他们速度特别快，脑筋也特别清楚。

王宝强在《暗算》（2006）中饰演盲人破译奇才阿炳

**陈　　昊**　所以你在演这个角色的时候，把你在生活中体验到的、感受到的东西都融了进去。他们虽然是盲人，但是在某些方面的能力就特别突出。这一点就像你饰演的那个角色，他的听力非常发达。宝强能够感受到并再现这些东西，我记得以前讲过，其实这是一个表演者非常重要的一件武器——感受力。

**周　　迅**　对，感受力。演员要对人有一种感受力。比如，我拍《风声》的时候，我会觉得顾晓梦太惨了。她去受刑的那场戏，我拍完后自己就坐在那里哭，哭不是因为我自己疼，而是我觉得她太可怜了。

**王 宝 强**　其实有时候你会觉得，如果不是做这行的，很难对演员的经历感同身受。演员既在这个过程中体验不同的人生，也确实会被这个人物的悲伤、命运所影响。因为你塑造这个角色了，一旦进去了，你三四个月都是这个人物。

## 喜剧角色也各有各的特点

**陈　　昊**　实际上宝强挑战的角色挺多的，喜剧片、功夫片、文艺片都有出演。喜剧片比如《人在囧途》，还有《人再囧途之泰囧》。这两部电影中你都有喜剧角色的尝试。那你是如何由傻根、许三多这一类的角色向王宝和牛耿这样的角色转变的？

**王 宝 强**　我只知道一点，演这个角色唯一的要求就是让自己开心、快乐。宝宝这个角色的难点在于，如果你演好了，可能会让人觉得比较可爱，但是如果演不好，就会成为一个挺让人讨厌的角色。那个角色染着黄头发，显得吊儿郎当的，穿着破破烂烂的衣服，说话也不着调，整天叽叽喳喳的。

**陈　　昊**　王宝是一个憨厚耿直的角色，唐仁的性格却是市侩狡猾的。

两个都是喜剧形象，但又截然不同。唐仁这个角色就很亢奋。

**王宝强** 我反正觉得唐仁这个角色只能演得过度，却不能不够。他觉得整个唐人街都是他的地盘，实际上跟他半毛钱关系也没有。当时陈思诚找我的时候，第一时间他就跟我说他想让我讲广东普通话。方言本身听起来就会让人觉得你比较热情。

**陈　昱** 一直在高频说话。

**王宝强** 这部戏的对话比较多。我之前演戏的风格都是收敛的、稳重的，现在突然间放这么开，我不知道观众能不能适应。当时我也特别苦恼。后来，我找了很多人帮我录音，录广东普通话。我也跟思诚讲了，这挑战挺大的，观众到底能不能接受，确实也存在很大的风险。我说我可以去尝试。台词是按照普通话写的，我需要把它转换成广东普通话。讲台词的时候，还是用自己的语言比较舒服。多一个字，少一个字，感觉也会不一样，得形成自己的一种独特的语感。我刚开始还觉得不好意思，后来演着演着，就完全收不住了。

**周　迅** 所以你是打开一根筋后，就收不住了。

**王宝强** 谁再说行了、可以了，我已经完全不理会他说的了。我已经完全释放了，演得相当自如了。

**周　迅** 这就是宝强的一个特点。啪，只要一下子被点燃了，就什么都来了。

**王宝强** 当你自如地投入进去，人物状态对了，你在这个范围内活动，不用设计任何小动作，你就随便演，怎么演都对。

王宝强在《人再囧途之泰囧》（2012）中饰演王宝

王宝强在《唐人街探案》（2015）中饰演唐仁

## 角色能被观众记住，是对演员莫大的认可

**周　　迅**　你是从什么时候开始设计人物的？

**王 宝 强**　就是从顺溜这个角色开始的。我感觉自己不知道哪根筋被打开了，懂得收放了。在放开的时候，我知道找一个特别舒服的点，再给收回来。

**周　　迅**　其实你天生就有这种敏感，是吧？还是你偷偷学什么了？

**王 宝 强**　确实是因为演得多了，说白了就是释放出了好多东西。

**陈　　旻**　大家曾经给王宝强贴过标签，以傻根为代表，觉得他是这一类的人。

**王 宝 强**　大家记住王宝强这个名字倒不难，但是如果大家能记住我演过的戏里面的角色的名字，对一个演员来说，这是莫大的认可。

**陈　　旻**　好像每次你演完一部戏之后，大家就开始用那个戏里的角色叫你。

**王 宝 强**　傻根叫了几年，许三多叫了几年，后来《人再囧途之泰囧》这部片子上映，大家又叫我宝宝。

**陈　　旻**　唐仁大家也记得很清楚。

**王 宝 强**　每个人看完你演的作品后，他们会无形中给你贴上标签，但是你自己不能给自己贴标签。

**周　　迅**　其实你在演的时候自己并不知道会被观众贴上哪些标签。

**王 宝 强**　功夫演员、群众演员、特型演员、特色演员……把这些前缀都拿掉，“演员”两个字就够了！

# 好剧本会让人有创作冲动

**陈　　旻**　从表演者自己的角度来说，你没法控制这件事情。但是你自己不要给自己贴标签。有的时候，这会不会是一把双刃剑？

**周　　迅**　我觉得看个人吧。

**王 宝 强**　之前大家比较喜欢给我贴标签，这个时候就看我敢不敢接受挑战。刚开始的时候，其实我还是挺感谢傻根和许三多，包括顺溜这几个角色的，因为至少观众对我一直是认可的。但是，我不能一辈子就演这一种人。在表演的道路上，我需要去尝试各种不同类型的角色，体会不同的人生。

**陈　　旻**　这也应该算是表演者的门槛，就是你为了这个角色所要下的一些功夫。听说宝强在挑剧本的时候有一个标准，就是你读着这个剧本的时候，能不能够马上演起来，如果你会边读边演的话，就说明这个剧本不错，你就会接，是这样吗？

**王 宝 强**　对，好的剧本我一看就会很有感觉。好的剧本，会让我感觉正在亲身经历这个故事。我在看剧本的时候，脑海里会出现演戏的场景，这句台词可能音调要高一点，那句要低一点。越往下看，它越吸引我，直到一口气看完。看完之后，我心里觉得太爽了，自己一定要演，一定要拍。

**周　　迅**　好的剧本还是会让演员有感觉的。

**陈　　旻**　在剧本上的文字尚未形成立体影像之前，他是有感知的。

**周　　迅**　宝强的优势是他能表达出来这份感知，这一点不是所有人都有的能力。他还是有天赋。也有类似宝强这样的演员，拍了一部戏之后，就没有再拍了，也没有往下走了。

## 演员在短时间内的角色后遗症

**陈　昱**　我们刚才聊了宝强演过的喜剧，其实文艺片宝强也没少演。《Hello！树先生》是大家对宝强的演技最认可的一部片子。

**周　迅**　你的那些小动作是怎么设计的？

**王宝强**　没拍之前，我天天就穿着那身衣服晃荡。

**陈　昱**　但是你就穿着这身衣服天天在村里晃，能晃出感觉来？

**周　迅**　所以他还是有天赋嘛，演员就是天生的。

**王宝强**　就是一种感觉，很神奇，说不清。

**周　迅**　你还得在那个环境下感悟。

**王宝强**　我必须把自己变成他。就当镜头不存在，别人爱怎么拍就怎么拍。我就是生活在自己的角色当中，似清非清的。

**周　迅**　因为有些时候的确说不清。

**王宝强**　《Hello！树先生》里面有大段大段的台词，如果我一板一眼、干干净净、很利落地把台词给说清了，反而会觉得缺失很多生动。

**陈　昱**　但是像你这样演戏，我觉得会有一个问题，你会长时间出不来。比如你的角色生活在农村，你去体验了几个月的时间，你让自己活成这个人，当戏杀青了，然后你要跟这个角色分开了，你要把他从你的身体里面抽出来，我觉得这是一个很痛苦也很漫长的过程。

**王宝强**　确实，有时候入戏挺难的，但出戏更难。我拍完《Hello！树先生》，一周不到，又去拍了《人在囧途》。

**陈　昱**　这边刚杀青，不到一星期，你就去拍喜剧片了。

**王宝强**　我那时候心里特别别扭。有时候我在想无非就是把胡子刮了嘛！但有时候我一笑一咧嘴，那种感觉又是树先生。我就开始揉脸。因为我拍树先生那段时间，已经习惯了慢悠悠的走路节奏，突然间让我回到正常的节奏，我是别扭的，人非常拧巴。有时候我演着演着，可能又跑到《Hello！树先生》里面去了。

**周　迅**　觉得时空混淆了。

**王宝强**　对，就是一种混乱的状态。我想这样不行，等会儿再拍。就是要有意识地让自己脱离之前的角色，要不然进入不了当下的角色状态中。那种感觉很难受的，一笑起来不是那种天真的笑容，而是一笑嘴就歪了。在我拍完《唐人街探案》第一部之后，我就是一个话痨。到哪儿采访都停不下来，我那些词语也不知道是在哪儿组织的。压根就是乱来，自己天马行空地说，状态非常好，不知道怎么回事。别人说“行了行了，你歇会儿，别再说了”，我才停下来。

**周　迅**　确实是控制不住。我也有一个类似的例子，我演完《女人不坏》之后，觉得这个搞笑的状态挺好玩的。也是因为要做电影宣传，我都上去跳钢管舞了。访问的时候，我也是各种搞笑，我也不知道自己是怎么了。等那个时间段一过，就又恢复正常了。

## 好角色 = 认真 + 悟性 + 灵感

**王宝强**　我有时候背台词不会背得那么滚瓜烂熟，但我知道大概要怎么说。我说台词的时候，似清非清，我知道是要呈现出哪种感觉，我不会说得很明确，但意思绝对是准确的。

**周　迅**　就会有一个变化的空间，对吧？

**王宝强**　对。如果说这个台词你太熟了，你都知道在哪里停顿了，你

“我必须把自己变成他，活在角色当中。有时候，
说台词似清非清，会让角色更加生动。”

王宝强在《Hello！树先生》（2011）中饰演树先生

的表演就太过于明确了，往往就不会有那种意想不到的东西出来，你会很容易陷入模式化的表演。

**陈　　旻**　我们这一场关于表演者的讨论进行到现在，关于王宝强他能够成功到底是靠运气还是靠实力，现在完全可以得出结论了。能够在动作片、喜剧片、功夫片和文艺片里面都有代表作，我相信能做到这一点，不是单单幸运两个字可以解释得通的。

**周　　迅**　我觉得宝强就是典型的努力不会被辜负的演员。

**王 宝 强**　认真是必须的，其次悟性、灵感也很重要。角色没有大小，看的就是你的认真度。人生有很多阶段是你生来就必须要经历的。要想对得住自己，你就都得要接住。角色也是一样的，作为一个演员，要不然你就别演，你既然演了，哪怕只有一场戏你都要好好地演，让导演满意，让自己满意。

# 表演者寄语

人生就是一种体验，你并不知道结果会是什么样的。结果是没有绝对的，一切皆有可能。什么奇妙的事情都可以遇到，你努力的过程让你成长。心存乐观地面对，不枉费你这段人生经历，不枉费此生。

——王宝强

不受虚言，不听浮术，

不采华名，不兴伪事

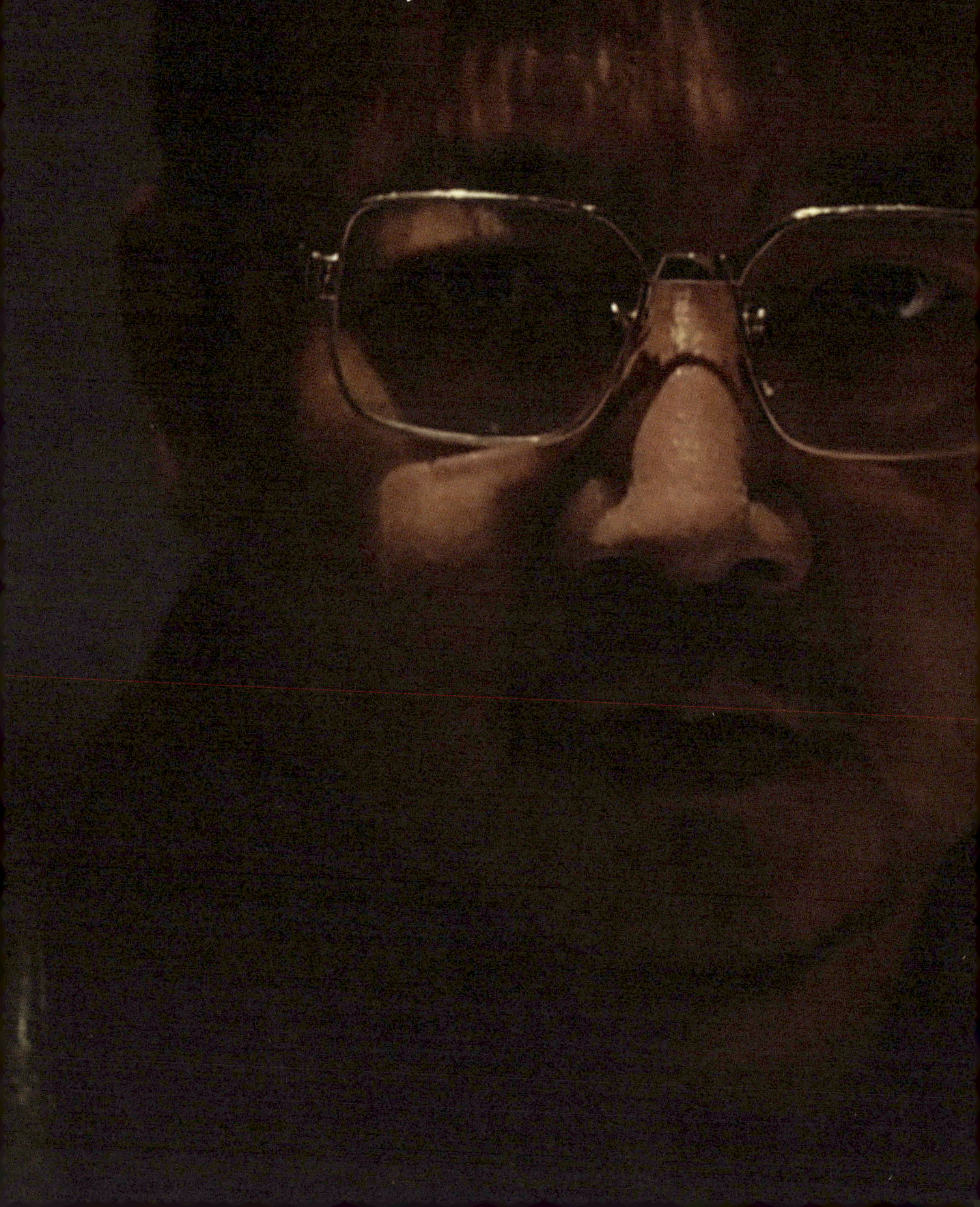

表演者：王砚辉

王砚辉，中国内地男演员，云南省话剧团资深演员。

2008 年，参演剧情片《李米的猜想》；因在《光荣的愤怒》中反角熊老三的出色表演获得最佳男配角奖，而进入电影观众的视线。

2012 年，参演黑色喜剧片《形影不离》。2013 年，参演犯罪剧情片《烈日灼心》。2014 年，参演公路喜剧片《心花路放》。

2015 年，参演喜剧片《恶棍天使》。2016 年，参演黑色幽默悬疑片《追凶者也》。2017 年，参演警匪动作片《非凡任务》。

2018 年，参演电影《我不是药神》《幕后玩家》《无名之辈》，主演电视剧《小欢喜》。2019 年，主演的电影《“大”人物》上映。

“我是表演者王砚辉，人生的历程中，那些花哨的东西不要去想，把每一个角色演好就行了。认真对待眼前的每一点小事，你做好了，它真是可以给你回报的。”

# 王砚辉的表演笔记

**如何看待小角色：**

- 角色不分大小，把每一个角色演好了，小人物也会变成大人物。
- 有些角色虽然小，但有戏，有自己的一条线。有一些表面看着没戏的角色，演完之后剪辑出来，效果又很好。

**如何突破表演状态的瓶颈：**

- 遇到时不要焦虑，保持“平常心”往往会有意外收获。
- 在生活中加强感悟，有助于演员体会角色的深度。
- 时刻保持对于所有事物的新奇感。

**演员要保持内心的纯粹：**

- 演员只有坦然面对自我，才能诚实面对角色。
- 对于演技与名利，演员不应该本末倒置。演员不应为追求“红”而红。

**瑶　　淼**　我们今天的核心诗句是“不受虚言，不听浮术，不采华名，不兴伪事”[①]，两位对这句话是如何理解的？

**周　　迅**　我希望做一个纪录片式的演员，它要求真实。演员只有好好演，才可以称得上是演员，不受浮华虚名的引诱。

**王砚辉**　人生的历程中，那些花哨的东西不要去想。把每一个角色演好就行了。不存在什么大人物、小人物，其实小人物在他们自己心里面，也是大人物。

## 偶尔会有顿悟的时刻

**瑶　　淼**　两位在十年前合作过《李米的猜想》，那个时候周迅就管王砚辉叫“王老师”。为什么会这样去称呼？两位合作的时间也不算很长。

**周　　迅**　我认识王老师是通过《光荣的愤怒》。看完那部戏，我觉得他太厉害了。这跟他是不是有名气无关。除了王老师，还有吴刚老师，那个戏我完全被他们俩带到故事里去了。

**瑶　　淼**　在跟周迅见面之前，王砚辉老师对她是什么样的印象？

**王砚辉**　大明星啊，特别有光环。当时导演让大家一起捋一下戏，我在门口站了有大概一分钟不敢敲门。周迅、邓超、张涵予、王宝强，屋子里都是大腕，我真的特别紧张。后来鼓足勇气敲了门，我印象特别深刻，进去以后周迅正坐在沙发上，她就看着我说“村主任你好，你演得太好了”。我的心一下就放松下来了。

**瑶　　淼**　所以村主任这个角色，真的是让周迅印象特别深刻的角色。

---

① 不受虚言，不听浮术，不采华名，不兴伪事：出自东汉荀悦《申鉴·俗嫌》，意思是，不接受虚妄的言论，不信从虚浮的技艺，不采用华而不实的名称，不兴做伪诈的事业。

**周　迅**　这个角色当时你是怎么创作的呢？

**王砚辉**　当时剧组到我们云南来找演员，我都没敢想能演熊老三这个角色，曹保平导演说“你要不要试一下”，其实我很忐忑。首先我以前没演过坏人，曾经我也是走小鲜肉那样的路线的。第二天早上，我就想着我必须要去见导演，试一下嘛，不管会不会成功。去的路上还不知道要怎么演呢，结果在路上碰见个红灯，突然就有感觉了。顿悟，不会分时间或者地点的，就是那一瞬间它就来了。

**周　迅**　你当时在想什么呢？

**王砚辉**　什么都没想，因为我必须要见导演了，不成就不成了，反正是说好的事。其实我想了一晚上也没头绪。

**周　迅**　我能理解，因为我也有顿悟的时候，比如说我长久以来演戏，后来发现自己希望做一个纪录片式的演员，我也没有想到什么办法，因为这种东西有时候你硬想是不可能有答案的，所以你就放一放，但是其实脑子里一直有那件事。

## 岁月沉淀后的演技爆发

**周　迅**　王老师在《烈日灼心》里边演的那段，太厉害了，正好是我想要的感觉。

**瑶　淼**　说到《烈日灼心》，我真的以为王老师饰演的那段就是资料片。

**王砚辉**　那个片段的成功有几方面吧。一是我跟曹保平导演合作的时间比较长，好沟通，我们之前也碰撞了很长时间，包括用什么方法来呈现这个角色。另一个是我本来就是云南人，有一群特别像老江湖的哥们儿，听他们聊天特别生动，是很仗义的一拨人。就像这部戏中我饰演的角色，他有他作案的原因，所以在面临死亡的时候他已经不在乎了。我认为一个男演员可能四十岁以后才会有点筋骨。一定要经历一些事情，恋爱、失恋，生活的、命运的各种事。

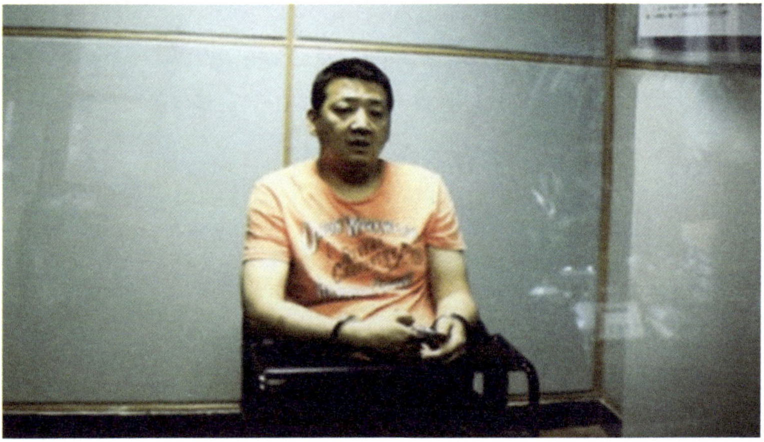

王砚辉在《烈日灼心》（2005）中的表演片段

## 保持单纯的创作心态尤为可贵

**瑶　　淼**　看《李米的猜想》的时候，很难想象周迅会演一个出租车司机。

**王 砚 辉**　周迅找我要照片的那一段，手臂“哐当”一下就打在我鼻子上了，太疼了。那部戏出现很多这种情况。我打王宝强是真“打”，打习惯了，演出来也特别好，只要一说话一抬手，他就躲。

**瑶　　淼**　在真打之前你会告诉他吗？

**王 砚 辉**　第一天拍的时候，导演要求我打他一巴掌，我老下不去手。宝强太小了，我都狠不下心打。后来拍了四五条，终于动手了，从那次以后就习惯了。

**瑶　　淼**　我们看到这部戏里面，每个人呈现出的都是非常极致的状态，当时你们在创作的时候也感觉很幸福吧？

**周　　迅**　很单纯，每个人就是在创作，没有去想着票房什么的，没有这些杂念，我们只是单纯地在创作一个故事。现在的整体环境，就在追求快嘛，所以就会有一些奇怪的现象，但是有些东西是不能丢的，就像做菜一样，不管是快是慢，想做出好吃的菜还是需要原材料好。

## 塑造角色不要脸谱化

**瑶　　淼**　在《非凡任务》中，王老师饰演的大毒枭戴着一个金丝边的眼镜，乍看是个挺斯文的人，这个眼镜是您特意设计的吗？

**王砚辉**　那个角色的整个造型是我设计的。当时香港那边的剧组给我设计的是油头粉面，戴着大金链子，显得特别有钱的一个形象。我说三线城市的这种毒贩，不愿意把自己弄得太招摇，就是胡子拉碴的感觉。他是生活在刀尖上的人，那么招摇早就被灭了，所以就尽量让这个人物丰富一点，不要演得脸谱化。

这后来也成了我自己的一种创作方法。在《光荣的愤怒》开演之前，我就想这个角色之前是什么样子的，会不会老母亲过世的时候跟他说“你是家里边最有脑子的，你那些弟弟都是混蛋，你要保护好他们”，所以在亲情面前，其他的他可以全部抛开。这样一来我自己心里就有一个很扎实的基础，所以我相信兄弟做得再不对，在亲情面前都是对的，我会和他们一致对外。所以我没把这个角色当坏人去演。《非凡任

王砚辉在《非凡任务》(2017)中饰演毒枭

王砚辉在《幕后玩家》（2018）中饰演唐万元

“我会在事先把对角色的理解做得扎实一点，演的时候也会觉得更可信。”

务》里演的角色也是，他活得多痛苦啊，随时可能被枪毙。所以我就会事先把自己内心对角色的理解做得扎实一点儿，演的时候也会觉得更可信。

**周　迅**　对，其实角色就是活生生的人，也没有坏人好人之分，没有谁生下来就想要干坏事，他那样做肯定是有原因的。

**瑶　淼**　所以我们要掌握这种准确性，还是要在生活中多去观察，多去感受身边每一个活生生的人是什么样的。

**周　迅**　刚才我就觉得王老师讲得特别好，他生活在昆明，拍完戏就会回到普通人的生活状态，所以他能接触到最真实的人。前几天有人来找我演一个很现实的人，我说我离那样的生活真的太远了，我必须得去体验生活。

**王砚辉**　这是要去感受的，有一些角色如果生演，还是不行的。很多特定的人物，你如果不跟他的生活接触，不去跟他交心，你根本不知道怎么演。我以前演过少数民族摩梭人，一开始完全不知道怎么演，我们剧组去那儿以后，当地人都跑过来看热闹，我就发现有一个摩梭人双手叉腰、脚蹬在汽车上看着我。我一下子心里就有底了、有依据了，就像种子发芽一样。那一刻我就明白这个角色并没有那么难演，他也会做出这样一些平常的动作。

## 方言是最鲜活的、最有生命力的

**瑶　淼**　所以周迅说的那种纪录片式的表演，这是您从一开始就想要达到的境界吗?

**王砚辉**　这是我和导演沟通、碰撞出的结果。比如说曹保平导演，我和他真是合作了很多年以后达成了一种默契，他要的东西，他只要一个眼神我就可以感觉得到，但是我每次拍他的戏还是会如履薄冰，我不知道自己能不能完成，完成的时候，我的身体是疲惫的，特别累，但内心是欢愉的。所以演员这个行当，是痛并快乐着的。

**瑶　　淼**　王老师，我们发现您塑造的很多角色都说一口“马普”，“马普”就是云南特色的普通话，您觉得这种方言式的表演给了您什么样的帮助？

**王砚辉**　帮助太大了，我觉得方言是最鲜活的、最有生命力的。方言的腔调一出来，就特别有韵律，对人物的表达是最准确的。以前看《红粉》那部电影，就觉得是一种艺术，如果换成普通话，可能就不是那种味道了。

**周　　迅**　就没有腔调了，《海上花》这部电影里面演员也是说的上海话，上海的味道一下子就有了。

**瑶　　淼**　所以王老师现在如果完全用普通话去表演，会不会觉得不适应？

**王砚辉**　还行吧，因为我演过话剧。

**瑶　　淼**　说到演话剧，我们知道您从 1989 年大学毕业以后就进了云南省话剧团，很多年一直在演话剧，后来又演了电视剧，《光荣的愤怒》是您第一次演电影，您觉得电影表演和话剧表演，或者说和电视剧表演之间有什么区别吗？

**王砚辉**　一开始我会去区分舞台表演和电影表演，后来对我来说是没什么区别了。电视剧表演可能跟前两者还是有点区别，不是靠技术在演了，应该是靠气场在演。你能不能让观众的呼吸跟着你起起伏伏，能不能把一场子人的情绪带着走，你能做到那样才爽，好的表演是你哭观众也跟着你哭，你乐观众也跟着你乐，你激动得语速加快，观众也会有反应。

## 演员如何保持纯粹的创作状态?

**瑶　　淼**　王老师虽然演了很多让人觉得非常可怕的角色，但我们慢慢从一些节目中看到，王老师生活中的状态特别的可爱。

**王砚辉**　这些都是对我的鼓励，我其实没那么好。后来我仔细分析了下，可爱也是好事，说明我到现在这个岁数了，还会对身边的东西有新奇感。

**周　　迅**　确实是不容易。我只是怕无聊，但我不好奇。

**瑶　　淼**　可能每个演员都有自己的方式去保持一个很纯粹的创作状态。比如说王老师，一定有很多人向您发出过邀请，希望您能够到更繁华的地方定居，但是您现在还是生活在云南，包括这次也是为了我们的节目才专程来北京的，您为什么一定要让自己留在那个地方?

**王砚辉**　其实我当年在北京漂过，漂了几年，然后突然有一天我觉得找不到自己了。我又不是北京人，慢慢地又变得不是云南人了怎么办?就突然想要保存一点自己的东西。我觉得电影也好、其他文艺作品也好，应该是各有各的风格，如果全都统一了并不是件好事。

**周　　迅**　就跟现在整容似的，大家都整成一个样，就认不出来谁是谁了。

**王砚辉**　演员是个特别神奇的职业。当你看到剧本的时候，你对要演的人物完全不了解，就只能看到他说的话。这种情况你要怎么把人物形象化?有的角色是深入人心的，有的也就是一带而过。所以表演真是挺玄妙的一件事情。

**周　　迅**　对，有些灵感来了就来了，没有就没有。所以我有时候特别

王砚辉在《我不是药神》（2018）中饰演假药贩子

怕失去灵感。后来我发现这是一个多余的想法，顺其自然就好了。我也收到过很多有关表演的赞扬，越是这样我越怕自己演不好。曾经有一阵我确实就经历过这种恐惧。

**瑶　淼**　所以每个演员获得灵感的途径是不一样的。比如有的演员是要留在自己归属的那个地方，保持自己生活环境的单纯，这些不同的途径有没有什么共性呢？

**周　迅**　就是自由地活着，不管你有多大的名气，要诚实面对自己的内心。诚实了之后，你才会没有障碍，如果不能诚实面对自己，又怎么去面对你要饰演的角色呢？

**瑶　淼**　对，有一些演员就始终处于一种很自由真实的状态。

## 好好演戏，才是演员

**瑶　淼**　在各个地方都有很多演技非常精湛的演员。王老师您觉得怎么样能够让这些演员被更多的人所熟知？

**王砚辉**　我经常劝我们单位那些小孩多出去走走，我说“你们闯出来了，我在云南给你们设宴，闯不出来就回来好好工作”。我就喜欢这样的生活，演完了端个茶缸子和大家聊聊戏，其实也挺好的。我是这么想的，年轻人如果有想法就要行动，别老待在原地不敢出去闯，又觉得怀才不遇，说其他演员的闲话。

**周　迅**　我们讨论什么是演员，其实你好好演才是演员。演员能够让更多人知道，一定是因为你演得好，而不是说先有了名和利你才好好演。不是这个逻辑。而且演员的初心不应该是为了名和利，你的本职工作做好了，该来的迟早会来。如果你为了“红”而红，那会很痛苦。当然那么做也不是不可以，就看你是否愿意承受这个痛苦。

## 如何精湛诠释小角色？

**瑶　　淼**　如果一个表演者拿到剧本的时候，发现自己要演的就是一个小角色，他应该怎么去面对这件事？

**王砚辉**　这个我有发言权，我演这样的角色比较多。首先可以看这个角色是不是有戏，是不是有自己的一条线。有一些角色表面看着没戏，但是演完之后剪辑出来，效果又很好。

**瑶　　淼**　那您在塑造这些小人物的时候，会怎么样去准备？

**王砚辉**　首先看到剧本以后，我会设想出人物轮廓，然后回想生活中积累下来的素材，这个时候真的就像做雕塑一样，有框架了再往上面填泥巴，然后慢慢地让它成型。碰见好的剧本，其实角色都不是简单的脸谱化的。比如说《追凶者也》里我饰演的那个角色，是一个悲剧人物，为了十万块钱又杀人又放火。生命是最宝贵的，如果观众看完以后有被击中的感觉，这就对了。

**周　　迅**　我觉得还是要有对人的爱。即使是小人物，他也会有让人觉得很心疼的地方。

**王砚辉**　对，踏实做人，认真演戏，不受浮华和虚名的引诱。引诱来了不要去管它，提醒自己“我必须按照我的路子往前走”。咱们演员是干吗的？就是要传递一种真善美，不能被名利拉偏。

王砚辉在《追凶者也》（2016）中与刘烨的对手戏

# 表演者寄语

演员是个特别神奇的职业。一页纸几行字，你就要把人物形象化。认真对待眼前的每一点小事，你做好了，它真是可以给你回报的。

——王砚辉

# 慧者心辨而不繁说

表演者：

闫妮，中国内地女演员，中国人民解放军空军政治部电视艺术中心演员。

2005年，因主演《武林外传》中的老板娘佟湘玉一炮走红，被人们所熟知。

2008年，主演电视剧《北风那个吹》《三七撞上二十一》，获得第27届中国电视剧飞天奖和第25届中国电视金鹰奖。

2009年，主演张艺谋执导的电影《三枪拍案惊奇》。

2010年，主演电影版《武林外传》。

2011年，主演电影《大魔术师》和《画壁》，其中《画壁》成为2011年国庆档票房冠军。

2015年，主演电影《捉妖记》。

2016年，与夏雨再度合作电影《反转人生》。

“我是表演者闫妮，我觉得最幸福的一件事就是做了演员。生活和戏一定是息息相关的，演员可以在表演中表达自己，从戏中找到快乐的那一刻，会觉得非常满足。”

# 闫妮的表演笔记

**环境对演员的影响：**

- 演员受环境的影响是最大的，轻松自在的氛围，能让大家的表演更传神。
- 互相信任和有安全感的环境，会让演员的心里踏实。

**演员也是创作者：**

- 演员不是工具，是创作者，演员可以尝试表达对角色的理解和构想，与导演共同完成对角色的诠释。
- 演员要敢于表达，不管想法是否会立即遭到否定，要始终愿意探索，不让自己后悔。
- 清楚认知和了解自我，戒除焦躁，是表演者能够安然栖身于不同角色的前提。

**保持对表演的热爱：**

- 表演初期必然经历痛苦和纠结，唯有不停摸索和寻觅，方能抓住人物，表达游刃有余。
- 表演者和角色之间会产生共情，角色有时会成为表演者情绪释放的出口，这也是作为演员的幸福。

**陈　　昊**　“慧者心辨而不繁说”[①] 这句诗和表演者之间是什么样的关系？

**闫　　妮**　演员的第一直觉就是感受，然后才能理解，才能表达。我认为生活和戏一定是息息相关的，表演中演员可以把自己的感受表达出来，那一刻也会觉得非常满足。

## 剧组环境对演员的影响

**陈　　昊**　两位之前在《大魔术师》里合作过，但是这个戏里你们之间也没有太多的对手戏，对吧？

**周　　迅**　只有一场戏，就是很多太太聚在一块儿的群戏。

**陈　　昊**　你们当时在一个组里面，对彼此的感觉是什么？

**周　　迅**　互相喜欢。因为我自己演喜剧是不行的，看画面也能感觉得到，一到我那儿气氛就冰冻三尺了。所以我看到妮姐的时候，会想到君如姐，不是说她们的表演方式相同，而是她们在镜头前面都非常自由。

**闫　　妮**　其实大家都是在一个局里面。三姨太那个角色，我第一感觉是这个人很丑，但是她丑得可爱，这个角色需要她这种感觉。周迅饰演的那个角色，她的设定就是冰雪美人，她跟刘青云饰演的那个角色，只需要对视一眼，那种感觉就出来了。

**陈　　昊**　实际上你们两个是在相互衬托，在表演的时候，在一个组里面的演员是互相成就的。

**周　　迅**　就是环境给的安全感和演员之间互相的信任。我觉得演员在一个地方心里踏实很重要。

**闫　　妮**　演员受环境的影响是最大的。拍《武林外传》的时候，大家

---

① 慧者心辨而不繁说：出自《墨子·修身》，意思是聪明人心如明镜却不过多言语。

水平都差不多，我们也都不知道谁是谁。我们都到片场来，就是在一个客栈里，表演如果很夸大，也是有合理性的，那种场景和环境，自然而然地带给演员很多的灵感。我一开始不是很明白怎么去表现喜剧，尚敬导演告诉我们“真实、准确、多变、传神”，我就一直记着他说的这八个字。当时我们整个组里面的人，互相都太熟悉了，天天在一起吃喝，大家都不会在意，就是有这样的一种氛围，能让大家轻松、多变，最后达到传神。

**陈　晏**　周迅有没有过跟一个熟悉的团队持续合作的经历？

**周　迅**　当然有啊，我在荣信达五年，还有陈坤、黄觉，我们一起合作很久。

## 热爱是持之以恒的动力

**陈　晏**　后来没有再和这些熟悉的人、熟悉的团队在一起合作了，有没有一种不适，甚至有些不知所措的感觉？

**闫　妮**　我还好，因为我在接《武林外传》之前，跑了十年龙套。记得有一次我想认识李少红导演，那时候她在拍《大明宫词》，我就远远地看见周迅穿着一条白裙子，从我眼前飘过去，她把美人展现得很极致，那种古典美和现代美的融合，我那一刻是深深地被她打动。我和周迅也合作过一次，就是在《生死劫》里有一段我拿刀砍自行车的戏。那时候我就是一名群众演员，各种剧组都去跑，毕竟我想拍戏但是机会很少。记得那个时候，我每天早上起来都吃牛肉面，吃完会在黄河边走一走。

**陈　晏**　当时您对自己的人生也没有什么规划和设计吧？在那种环境下，只能做眼前的这些事情，每天该做什么就做什么。那种不平衡感或者说差距，对你会有伤害吗？

**闫　妮**　我觉得自己是那种容易满足的人，在任何一个环境里，都可以让自己过得很舒服。吃碗牛肉面，我也觉得挺高兴的。每个演员都不一样，像周迅第一部戏就能演到比较主要的角色，我相信每一个跑龙套的演员都有当男一号女一号的梦，演员本来就是做梦的人，不管这个梦想会不会成真，他肯定都愿意去做这个梦。但凡有任何一个机会我都想去演，当时接拍《武林外传》的时候我只问了尚敬一句话，“是女主角吗”，他说是的，我特别开心。我心想不管是什么角色，反正名字打在前面非常重要，哈哈！

**陈　旻**　您要做演员的念头是非常强烈的。

**闫　妮**　非常强烈，什么戏我都愿意去演。我就是这样的人。客串《警察李“酒瓶”》这部戏的时候，当时我跟李保田老师演过一场对手戏，后来他就说“虽然我们俩只演过一场戏，但是我对你还是非常有印象的”，这句话对我来说是很大的鼓励。我比较内敛，和我接触时间长了，大家才会慢慢发现我灵动的一面，所以我就必须经历一个这样的过程，让别人来认识我。我也知道自己需要有一个这样的过程，所以什么戏我都会去演。

**周　迅**　我跟妮姐的成长道路不一样，但是每当我拍一部戏，也是尽我最大的努力去完成的，这是演员基本的操守。

**陈　旻**　而且你从中能感觉到幸福。它不是一个痛苦的坚持过程，在这当中会有快乐。

**陈　旻**　闫妮最开始是怎么进入这一行的？周迅是打小在电影院里长大的，她的老爸就是电影放映员，她在那样的环境下潜移默化地就被教育了。

**闫　妮**　我没有周迅那样的一个成长环境，以前我都不知道自己将来能干什么。上了高中以后，我一个女同学觉得我能做演员，那时候我还挺胖的，脸也很大，但她就说我能行，然后找了很多人给我补习，因为那时候我普通话都不太会说。

**陈　旲**　她不是说着玩的，就真的开始给你安排了呀？

**闫　妮**　对，是真的。高中毕业，要分开的时候大家都会写个留言本，她就在我的留言本子上让我们班每个同学给我写“你将来会成为一名好演员”，然后让我写“我将来会成为一名好演员”，是真的就这样写了。因为我一直怀疑自己能不能做演员，我没有自信，我们家里面没有人干这一行，可她就觉得以我的性格能做一个演员，所以我也是因为她的鼓励才走上了做演员这条道路。

## 每个演员都会经历一个寻找到角色的过程

**陈　旲**　我们以前聊过，《橘子红了》对于周迅来说是分水岭，或者说是有界碑意义的一个作品，对于闫妮来说那部作品就是《武林外传》，这两部戏为什么会成为你们的转型之作？

**周　迅**　我生在衢州，它是一个小地方，我根本没有想到过要当演员，那会儿我连电影学院都没听说过，根本没想过可能会去演电影。我是从《橘子红了》才开始感受到做演员的乐趣。

**闫　妮**　刚拿到《武林外传》的剧本，我都没有完全看懂，但是一天要拍一集，那么紧张的一个量，大家谁也不能掉链子。我那时候很长时间睡不着觉，因为导演在拍之前一直建议我看《新龙门客栈》里张曼玉饰演的那个角色，我知道张曼玉的形体非常好，我的形体不是很好，导演又要求我说陕西话，

“我一开始不是很明白怎么去表现喜剧，尚敬导演告诉我们‘真实、准确、多变、传神’，我就一直记着他说的这八个字。”

闫妮在《武林外传》(2006) 中饰演客栈老板娘佟湘玉

一开始我很抗拒，因为陕西话给人感觉很硬，他们又要求我说话的感觉要风情万种。

**陈　昱**　对，陕西话是没有三声的，发音全是向下走，特别有力度。

**周　迅**　所以是很冲的感觉吧？但是佟掌柜说出来的腔调就很好听。

**闫　妮**　这个角色我打磨了很长时间，是一个渐入佳境的过程吧。拍到十几集，我才感觉佟湘玉这个人物上了身。后来我才明白导演让我说话的韵味是哪一种，就是又随意又让人觉得这个人是真诚的，我也是慢慢才体悟到这些的。每个演员都有个寻找到角色的过程，这是必不可少的。

## 演员要敢于尝试

**陈　昱**　《三枪拍案惊奇》大概在《武林外传》之后，那是妮姐接拍第几部角色比较重要的电影？

**闫　妮**　就是第一部。我在那之前没有演过角色那么重要的电影。忽然一下进到那种氛围里我还是蛮紧张，张艺谋是那么知名的导演，我基本上就是听他的指挥。导演让我做什么，我就尽力把事情做好。不管演得对与错，我还是要把我表演的多样性展示给导演，看导演要用什么不用什么。

**陈　昱**　那您和导演的沟通方式是怎样的？比如说您是不是会给他几种不同的表演风格，让导演自己决定最后用哪一条，还是用其他的沟通方式？

**闫　妮**　我在拍《三枪拍案惊奇》第一场戏的时候，就一直看剧本，一直看一直看，后来我直接把剧本改了。第二天我就去找小沈阳对戏，我说这个地方改一下好像更有趣。但当时可能我考虑比较片面。当我去了现场以后导演就说，电影的剧本不

闫妮在《三枪拍案惊奇》（2009）中饰演老板娘

闫妮在《大魔术师》（2012）中饰演三姨太

是想改就可以改的。我跟周迅合作的那一部《大魔术师》，有一场戏我印象特别深，道具组弄来一个很大很大的戒指，我忽然想到，一定要把戒指举起来，于是我就模仿自由女神举火炬的那个动作。因为道具本身就有那样的夸张，我再适度夸张是可以的。我每天都愿意不断地去尝试，不管这件事是否会立即遭到否定，我始终愿意去寻找更好的表现形式。

## 感到纠结的角色该如何处理?

**陈　昊**　俞白眉曾经说闫妮是一个感受型的演员，您能够迅速地找到这个角色的感觉，然后把这个角色给塑造出来。

**闫　妮**　演员第一直觉就是感受，你在感受角色、理解角色之后才能表达。对于一些东西我还没有理解的时候，我没办法去生演。我拍《一仆二主》的时候，和张嘉译就为角色的事情争执得非常厉害，我们俩对于爱情的理解是有偏差的。我那时候就一直在想，唐红和杨树都认识十年了，十年都没有在一起，最后要是在一起的话，不就是对生活的一种妥协吗？我说要是这样，他们俩在一起不就不是爱情了吗？这是我对于这部戏不能理解的地方。可能也跟我的个人风格有关系，我必须要搞清楚，必须要在心里认可这个角色。所以有时候张嘉译就劝我不要使劲看剧本，凭感觉演就对了。

**陈　昊**　您心里边有一股特别执着的劲儿。周迅对角色会有这样的纠结吗？

**周　迅**　会有的，《橘子红了》里面，我怀的是大伯的孩子，那时候少红导演要我掉眼泪，我说我为什么要掉眼泪，又不是我愿意怀的，然后就杠在那儿了。当然我是演员，还是得听导

闫妮在《一仆二主》（2014）中饰演女老板唐红

演的，所以硬把眼泪挤出来了。直到我拍《巴尔扎克和小裁缝》的时候，我才明白了那种情感。那时候我们在乡下拍，每天要开车走一个多小时的山路，那天收工，太阳快下山了，我就看到阳光照在一片禾苗上，好美，然后我一下子就明白了，那种感动是缘于生命。于是我就给少红导演打电话，我说我明白了。确实有些时间点是很微妙的，你也不知道为什么会在那一刻就突然开窍了。

**陈　　旻**　演员尽管辛苦，有时候也有很多痛苦和纠结，但是总的来说还是一个挺幸福的职业。比如说像周迅这样的人生体验，在后来某一瞬间回想起来，也是件很美妙的事。

## 演员的创作空间

**陈　　旻**　我们接着聊角色的塑造，闫妮在《罗曼蒂克消亡史》里饰演一位上海女人，要用方言说台词，我们知道一个上海女人的风情和一个东北女人的风情，或者是一个关中女人的风情，是完全不一样的。

**闫　妮**　我总觉得电影还是属于导演的东西，我想跟不同的导演合作。不管导演让我演一个什么样的角色，我都愿意进到他的局里去。一开始程耳导演让我演的是浅野忠信的老婆，后来在饭桌上，他说了一句上海方言让我学，我就说了下，然后导演说他回去晚上没睡着，他就在想让不让我演王妈，王妈的角色更重一点。这个戏里有不少细节，真是非常感谢程耳导演，他能帮助演员一起去创作。王妈死的那场戏，本来剧本里写的是她被乱枪打死，我的形体不是很好，哪种死法都不适合，于是我化妆的时候就去找导演，我说能不能给我摆上两个沙发，我想坐着死。我这人就是爱尝试嘛，导演当时没说话转身就走了，我想可能导演不同意，但是也没有关系，反正我表达了。然后等我快化完妆了，导演就真的给我摆了两把椅子，后来到了饭点我就没吃饭，反反复复去尝试。在创作中我是愉悦的，也很感谢导演给我那样的创作空间。

**陈　旻**　周迅说自己在塑造角色的时候，有一件事她是不会的——撒娇，结果后来还演了一部《撒娇女人最好命》，还是导演告诉她就当纪录片来拍，她才一下子明白要怎么演的。但是闫妮给人的感觉是从出道的那一天就风情万种！

**闫　妮**　从《武林外传》知道我的人，可能会有先入为主的印象。每个人的气质不一样，周迅有周迅的风情，她的气质也是我根本无法企及的。

## 在表演中真实地交流

**陈 旻** 闫妮主演了一部电影叫《我是你妈》，在片中是跟自己的亲生女儿演对手戏，这段经历还是蛮特别的，剧本里面呈现出的母女关系和你们生活当中的母女关系一样吗？

**闫 妮** 不完全一样。戏里的妈妈天天跟着女儿，现实中我女儿从小到大跟我在一起的时间很少，她是一个非常缺乏安全感的人，包括她现在去演戏，也是希望能从中找到快乐和安全感。我总觉得演员表达出来的东西，和他本来的生活是有关的，一切都是命运的安排，刚好也有一部这样的戏，可以让演员有这样的表达，这也是个好事情。

**陈 旻** 您跟女儿在对戏的时候，没有办法把她完全当成是一个演员吧？就是同行的那种感觉。

**闫 妮** 我真的就是把她看作是一个演员。很多剧组的新演员来了之后，我也会去传授一些我的经验。我都会跟他们说先真实一点，不要看剧本上写了什么。比如你跟我说话，你的反应都要是真的，不要管剧本上说的什么，先不要去演，先真实地跟我交流。这是我给年轻演员的一个建议。哪怕是群众演员，我也一定会站在摄影机后面给他搭戏。

## 在表演中体味更丰富的人生

**陈 旻** 闫妮的演员真的是做出来的。我们这一期的主题是“慧者心辨而不繁说”，就是说所有的机会、所有的尝试、所有的可能性，都会尽力去把它做好。

**闫 妮** 我相信周迅也是这样的，我们都觉得最幸运的一件事就是做

“在创作中我是愉悦的，也很感谢导演给我那样的创作空间。”

闫妮在《罗曼蒂克消亡史》(2016) 中饰演王妈

闫妮和女儿邹元清

了演员。我在生活中也是一个比较紧张，或者说比较局促的人，有时候就会找不到自己，但是演戏的时候，我就可以把闫妮的面具摘下来，戴上那个角色的面具，那一刻就比较自由。所以很多人都觉得我演的角色其实跟生活中的我不是很像，真正演戏的时候我也不知道自己会有什么样的反应，但是那一刻我又觉得很自由，所以我拍什么戏都不会觉得特别痛苦。

**周　迅**　还是喜欢这个行业。

**陈　旻**　就是拿演戏的时候当放假。

**闫　妮**　对，我很享受。还可以通过演戏认识新的朋友，有新的情愫，我觉得还挺好的。

# 表演者寄语

我觉得最幸运的一件事就是做了演员。演戏时表达出来的东西和我自己的生活是有关的，一切都是命运的安排，如果刚好有部戏可以让演员去表达自己，这是件好事情，演员可以从戏中找到一种快乐和安全感。

——闫妮

# 千磨万击还坚劲，任尔东西南北风

表演者:

于和伟，中国内地男演员。

2003 年，在电视剧《历史的天空》中饰演大反派万古碑。

2009 年，在新版古装剧《三国》中演绎宽厚仁义的刘备。

2015 年，在第 17 届华鼎奖中国电视剧满意度调查发布盛典上，凭借《下一站婚姻》获得中国当代题材电视剧最佳男演员奖。

2016 年，主演三国题材权谋古装剧《大军师司马懿之军师联盟》，凭借曹操一角，荣获第 24 届上海电视节白玉兰奖最佳男配角奖。

2017 年，凭借《我不是潘金莲》获得第 31 届中国电影金鸡奖最佳男配角奖。

“我是表演者于和伟，演员这个职业，当你把它变得越来越商业化的时候，你真的会很容易丢失自己的目标。演员要经历过，才可能知道自己想要的是什么。”

# 于和伟的表演笔记

**反派角色也可以很出彩：**

- 反派角色不应被标签化，演员应体验角色情感，实现自我与角色融为一体。
- 角色的生命就是个性，即便是反派，演员在能力之内掌握分寸，与角色建立信任，也能熠熠闪光。
- 演员要勇于跳出表演的舒适区，主动迎接挑战。

**让表演变得有趣、自然：**

- 对于经典角色的塑造，表演要有趣，方式可以年轻。
- 演员表演与情境的充分融合，有助于将叙事丰富化以及趣味化。
- 演员在现场要达到表演所需要的角色状态，尽可能地消除理性对自身的支配，从而达到角色的感性状态。

**表演小感悟：**

- 演员要时刻警醒自己，谦受益，满招损。

**瑶　　淼**　“千磨万击还坚劲，任尔东西南北风”[①]，想请问一下两位，如果将这样的诗句与表演者联系起来，我们应该如何去理解。

**于和伟**　我刚开始学表演的时候，就是想去塑造人物，想去体会另外一个人的生活。我没有那么自信，在我的表演没有受到专业人士认可的时候，我有时会思考我为什么还要坚持它，但是我后来还是找到了自信。演员要经历过，才可能知道自己要的是什么。

**周　　迅**　这两句诗说的是自己的生命体验。以前有位老师跟我说“你也就适合在小姐旁边演丫鬟”，那时候这句话刺激到了我，促使我更努力。可能每个人都有做演员的天赋，只不过是有的人的天赋没有展现出来。

## 被观众记住后的欣喜

**瑶　　淼**　两位是什么时候发现自己被人知道的？

**于和伟**　我是在《历史的天空》里演完反派，在那之后，就有人认识我了。有一次我去中央电视台录一个小品，到了大厅就听见李琦老师用特别大的声音说，“看！全国人民特别讨厌的这张脸出现了”！

**瑶　　淼**　是不是虽然被大家指着骂，但是心里特别幸福？

**于和伟**　是挺幸福的，因为我被别人认可了，而且是在专业上给人留下了印象。这一点挺让我开心的。

**瑶　　淼**　周迅第一次觉得自己被别人知道是什么时候？

**周　　迅**　应该是在演完《大明宫词》以后，那时候街上还流行报摊，

---

① 千磨万击还坚劲，任尔东西南北风：出自清代诗人郑燮的《竹石》，意思是在浮华人世中只身游走，虽然饱受雨雪风霜，却仍然坚忍顽强，风骨高傲。

我就在报摊上看到很多杂志上都印着自己的脸，当时我心里特别开心。但我也特别警惕，我就跟我的经纪人说“如果我膨胀了，麻烦你打击我”。可能是小时候父亲教的“谦受益，满招损”给我带来的影响。

**于和伟** 这种心态特别好。我演完《历史的天空》里的那个人物之后，我姐姐就对我说“你还要更好，你要把你做的事当个事，而不要把人当个事”。

**瑶　淼** 多好啊。周迅你知道吗？于和伟老师不止有一个姐姐。

**于和伟** 我有五个姐姐，三个哥哥，我是老九。

**瑶　淼** 那您从小长大的过程应该是被很多人呵护。

**于和伟** 可能会。我们家兄弟姊妹一共九个，各种性格都有，各种形态都有。

**瑶　淼** 所以您只是去观察自己家里的人应该就挺有乐趣的。

**于和伟** 确实是，但是这种观察是被动的，因为我出生在这样一个大家庭里，大家天天在一起生活，她的性格是这样，他的性格又是那样的，自然就形成了一个多元化的氛围。

## 反派角色的塑造

**瑶　淼** 其实家里人多了也有一个烦恼，听说《历史的天空》里万古碑一角演红了之后，您在抚顺老家的家人朋友都会打电话过来训斥，说怎么能这么坏。

**于和伟** 当时有件事确实挺好玩的。这个剧热播的时候，有个朋友看了我演的戏，就给一个我特别要好的同学打电话，说“你是不是有个好朋友是演员？在《历史的天空》里面演坏蛋万古碑是吧？他那个人是不是不怎么样啊？你防着他点儿啊”，

于和伟在《一出好戏》（2018）中饰演张总

他特别真诚地提醒我同学。

**瑶　淼**　代入感太强了。万古碑招人恨，就是因为他是特别阿谀奉承、阴险狡诈、喜欢打小报告、看上去很讨厌的一个人。但他也有特别深情的一面，他在剧里一直暗恋一个女孩，而且有一场戏是他到这个女孩的墓碑前，唱了一首歌。

**于和伟**　其实万古碑这个人物，就算全世界的人都觉得他不好，可是作为演员，从自身出发，我也要觉得是全世界的人都对不起他，一定要在角色身上找到自己的情感，这就是演员的二度创作。万古碑这个角色对东方闻音这个角色是爱慕的，塑造角色时我就在想怎么去把这份感情外化，把它表现出来。那个年代物质很匮乏，他有一支钢笔，他就始终想把这支钢笔送给女一号，但是他总是送不出去。拍在墓前唱歌那场戏的时候，马上就到中午了，拍完这场戏剧组就要下山吃饭，我对高希希导演说我有一个想法，我想在女一号的墓前唱歌，把这支钢笔拿出来放到她的墓前，高希希导演同意了，就架了一台摄像机在那儿，我就唱了刘半农的那首《教我如何不想她》。后来播出的时候，我发现是从这场戏开始，观众对万古碑的理解不同了。

**瑶　淼**　所以这个人物就通过这一场戏，一下子就丰满起来了，等于是您自己设计的这场戏。

## 每个人可能都有表演天赋

**周　迅**　于老师，我下次可以打电话跟您聊角色吗？

**于和伟**　哈哈，可以，周迅老师是一个非常有灵性的演员。我觉得天赋是可以后天开发的，因为只有被开发出来你才会知道自己有天赋。

**瑶　淼**　这种开发是可遇而不可求的吗？

**周　迅**　其实可能每个人都有天赋，只不过有的人的天赋没有展现出来。

**于和伟**　对。比如我是上海戏剧学院毕业的，但是上学的第一年，我想退学。我觉得我不适合那里，我跟不上同学和老师的步子。那么多的帅哥美女，我不算是出挑的，专业课老师也不表扬我，我就开始怀疑自己是不是不适合干这一行，自信心一点一点变没了。

**瑶　淼**　那您是在哪个契机又找回这份信心的？

**于和伟**　我觉得是在舞台上，当我去演一个角色，台下那么多人鼓掌、那么多人笑的时候，那种感受对我来说是陌生的。第一次我觉得自己也可以做好表演。那种存在感，会让我觉得自信了，觉得自己不比别人差，最后一步一步地，甚至比别人强那么一点。

**周　迅**　您是什么时候开始想当演员的？

**于和伟**　从我开始发现自己音乐没学好的时候。我最开始学的是音乐，钢琴、跳舞、唱歌这些，我发现自己没学好，怕误人子弟，因为毕业后要去小学当音乐老师，正好那一年地方话剧团招生，我就想，要是能考上话剧团，我就不用去当老师了，于是我就去试了，当时报考的有好几十名，但是只有两个录取名额，一个男孩一个女孩，我是其中之一。

**瑶　淼**　这应该给了您很大鼓励。

**于和伟**　对，我刚刚有自信，结果到了话剧团之后拍戏，我说一口东北话，大家都批评我。当时在饭桌上，副导演问我“你是抚顺市话剧团的吗”，我说“是啊”。“你怎么普通话讲成这样呢？”“我刚来的。”“刚来你得学啊。”我要夹菜，他马上说“你别夹菜，把筷子放那儿，背一个绕口令给我听听”。我说我不会背，因为东北人平翘舌不分。然后我还想吃菜，副导演就一直不让我吃。后来我“啪”把筷子一放，我说“我背不出来，我不背”，转身就走了。从那以后我兜里就装着一本新华字典，在路上、车上我看见不认识的字就查字典。我记得特别清楚，有一次我看到“春风理发店”，就想“春”是平舌还是翘舌，我不知道，于是马上就拿出字典来查。

**瑶　　淼**　还真是要感谢为难过你的人，如果换一个角度看，他们的批评是一种督促。

## 个性强烈的角色对演员更具吸引力

**瑶　　淼**　于和伟老师因为万古碑这个角色小有名气之后，后来又接了不少反派角色，我听说在《纸醉金迷》还没有开拍的时候，剧组本来想让您演男一号，但是您看了剧本之后自己要求演反派。

**于和伟**　因为我觉得男一号的个性不够强烈，一个角色的生命就是他的个性，我喜欢男二号的个性，他可以跟我的内心有沟通，我信任他，所以我不在乎我演的角色是男一号还是男二号。

**瑶　　淼**　但是周迅好像很少演反派角色，你哪天会因为一个剧本里反派特别有戏、特别精彩，而去接一个反派角色吗？

**周　　迅**　会啊，有些时候看剧本，我也是会被其他角色吸引的。接受挑战是非常过瘾的。

**瑶　　淼**　对，其实也不在戏份的多少，比如在《老炮儿》这部电影里面，于和伟第一次登上大银幕，他占的篇幅不大，在胡同里的那一场巷战的戏，本来是在冯小刚的家门口，但是您一上来问路，一开口就感觉这个主场是您的了。

**于 和 伟**　《老炮儿》对我的触动是蛮大的。电视剧和电影，本质上是一样的，都是表演。电影很多东西都是浓缩的，因为没有那么长的篇幅，就像我们老师教的，在舞台上，出场的戏特别重要，一出场，你要带出这个人的一生。

**瑶　　淼**　就像周迅说的，从角色的一个表情上带出这个人的生命历程。当我们要演一个坏人的时候，我们该怎么去塑造他呢？而且绝不能千人一面，每一个角色的塑造都是不同的。

**于 和 伟**　我的经验是，因为每个人不同，每个坏人也不同，你可以在自己的生命历程当中去寻找，仔细想想，他大概像哪种人。

于和伟在《老炮儿》(2015) 中和冯小刚的对手戏

“当你真正找对人物的感觉之后，其实不用刻意区分他个性上的不同，这个人物自己就形成了。”

先大致分类，大概有一个形象在脑子里，分出来之后再细化。我觉得，当你真正找对人物的感觉之后其实不用刻意去区分他个性上的不同，这个人物自己就形成了。

## 表演要有趣、有意思

**瑶　淼**　于和伟老师除了演过很多反派角色，其实还演了很多有分寸感的人物，像《我不是潘金莲》中的县长，让人看完就忍不住想笑，当时的气氛应该是很凝重紧张的，但是于老师的表演就给这份紧张添了几分幽默感。

**于和伟**　我觉得好的喜剧是冷的。每个角色都是认真的，而这种喜剧感是情境造成的，所以它才会有趣。演员在其中要把整个剧的状态把握住。

**瑶　淼**　我发现您很喜欢做摸头这个动作，不光是演县长的时候，甚至您在演曹操的时候，也会有这个动作，这种现代的动作您把它带到古装戏中，其实是打破了古今的界限。

**于和伟**　动作一定是由情境产生的。《大将军司马懿之军师联盟》（以下简称《军师联盟》）里面的刀光剑影，他不想看，就用手挡一下，这个动作便体现出了他内心的情绪。跟荀彧的对话里面，荀彧突然说到他的痛点了，他是要流眼泪的，但他就会挡住自己眼睛跟荀彧说话。其实表演里面有很多方式和手段，可以让角色更丰满一些。

**瑶　淼**　很多人都演过曹操，我觉得您这一版的曹操，观众即便不是历史迷，甚至没读过《三国演义》，也会喜欢看。

**于和伟**　表演要有趣，才能有意义。所以从这个角度来说，很多现代人看了《军师联盟》，可能会挺喜欢曹操。首先这个角色

于和伟在《我不是潘金莲》(2016)中饰演县长

展现出了他作为普通人的一面，尤其面对现在年轻的观众，我们也要在作品中糅合他们的生活方式、他们的语言，只有这样才可能跟这些年轻人沟通到一块去。

## 演员的自由创作状态

**瑶　　淼**　不能说我演一个名著里的人物，就把谱摆起来，观众爱看不看。关键是演员想不想让大家看下去。曹操横槊赋诗那场

“表演要有趣，才能有意义。尤其面对现在年轻的观众，我们也要在作品中糅合他们的生活方式、他们的语言，只有这样才可能跟这些年轻人沟通到一块去。”

于和伟在《大将军司马懿之军师联盟》（2017）中饰演曹操

戏，那样的一节重场戏，但是我们发现您的状态很松弛，曹操第一杯敬酒撒到地上，我发现您的眼睛会看着这个酒，这种一张一弛的表演该怎么去把握呢？

**于和伟** 我上学的时候老师跟我们说过，功课要做在前头，我在演这场戏的时候，会把很多功课提前做好，去了解这个人物。我会看很多书，像《三国志》，还有很多那个时期的文献，甚至小人书和漫画我也会去看。我会把自己之前了解的这些，糅进我的表演中去。像元日大祭舞枪那场戏，现场真的安排的全都是群众演员，氛围营造得很好，我到那里一坐下，特别有感觉，团队给出了非常可信的规定情景。我觉得一个演员在表演的历程当中，会有几次不多见的自由的创作状态，那场戏我就相对比较自由，因为我忘记了自己是在拍戏，我没有去那么细化地去做这件事情，当我举起酒杯去喝酒的时候，酒洒到我的袍子上了，酒杯放下后的那一瞬间，我很自然地先把袍子擦干再说台词，这是一个自由的创作状态，处在这种状态中，演员是很幸福的。

**周　迅** 我们通常有一个说法，就是“老天给的”，没有经过设计过的东西，反而出来的效果很好。

**于和伟** 但是这种状态其实并不多见。我现在越来越这么觉得，我跟朋友聊天时也会说，演员成熟了特别好，但是挺难的。我说的成熟是，没有自以为是，越来越笃定这份情感我要怎么找。比方说，当你觉得会露一点东北口音的时候，没关系，但你要知道什么地方不能露，这就是经验，这说明你开始在艺术实践当中逐渐成熟了。

# 表演者寄语

演员这个职业，当它越来越商业化的时候，你真的很容易丢失自己的目标。无论何时都不要忘了自己的初心，我的初心就是要做一个好演员。

——于和伟

## 《表演者言》
## 编辑委员会

**主任**：曹寅

**副主任**：陆红实　张玲　阚平

**编委**：曹寅　陆红实　张玲　王平久　李玮
董瑞峰　党海燕　孙一娜　王岩　王程

**主编**：王平久

**编辑**：王程　崔菲　吴小伟　周洲　武姝杭
安仁翊　田杨　范璐璐

## 《今日影评·表演者言》
## 主创团队

**出品人**：曹寅

**监制**：陆红实　张玲　王平久　党海燕　孙一娜

**总策划**：王平久

**制片人**：王程　崔菲

**策划**：王程　崔菲　吴小伟　周洲　武姝杭
陈辉虹　龙会磊　王筠　史航　李红　赵宁宇

**主编**：崔菲　吴小伟　周洲　武姝杭　千一鹤

**编导**：袁丹阳　陈李溪　武姝杭　郭嘉　彭康坪　徐锦秋
谢添意　孟星　田菁　张金浩　任雨潇　孙颖

**统筹**：梁晓凡　韩雪

**外联**：范璐璐　贺宇　林琳

**责编**：路晨宇

**配音**：姚迪

**制片**：王坤　贺宇　路晨宇　由佳　叶茂盛

**剪辑**：杨超　常崇国　王首昌　母春起　王丹　谭智国
王善良　张诗璐　张烨　宫海生

**包装**：王宇　袁梦　张梦迪　徐敏　王旭东　侯文彪
李洛冰　居笑影　滑景瑞　钟好昌

**特约摄影**：于荣荣

**设计**：余夏峰　陈简　秦权全　郭艳会

**媒介推广**：安仁翊　范璐璐　田杨　张金浩　骆莹　霍锐